RESTURLAUB

Tommy Jaud

RESTURLAUB

Das Zweitbuch

Roman

Scherz

www.fischerverlage.de

Dritte Auflage 2006
Erschienen bei Scherz,
ein Verlag der S. Fischer Verlag GmbH,
Frankfurt am Main
© S. Fischer Verlag GmbH, Frankfurt am Main, 2006
Gesamtherstellung: Ebner & Spiegel, Ulm
Printed in Germany

ISBN-13: 978-3-502-11004-0
ISBN-10: 3-502-11004-2

Für Nina

Des kannst net machen, weil des geht echt net.

Fränkische Weisheit

Leberkäs mit Hut

SPÄTESTENS WENN einer deiner besten Freunde dir einen Strafzettel hinter den Scheibenwischer klemmt, ist es Zeit, über ein paar grundsätzliche Dinge nachzudenken. Doch so weit war ich damals noch nicht. »Damals«, das ist jetzt genau vier Tage her. Wutschnaubend kämpfte ich mich an diesem Nachmittag durch die flirrende Sommerhitze der touristenverseuchten Bamberger Altstadt, vorbei an Großgruppen von schnatternden Japanern und Busladungen steifer Senioren. Ich wollte den Mann stellen, der mir den Strafzettel verpasst hatte: Checko. Und natürlich erwischte ich ihn dort, wo man ihn immer erwischt zur Mittagszeit: an einem der blankgescheuerten Holztische im *Schlenkerla*, einer über 300 Jahre alten Gaststätte. Das *Schlenkerla* ist eine Institution in Bamberg und es schenkt ausschließlich Bier aus, das so schmeckt, als sei gerade ein Schinken und eine Tüte Barbecue-Chips hineingefallen: das Aecht Schlenkerla Rauchbier.

Ich sah Checkos Uniform schon durchs Fenster, doch erst der Bierkrug in der linken Hand und die Leberkässemmel in der rechten ließen eine eindeutige Identifizierung zu: Uniform plus Leberkäs plus Bierkrug gleich Checko. Und da Checko sich schon vor langer Zeit aus seiner dunkelblauen Dienstkleidung herausgefuttert hatte, sah er inzwischen selbst ein wenig aus wie ein Leberkäs oder, genauer, wegen der offiziellen Mütze, wie ein Leberkäs mit Hut. Durch die offene Tür betrat ich den dunklen Gastraum mit seiner niedrigen braunen Holzdecke und wurde von Babsi, der Bedienung, sofort mit einem herzlichen »Der Greulich!« begrüßt. Energisch zog ich mir einen der hellen Holzstühle mit dem Herz in der Lehne heran und hielt dem erschrockenen Checko mein frisch gezapftes Knöllchen vors Gesicht.

»Mensch Bidschi! Da gricht mer ja an Herzkaschber!«, stöhnte er in breitestem Mittagspausenfränkisch.

Ich setzte mich. Checko blickte zunächst auf meinen Strafzettel, dann auf mich und stellte erst dann seinen Bierkrug ab.

»Wenn du Touristen aufschreiben würdest statt Freunde, würde dich auch keiner erschrecken!«

Ich muss wohl ziemlich energisch geklungen haben, denn nicht nur Checko, sondern auch die dralle Babsi am Ausschank warf mir einen missbilligenden Blick zu. Checko wischte sich einen Senfrest aus dem Bart, kaute zu Ende und deutete auf mein Knöllchen.

»Der blaue Golf vor der Reinichung?«

»Der blaue Golf vor der Reinichung, genau!«

»Der wo im eingeschränkten Haldeverbot g'standen war für mehr als wie fünf Minuden?«

Ich konnte es nicht fassen. Da geht man zusammen zur Schule, fährt neun Mal zusammen nach Mallorca und trinkt eine Million Bier miteinander und dann so was! Ich atmete tief durch, dann legte ich die Hand auf Checkos Schulter. Irgendwas Grundsätzliches schien da zwischen uns gerade schief zu laufen.

»Checko, du weißt, dass das MEIN Golf ist! Der Golf, den ich seit drei Jahren habe. Der Golf, mit dem wir beide ab und zu nach Nürnberg fahren oder ins Freibad?«

Checko nickte.

»Klar, dein Golf. Ich kenn doch deinen ›Bitte kein Bit‹-Aufkleber hinten drauf!«

»Und warum zum Teufel schreibst du mich dann auf?«, schnaubte ich und hielt das Knöllchen mit Zeigefinger und Daumen über Checkos Rauchbier. Ungerührt schob er den gesamten Rest seines Brötchens in sich hinein. Offenbar hatte Checko Angst, wegen einer überraschenden Sturmflut oder eines fränkisch-bayerischen Bürgerkrieges wochenlang nichts mehr zu essen zu bekom-

10

men. Die dralle Bedienung mit der gezimmerten CSU-Frisur nickte fränkisch vom Ausschank zu mir herüber. Richtig – unser fränkischer Akzent manifestiert sich nicht nur in der Sprache selbst, sondern auch in Gestik und Mimik. So beinhaltet der soeben von Babsi dargebotene, typisch fränkische Nicker meist zugleich Angriffslust, Übellaunigkeit, aber auch eine gewisse Durchsetzungsfähigkeit.

»Was grichste denn?«

»Nix!«

»Des geht net!«

»Dann halt . . . a kleines Bier!«

»Hammer net!«

»Mein Gott, dann halt auch a Rauchbier!«

»Na also!«

Checko hatte seine Leberkässemmel in der Zwischenzeit vollständig vernichtet. »Warum ich dich aufschreib?«, wiederholte er und schnappte sich den Strafzettel, noch bevor ich ihn in seinen Krug fallen lassen konnte. »Da steht's doch: Du warst in der Kasernstraße länger als wie fünf Minuden im eingeschränkten Haldeverbot g'standen!«

»Checko! Biene und ich wohnen da! Ich muss irgendwo parken!«

»Des habt ihr doch gewusst, bevor ihr da hingezoochen seid!«

Ich warf den Strafzettel in Checkos Krug.

»Männo! Lass des!«

Ich schaute mich in der rustikalen Stube nach Hilfe um. Es bot sich keine an. Kein Jack Baur von der CTU und auch kein Bruce Willis. Nicht mal Johannes B. Kerner, der Checko mit einem betroffenen Blick und einem »Und das ist mir jetzt persönlich wichtig« hätte einschläfern können. Stattdessen blickte ich in die verständnislosen Augen der drallen Babsi, die einem älteren Touristen mit einer Radkarte gerade eine Spezi gebracht hatte.

Mein Seidla Rauchbier kam und ich nahm einen großen, ersten

Schluck. Wie immer schmeckte es scheußlich am Anfang, Rauchbier wird nämlich erst ab dem dritten Krug genießbar.

»Ja, wenn Sie falsch g'standen sind, dann sind Sie falsch g'standen!«, kommentierte Babsi achselzuckend und stapfte in Richtung Ausschank. Checko hatte inzwischen die in Rauchbier getränkte Bedrohung unserer Freundschaft zum Trocknen über zwei Bierdeckelhäuschen gelegt.

»Des tut mir jetzt echt Leid, Bidschi, aber ich kann da kei Ausnahme machen.«

»Aber wir sind doch Freunde!«, protestierte ich.

»Ja glar sinn mir Freunde, aber trotzdem kann ich net des eine Audo aufschreim und des andere net, bloß weil ich jetzt jemanden kenn . . .«

»Jemanden!?!«

»Na, dich halt!«

Ich zog den Strafzettel von den Bierdeckelhäuschen ab und warf ihn wieder in Checkos Krug.

»Männo!«, sagte Checko und klang dabei wie ein siebenjähriger Rotzlöffel, dem man im Freibad sein Wassereis wegnimmt.

»Schreib doch die Schwaben auf, die sich mit ihrer Klorollen-C-Klasse quer vors Rathaus stellen oder die ganzen Fischköpfe, fremde Kennzeichen halt!«

»Nanana!«, schimpfte Babsi. »Mir müssen scho a weng dollerand sei!«

»Des find ich a!«, ergänzte der Radtourist vom Nachbartisch ungefragt.

»Du nimmst ihn also nicht zurück?«, fragte ich Checko, wobei ich den Strafzettel genüsslich in den übrig gebliebenen Leberkäs-Senf drückte.

»Des kann ich net machen, weil . . .«

»Weil . . .?«

»Des geht echt net! Die Daden sind längst in die Zendrale g'funkt.«

Am liebsten hätte ich auch Checko mitsamt seiner »Daden« in die bescheuerte Zentrale gefunkt. Checko, der sich seinen Spitznamen bereits in der Grundschule verdient hatte, weil er immer der Letzte war, der irgendwas begriff. Checko, der sich inzwischen munter über die 100-Kilogrenze gefuttert hat und als einziger meiner Freunde einen Vollbart trägt. Checko, der mit seinen zarten 36 Jahren immer noch bei seinen Eltern wohnt und lieber Playstation spielt als mit Frauen auszugehen.

»Ordnung muss halt amal sein, Greulich«, tröstete mich die dralle Babsi.

»Genau!«, bestätigte der Radtourist.

Ich trank frustriert mein Bier leer und verabschiedete mich von Checko.

»Okay. Dann bis heute Abend?«

»Bis heut Abend!«

Ich war schon an der Tür, da drehte ich mich noch einmal zu Checko um. Er tat mir plötzlich Leid, wie er so gefangen war in seiner kleinen Welt des geordneten, ruhenden Verkehrs. Auch er schaute noch einmal zu mir rüber, wie ein Kind, das gemerkt hat, dass es etwas falsch gemacht hat, aber noch nicht so ganz weiß, was.

»Ich geb dir nächste Woch ä Bier aus auf Malle, okay?«, lautete sein Angebot der Wiedergutmachung.

»Ach Gott, ja. Malle . . .«, seufzte ich. Unseren gemeinsamen Urlaub hatte ich schon wieder verdrängt. Wahrscheinlich, weil ich mich nicht gerade übermäßig freute auf den mittlerweile zehnten Trip nach El Arenal. Und dann stand da auch noch eine klitzekleine Kleinigkeit zwischen mir und diesem Urlaub: die Hochzeit meines besten Freundes.

Der Plan der Ente

DIE HOCHZEIT MEINES besten Freundes war eigentlich die Hochzeit meines letzten Freundes. Arne war aus einem einfachen Grund mein »letzter« Freund: weil er von all meinen Freunden der Einzige war, mit dem ich über alles reden konnte und in dessen Augen noch ein wenig Restleben und Rebellion funkelten. Arne hielt *Café del Mar* nicht für eine neue Eisdiele und Drum & Bass nicht für einen neuen Drehtabak. Und nun wollte er ausgerechnet Biggy heiraten! Oder sie ihn. Jedenfalls stand nach Jahren des Hin und Her der Termin fest, an dem unsere Freundschaft auf Eis gelegt werden würde: diesen Samstag.

Ich konnte ihn einfach nicht verstehen. Arne, der drahtige Modellathlet und siebenfache oberfränkische Meister im Rudern, wollte sich tatsächlich ein Leben lang an eine Frau ketten, die ebenso pummelig wie schlecht gelaunt war. Aber vielleicht war sie es ja nur, wenn ich in der Nähe war, denn die Antipathie bestand seit Jahren auf Gegenseitigkeit. Fast hätte man meinen können, dass sie eifersüchtig war auf den Spaß, den Arne und ich immer hatten. Am liebsten hätte sie Arne wohl den Umgang mit mir verboten, aber weil das nicht ging, regte sie sich nur auf. Wenn Biggy sich aufregte, und das tat sie eigentlich dauernd, dann ähnelte ihre Stimme dem Quaken einer Ente. Ich fand es eine gute Idee, sie auch so zu nennen.

»Heirate sie nicht!«, hatte ich Abend für Abend beim Bier zu Arne gesagt. So oft hatte ich es wiederholt, dass Arne gar kein Bier mehr mit mir trinken wollte. Also änderte ich meine Meinung in »Mach was du willst!« Wenigstens ersparte es mir meine Ehrlichkeit, Trauzeuge zu sein, ich konnte dem Trauerspiel also mehr oder weniger unbeteiligt beiwohnen. Sich trauen und Trauer – für mich lag das eben eng beisammen. Doch Arne traute sich so einiges: Arne wollte gleich den kompletten Dreierpack:

Heirat, Baby, Haus.

Quak! Quak! Quak!

Ich wusste, dass es nicht sein Plan war, sondern der Plan der Ente, oder wie ich ihn nannte, die Operation »Enduring Boredom«: Arne vor den Altar zerren, schnell Kinder machen und wegschließen in einem Einfamilienhaus mit Kiesauffahrt, das mindestens eine Viertelstunde von mir und der nächsten Kneipe entfernt ist. Ich würde meinen besten Freund an eine Frau verlieren, es war nur eine Frage der Zeit. So, wie ich Harry, Heiko und Markus verloren hatte. Irgendein schrecklicher Virus ging um, der alle um die dreißig dazu brachte, sich gegenseitig Ringe über die Finger zu stülpen und aufs Land zu ziehen mit dem einzigen Zweck, ein Kind nach dem anderen aus dicken, aber glücklichen Müttern purzeln zu lassen. Ich fragte mich, warum die Weltgesundheitsorganisation nichts gegen so einen Virus unternahm. Wenigstens war ich dagegen immun. Denn ich wollte weder einen Ring noch Kinder und auch kein Haus mit Kiesauffahrt, von dem man »höchstens eine Viertelstunde in die Stadt« braucht. Ich habe ohnehin nie verstanden, warum man nicht gleich in der Stadt bleibt, wenn es einem so wichtig ist, dass man »höchstens eine Viertelstunde« dorthin braucht.

»Mit Mitte dreißig muss es knirschen«, sagte Arne schon kurz nachdem er mit der Ente zusammen war und er meinte damit, dass man spätestens dann stolzer Besitzer einer Kiesauffahrt sein sollte, mit dem entsprechenden Haus dahinter.

You say »Auffahrt«, I say »Quak!«

Ich fand nicht, dass mit Mitte dreißig irgendwas knirschen sollte, es sollte eher was rieseln, und zwar der feine Sand eines schönen Atlantikstrandes, von dem man sich gegen Nachmittag auf die Terrasse seines schönen Ferienhauses begibt. Mit einer schönen Frau, aus der nicht ständig Kinder purzeln.

Und jetzt kommt der einzige Schwachpunkt in meiner schönen Argumentationskette: Ich war von diesem Ziel genauso weit entfernt wie Arne. Der Unterschied bestand lediglich darin, dass ich davon träumte und er nicht.

Ja, ich hatte Angst. Angst davor, mich früher oder später fügsam einzureihen in den bereihenhausten Stillstand provinzieller Zufriedenheit, Vater eines leicht übergewichtigen Sohnes zu werden und schließlich leicht übergewichtig exakt dort zu sterben, wo ich geboren wurde: in einer oberfränkischen Kleinstadt, in der ein Bierfest mit dem Namen *Sandkerwa* der absolute Höhepunkt des Jahres ist und den meisten das nur sechzig Kilometer entfernte Nürnberg schon »zu groß« oder »zu weit weg« ist.

Und so war es kein Wunder, dass eine Frage immer öfter auftauchte. Sie lauerte mir bei der Arbeit auf, sie überraschte mich bei meinen Radtouren, ja manchmal riss sie mich sogar aus dem Schlaf. Die Frage lautete:

Kann es das schon gewesen sein?

Peter Greulich, bis zu seiner Pensionierung Leiter der Abteilung Öffentlichkeitsarbeit und Marketing von Seppelpeter's Spezialbräu, verstarb am 27. 11. 2056 in Bamberg-Strullendorf. Seiner Ehefrau Sabine Greulich und seinen drei leicht übergewichtigen Söhnen hinterlässt er ein Reihenhaus mit Kiesauffahrt und einen sauber polierten 5er BMW.

Würde ich wirklich in dieser putzigen, oberfränkischen Stadt wohnen bleiben, in der nicht mal Deutschlehrer meinen Namen richtig aussprechen konnten? *Dema verfehlt, Beder!*

In einer Stadt, in der man zu einem französischen Croissant *Budderhörnla* sagt und *Adela* statt Tschüß? Jeden Tag spürte ich ein wenig deutlicher, dass es nicht mehr meine Welt war, so gern ich sie auch mochte. Ich stellte mir ein anderes Leben vor, träumte von einer richtigen Stadt mit Strand, in der man mit seinen Freunden abends in einem Café sitzen konnte, um dann später noch den einen oder anderen Cocktail in einer Bar zu vernichten. Einer Stadt, in der *Electro* liefen statt Rod Stewart und House statt Udo Jürgens. Unsere jährlichen Männerurlaube taugten nicht wirklich als Fluchtversuch, denn dort endeten eben diese Träume in eher teutonisch geprägten Strandbars, in denen wir alle zusammen »Geh zu Hause, du alte Scheiße« grölten, um dann gegen vier Uhr rotzbesoffen in unser Mittelklassehotel zu fallen. Am nächsten Tag verbrannten wir uns dann wieder unsere Rücken, weil wir uns nicht gegenseitig eincremen wollten aus Angst, das sähe schwul aus. Letztendlich waren wir auch nicht besser als *Schlenkerla-Babsi* und die quer parkenden Klorollen-Schwaben vor dem Hotel *Luitpold*.

Vor vier Jahren war es dann vorbei mit den puren Männer-Urlauben, unsere Freundinnen und Frauen wollten mit und seit diesem Punkt wurde alles braver, die Kater erträglicher, die Rücken weniger rot. Vor zwei Jahren dachte ich zum ersten Mal, dass es eigentlich keinen Grund mehr gab, überhaupt noch wegzufahren. Die Zeit war vorbei. Unsere und die der Ballermann-Partymeile sowieso. Nur schien sich das noch nicht herumgesprochen zu haben bis zu meinem Freundeskreis, denn noch bevor ich auch nur einen Versuch unternehmen konnte, wenigstens einmal das Hotel zu wechseln, präsentierte mir Biene vor zwei Monaten den Buchungsbeleg für drei Wochen »El Corazón, Arenal«.

»Drei Wochen?«

Ich hatte zwar noch ziemlich viele Tage Resturlaub vom vergangenen Jahr bis spät in den Sommer retten können, aber natürlich hatte ich nicht vor, fast einen ganzen Monat in El Arenal zu verbringen.

»Ab der zweiten Woche erholt man sich erst richtig«, erklärte mir meine Freundin Biene.

»Sagen die im Reisebüro?«

»Stand in der *Freundin*!«

Natürlich. Einen Artikel mit dem Thema *Kann es das schon gewesen sein?* hatte ich noch nie da drin entdeckt.

»Freust du dich gar nicht?«

»Doch«, log ich, »ich freu mich sogar ziemlich!«

Dann schnappte ich mir mein Fahrrad und fuhr eine Stunde über die Felder, so wie ich es immer tat, wenn ich nicht weiter wusste. 17,3 Kilometer stand danach auf dem Tacho.

Weiter weg kam ich nicht.

Noch nicht.

Schnitzelteppich

»WIE? NACH NÜRNBERCH?«, lautete Checkos entsetzte Frage, als er in einem grünen Sweatshirt verschwitzt am Bahnhof auftauchte. Ich hatte schon eine Weile am Fahrkartenautomaten gestanden mit einer bauchigen Sporttasche, in der ich die Requisiten für Arnes Junggesellenabend aufbewahrte. Vor einer Woche waren wir noch fast zwanzig Mann gewesen und alle fanden die Idee »dodal subber«, mit Arne mal so richtig einen draufzumachen, bevor die Ente ihm den Auslauf verbietet. Leider legte sich die Begeisterung der Freunde und Kollegen in dem Maße, in dem der Junggesellenabend näher kam, und nun standen wir nur noch zu sechst hier und warteten auf den Regionalzug, der uns nach Nürnberg bringen sollte: Checko, Jason, Arne sowie Arnes Redaktionskollegen bei Deutschlands viertkleinster Jagdzeitschrift. Sie hießen beide Klaus und waren nicht wirklich leicht auseinander zu halten, aber das war nicht schlimm, weil der einzige Unterschied zwischen Klaus und Klaus darin besteht, dass der eine Klaus zwei Kinder hat und der andere eins. Beide wohnen in einer Doppelhaushälfte in Strullendorf, beide fahren einen grünen Range Rover, beide sind knapp unter 40 und tragen einen Schnurrbart.

Alles hatte ich präzise vorbereitet: die Kneipentour, peinliche Junggesellenspiele und einen finalen Besuch in einer Tabledance-Bar, deren Inhaber ich schon vorgewarnt hatte.

Erst jetzt, fünf Minuten vor Abfahrt des Zuges, kam mir der Gedanke, dass ich vielleicht auch meine Freunde in die Planung dieses denkwürdigen Abends hätte einbeziehen sollen. Um ganz genau zu sein, kam mir der Gedanke in der Sekunde, als Checko »Wie? Nach Nürnberch?« fragte.

Jason, unser franko-amerikanischer Ex-GI, blickte ebenfalls recht ängstlich auf die Anzeigetafel für die Abfahrt der Züge und der kleinere von Arnes Kollegen aus der *Wald & Wild*-Redaktion zündete sich nervös einen Tankstellen-Zigarillo an. Auch der Rest meiner Gruppe verstand unter einem Abend in Nürnberg offenbar eher eine Bedrohung als eine Party.

»Jetzt kommt schon, das gibt einen Riesenspaß!«, versuchte ich die anderen zu begeistern und wenigstens Arne nickte in einer Mischung aus unsicherer Vorfreude und versteckter Anerkennung.

»Wird schon lustig!«

»Wir sollen jetzt echt alle nach Nürnberg fahren?«, bombardierte nun auch Jason meine Abendplanung.

»Ja, Jason. Nur Nürnberg. Nicht Bagdad. Du bist also heute Nacht noch zurück!«

»Okay, aber es ist ja jetzt schon NACH acht!«, ergänzte er.

Ich fand das reichlich kleinkariert für jemanden, der erst vor drei Jahren von Chicago nach Bamberg gezogen war, und gab zu bedenken, dass es keinem von uns schaden würde, mal woanders zu feiern. Auf Gleis zwei fuhr inzwischen quietschend unser Regionalexpress nach Nürnberg ein.

»Das ist ja auch 'ne klasse Idee von dir und so«, versuchte Jason mich zu beruhigen, »aber ich glaub, wir müssen morgen alle ziemlich früh raus!«

Das war der Punkt, an dem ich ein ganz kleines bisschen sauer wurde.

»Hallo? Wir feiern Arnes Junggesellenabschied. Da werden wir doch ausnahmsweise mal bis nach der *Tagesschau* aufbleiben können, oder?«

»Also ganz ehrlich, Nürnberg ist mir jetzt a weng zu weit!«, gab nun auch Arnes zweiter Redaktionskollege zu.

»Zu weit von was?«, hakte ich nach.

»Na, von hier!«

Es hatte keinen Zweck. Ich wusste es. Der Einzige, der mitgefahren wäre, da war ich mir sicher, war Arne. Doch alleine feiern wollten wir natürlich auch nicht. Behutsam zog er mich einen Schritt beiseite.

»Du, Pitschi, können wir den Abend nicht auch hier machen? Die Kneipentour und so? Ich meine, wir können doch zu zweit irgendwann anders nach Nürnberg, oder?«

»Irgendwann anders? Du meinst, wenn uns zwei ungeduschte Zivis zum Tabledance rollen müssen!«

Ein wenig hilflos zuckte Arne mit den Schultern.

»Ja, wenn keiner mitwill, bringt's ja auch nix!«

Ich gab auf.

»Schon gut«, sagte ich, »wir bleiben hier!«

Es brach Jubel aus und ich sah regungslos zu, wie sich die Türen des Zuges nach Nürnberg wieder schlossen. Und natürlich wusste ich, welche Frage man mir jetzt stellen würde – die gleiche Frage, die wir uns seit den Achtzigern fast täglich stellten:

»Und Pitschi, wohin? Mahr's Bräu oder Seppelpeter's?«

Weil ich für Seppelpeter's arbeitete, wussten sie, was ich sagen würde. Wir gingen also ins Mahr's Bräu, eine rustikale Brauereigaststätte mit einem äußerst süffigen Bier, das von großen Eichenholzfässern direkt in Steinkrüge gezapft wurde. Donnerstag war Schnitzeltag im Mahr's Bräu und das seit Jahrhunderten. Nur 1945, als die US Airforce die gastronomische Landschaft Bambergs geringfügig umstrukturierte, fiel der Schnitzeltag zweimal aus. Für viele Bamberger ist bis zum heutigen Tage unverständlich, wie die

Bomberpiloten zurückfliegen konnten, ohne auch nur einen Bissen der fränkischen Bratwürste, *a Schäuferla* oder ein Riesenschnitzel probiert zu haben. Schnitzel, die noch immer weit über den Tellerrand schauen, ganz im Gegensatz zu den Leuten, die sie Woche für Woche dort bestellen. Unsere Gruppe vergrößerte sich, denn im Hof des Mahr's Bräu saß Arnes Kumpel Erich an einem großen Holztisch und las bei einem Seidla Lagerbier im *Fränkischen Tag.* Erich war Deutschlands größter Sportjournalist. Mit seinen 1,97 durfte er beim *Fränkischen Tag* an einem maßgefertigten Tisch Hetzartikel über den FC Bayern verfassen. Für den größten Bayern-Hasser Oberfrankens ein Traumjob.

»Und? Was steht drin?«, fragte ich zur Begrüßung.

»Die Feuerwehr in Forchheim hat jetzt endlich ihr neues Löschgerät!«, grinste Erich. »Ach . . . und Bayern hat verloren!«

»Freut mich für dich!«, sagte ich und setzte mich zu ihm. Arnes zweitwichtigster Tag im Leben fand also ausgerechnet in der Kneipe statt, in der wir ohnehin die meisten Abende verbrachten. Was sollte ich machen? Es war nicht mein Abend, sondern Arnes. Also bestellte auch ich mir einen halben Liter Bier und ein LKW-Felgen-großes Schnitzel.

»Subber Schnitzel!«, schmatzte Checko anerkennend und ich nickte. Arne hingegen interessierte sich eher für meine Sporttasche als für die panierten Schweinelappen.

»Aber jetzt sag doch mal, Pitschi, was hast du dir denn ausgedacht für heute?«

»Genau«, fragte auch Erich, »was ist da drin?«

Da war viel drin, denn ich hatte mir so einiges ausgedacht und ich wollte es eigentlich auch gerade erklären, als das Unfassbare geschah: Jasons Frau Miriam kam strahlend in den Gastraum, sagte allen brav hallo und setzte sich zu uns, als sei das die normalste Sache der Welt.

»Na ihr?«, war das Erste und Letzte, was sie sagte.

Eine Frau! Am Junggesellenabend! Ich musste etwas tun.

Ich tat etwas.

Fünf Minuten später stand »Miri« beleidigt auf und ich war der Depp.

»Des kannste net machen, Pitschi!«, ermahnte mich der kleinere der beiden *Wald & Wild*-Kläuse kopfschüttelnd, »die Miri is' extra wegen dem Arne gekommen!«

»Doch, kann ich«, sagte ich, »weil wir nämlich einen Junggesellenabend feiern und keine Hausfrauen-Tupperparty und weil ich noch nie was davon gehört habe, dass man da seine Partner mitbringt! Und weil ich finde, dass man der Miri das auch sagen kann!«

Konnte man offenbar nicht, denn vor lauter Kopfschütteln wurden inzwischen die ersten Riesenschnitzel kalt, mal abgesehen davon, dass wir jetzt nur noch zu sechst waren, weil Jason vor der Gastwirtschaft mit seiner Frau diskutieren musste.

Dann zog der größere der Kläuse sein Handy aus der Tasche und schrieb eine SMS. Als er merkte, dass ihn alle anguckten, sagte er kleinlaut: »Ich schreib meiner Maus. Dass sie net mehr kommen braucht.«

Arne lachte laut auf und wenn Arne einmal richtig lachte, dann war das so laut, dass selbst der Feuerwehr in Forchheim ihr neues Löschgerät vor Schreck umfallen konnte.

Jason kam nicht mehr zurück ins Mahr's Bräu. Wie ich am nächsten Tag erfahren sollte, hatte er einen heftigen Streit mit seiner Miriam. Auch meine lustigen Junggesellenspielchen entpuppten sich als Fiasko. Ich hatte Umschläge mit Aufgaben für alle vorbereitet, für deren Erledigung es Punkte gab. Zwei Würfel entschieden, wer einen Umschlag ziehen und die Aufgabe lösen musste. Wer sich weigerte, musste eine Runde Bier zahlen. Was ich in der Tat nicht bedacht hatte, war, die schwierigen Aufgaben an das Ende des Abends zu packen. Und natürlich erwischte es als allerersten Checko. Mit knallrotem Kopf saß er da und verlas die Aufgabe, wie ein pubertierender Viertklässer seine heimlich verfasste Liebeserklärung an die

Klassenschönste. »Blase Sandy auf und bestell ihr eine Brezel ohne zu lachen.«

Checko blickte mich an.

»Wer is'n Sandy?«

Schweigend reichte ich Checko eine verschweißte Packung, aus der uns eine billige Plastik-Sexpuppe mit deformierten Augen und geöffnetem Mund anstarrte.

»Heilicher«, stöhnte Checko. »Was is'n mit der bassiert?«

»Ganz einfach«, lachte Arne, »die hat gerade erfahren, wer sie auspackt!«

Und während Erich fast sein Bier ausspuckte vor Lachen, hielt der arme Checko das halb durchsichtige Päckchen noch immer in seinen Händen wie eine Zeitbombe.

»Und? Was soll ich'n jetzt machen?«

»Aufblasen und Brezel bestellen ohne zu lachen«, schmunzelte ich.

»Des kannst net machen!«, protestierte der kleinere Klaus und sein größerer Kollege gab ihm Recht: »Stimmt, des kannste net bringen!«

Checko ließ das Plastikpaket verschämt unter dem Tisch verschwinden. Erschöpft lehnte ich mich zurück. Womöglich war es tatsächlich die falsche Aufgabe am falschen Ort für die falsche Person in der falschen Stadt. Also ließ ich Checko seine »Strafrunde« zahlen und informierte die Trinkgenossen über meinen verrückten Plan, nach jeder Runde für eine frische Aufgabe »auf einen neuen Keller« zu ziehen, wie man die Biergärten in Bamberg nennt.

»Aber mir sitzen doch grad so schön«, protestierte Checko. Arne zuckte mit den Schultern und ich musste einsehen, dass mein Plan für einen Donnerstagabend wohl nun wirklich einen Tacken zu verrückt war. Und dass keiner der Anwesenden meine Junggesellenspaß-Aufgaben löste, muss ich wohl nicht mehr erwähnen. Sportjournalist Erich, der den Nachbartisch dazu bringen sollte, seine angeblich verlorenen Kontaktlinsen zu suchen, weigerte sich mit der Begründung, es sei jemand vom DFB in der Wirtschaft. Einer der *Wald & Wild*-Kläuse fand es unhygienisch, aus den Schuhen der Bedienung Sekt zu trinken, womit er ja auch Recht hatte, denn ich hatte bei dieser Aufgabe die roten Lackstiefel einer Nürnberger Table-Tänzerin im Kopf gehabt und nicht die Deichmann-Wanderschuhe der moppeligen Bedienung. Gegen elf verabschiedeten sich Arnes Kollegen, kurz darauf machte Checko die Biege mit der Begründung, er hätte irgendwie einen komischen Kopf. Das fand ich ja seit Jahren. Auch Erich verschwand, ihm war mal wieder flau im Magen. Und so endete der wohl jämmerlichste Junggesellenabend in der Geschichte Bambergs noch vor elf Uhr in einem lauschigen Biergarten an einem hölzernen Zehnertisch, an dem nur noch Arne und ich saßen.

Ratlos schüttelte ich mit dem Kopf.

»Ich versteh das nicht. Wie kann man in dem Alter schon so spießig sein?«

Arne zuckte mit den Schultern.

»Wie meinst'n du das, ›in dem Alter‹? Wir gehen doch alle auf die vierzig zu!«

»Danke, ich hab's seit Jahren erfolgreich verdrängt!«

»Mensch Pitschi, jetzt überleg doch mal, wer eben hier saß! Der Erich mit seinem nervösen Magen, die beiden Valium-Kläuse, ein frisch eingebürgerter Tennishallen-Pächter aus Chicago und Checko.«

»Stimmt«, sagte ich, »wer so ne Gästeliste kriegt, der plant keine Koksparty mit südamerikanischen Models!«

»Eben! Du kennst südamerikanische Models?«

Ratlos schaute ich Arne an, dann lachten wir beide für einen Moment.

»Hast du vielleicht ne Idee, wo man in Bamberg kurz vor Mitternacht noch neue Freunde herkriegt?«

Lachend legte Arne seinen Arm um meine Schulter und hob seinen Krug zum Anstoßen: »Hier im Mahr's Bräu. Mich!«

»Dich kenn ich doch schon«, seufzte ich und hob auch meinen Krug, »abgesehen davon biste in zwei Tagen unter der Haube!«

»Und in fünf Monaten Vater«, ergänzte Arne stolz.

»Aber du bist mein bester Freund! Du kannst doch nicht so einfach heiraten und eine Frau schwängern! Ich meine, das spricht man doch ab!«

»Oh doch! Und du solltest das auch!«

»Was? Es absprechen?«

»Heiraten! Im Ernst, Pitschi. Deine Biene ist doch 'ne Süße. Worauf wartest du denn noch?«

»Auf südamerikanische Models!«

»Spinner! Jetzt im Ernst! Auf was wartest du?«

Ich war ganz froh, dass die Bedienung ausgerechnet in diesem Augenblick an unseren Tisch kam, um abzukassieren. Ich hätte die Antwort nämlich nicht gewusst.

»Kriegen wir noch was?«, fragte ich.

»Drinnen!«

Gemeinsam zogen Arne und ich also in die holzverkleidete Gaststube, wo wir einen Platz direkt neben dem großen, grünen Kachelofen bekamen.

»Aber einmal die Woche heben wir noch einen, oder?«, fragte ich mit fast bettelndem Tonfall.

»Bestimmt!«, beschwor Arne, »ich zieh vielleicht ein bisschen weiter raus und werd Papa, aber ich bin doch deswegen noch lange nicht aus der Welt, oder?«

»Eben. Es gibt ja Telefon«, erwiderte ich trotzig.

»Ach, Pitschi.«

»Du bist halt der Einzige, mit dem ich mich noch normal unterhalten kann!«

»Das hört ja aber doch nicht auf, nur weil ich Vater werde . . .«

». . . heirate und rausziehe!«

»Vielleicht wird's ein bisschen weniger . . .«

»Was ist mit Heiko, Harry und Markus?«

»Was soll mit denen sein, keine Ahnung?! Lange nicht gesehen!«

»Siehste! Sind alle rausgezogen mit Kind und Kegel. Wie vom Erdbeben verschwunden.«

»Erdboden.«

»Oder so.«

Wir waren beide ziemlich betrunken zu dem Zeitpunkt.

»Ich muss das ja nicht so machen wie die!«, tröstete mich Arne.

Nein, musste er nicht. Würde er aber.

»Weißt du noch«, setzte ich an, »was wir für einen Spaß hatten, die letzten Jahre? Wie wir unterm Rathausbogen besoffen ›Kein Schwein ruft mich an‹ für die Touristen gesungen haben? Wie wir mit dem Video-Beamer von der Uni Pornos aufs Karl May Museum projiziert haben oder wie du die Ente im Park geschossen und gegrillt hast, weil der McDonalds schon zuhatte?«

Klar wusste er es noch. Er war ja dabei gewesen. Trotzdem hatte er eine andere Sichtweise auf die Dinge.

»Mensch, Pitschi«, sagte er dann immer und so auch jetzt, »Pitschi, das Leben geht weiter. Das war lustig, aber alles geht weiter. Wir können doch nicht bis achtzig um die Häuser ziehen und Frauen anquatschen. Wir müssen doch auch mal zur Ruhe kommen!«

Ich schüttelte mit dem Kopf.

»Es gibt einen Unterschied zwischen zur Ruhe kommen und tot sein.«

»WIR verändern uns ja, Pitschi, DU bist derjenige, der stehen bleibt.«

Nachdenklich schaute ich Arne an. Dann fing ich die Bedienung ab, um uns noch zwei *Schnitt* zu bestellen, wie die halben Abschlussbiere in Bamberg heißen.

»Des geht leider nimmer«, lautete die ebenso freundliche wie bestimmte Antwort.

»Warum?«, wollte ich wissen und wurde auf die große Hirschuhr verwiesen, die direkt über uns hing und auf Mitternacht zeigte. Wir waren eben in Bamberg und nicht in Bangkok.

»Komm, lass«, beruhigte mich Arne. »Ist gut für heute.«

»Unser letztes Bier war das!«, stöhnte ich.

Arne blickte mich kopfschüttelnd an: »Manchmal versteh ich nicht, warum du so unzufrieden bist. Du hast eine liebe Freundin, du hast einen Job und du wohnst in einer Stadt, die so schön ist, dass jeden Tag Hunderte von Touristen kommen!«

»Ja, aber die fahren am Abend wieder weg!«

»Biene bleibt!«

»Hab ich dir doch erzählt: Sie könnte meine Schwester sein inzwischen!«

»Weil du sie so behandelst! Und, das darfst du nicht vergessen in den Zeiten von Hartz 4 und so: Du hast einen klasse Job bei Seppelpeter's!«

»Ich hab einen Chef, der mich hasst!«

»Dann freu dich wenigstens auf den Urlaub!«

»Da will ich auch nicht hin!«

»Dann wirste wohl auswandern müssen und ein komplett neues Leben anfangen!«

»So sieht's aus!«

Schweigend leerten wir unsere Steinkrüge. Dann bliesen wir Sandy auf und bestellten ihr eine Brezel ohne zu lachen.

Picknicker

KARL-HEINZ SEPPELPETER starb einfach nicht. Er tat es schon mal deswegen nicht, weil er wusste, dass ich noch während der Beerdigung sein heiß geliebtes Apostroph hinter *Seppelpeter's Spezial's* gestrichen und alkoholfreies Bier ins Sortiment aufgenommen hätte. Da Karl-Heinz Seppelpeter der Chef der gleichnamigen Familienbrauerei war, wusste er all diese Neuerungen auf eine ebenso einfache wie effiziente Art und Weise zu verhindern: indem er am Leben blieb.

Wir nannten Karl-Heinz Seppelpeter alle den »jungen Seppelpeter«. Nicht, weil er so jung war, sondern weil er der Sohn vom alten Seppelpeter war. Der junge Seppelpeter war ein Mann, der einen Kasten Bier zwar nicht mehr tragen, aber immer noch trinken konnte. Der junge Seppelpeter war einundneunzig.

Es war mal wieder ›Vierteljährige‹, eine Versammlung, bei der die gesamte Familie Seppelpeter und alle Abteilungsleiter zusammenkamen, um über Bier und Zukunft zu sprechen. So hieß es zumindest. In Wahrheit tranken sie Bier und sprachen über die Vergangenheit. Wie immer saßen wir unten im Seppelkeller, dem größten Raum der Brauerei, in dem wir sonst die Touristen abfertigten.

Der junge Seppelpeter saß mit einem grauen Filzhut am Kopfende des Tisches. Außer dem Filzhut trug er stets eine Fliege, ein kariertes Hemd und ein Loden-Jackett. Es war der Morgen nach dem gescheiterten Junggesellenabend und mir dröhnte der Schädel vom etwas zu süffigen Lagerbier. Vermutlich trug ich deshalb meine Vorschläge zur Einführung von alkoholfreiem Bier besonders vehement vor an diesem Morgen. Doch wie jedes Mal runzelte auch dieses Mal der junge Seppelpeter seine ohnehin schon faltige Stirn, als ich das Wort »alkoholfrei« auch nur in den Mund nahm. Das Stirnrunzeln ergänzte er zudem noch um ein verächtliches »Pförds!«, was wörtlich übersetzt »Fürze« heißt, aber eigentlich so viel bedeutet wie »Totaler Unsinn!«

Ich gab nicht auf und redete mir den Wolf von Produktpositionierung, Geschmackstrends und Zielgruppenorientierung, während der Chef an der Stirnseite seelenruhig sein Bier in sich hinein- und meine Ausführungen an sich vorbeilaufen ließ.

»Was spricht denn dagegen, wenn wir neben dem besten Lagerbier Frankens auch noch das beste alkoholfreie Bier Frankens brauen?«, versuchte ich den jungen Seppelpeter aus der Reserve zu locken. Seine Antwort lautete:

»Ich!«

»Das sind alles Marktanteile, die uns flöten gehen! Bares Geld!«

»Pförds!«

Gut die Hälfte der Mitarbeiter lachte, auch sein dicker Sohn Max, der aussah wie Diether Krebs in einem seiner Dicke-Brillen-Sketche. Ich hatte mich an das Lachen gewöhnt: Es war meine achtundzwanzigste Präsentation.

»Du wirst doch net kurz vor deinem Urlaub noch a Revolution anzetteln wollen, oder?«, fragte mich der junge Seppelpeter, »und des, wo du dein Resturlaub bis in den Juli mit hast schlebb dürf!«

»Das weiß ich ja auch zu schätzen«, antwortete ich und legte nach: »Wir müssen trotzdem was machen: Die Bayern positionieren ihr alkoholfreies Erdinger inzwischen sogar als Sportgetränk!«

»Mir wurscht«, polterte mein Chef zurück, »wir machen Bier, kei Limo!«

Wieder lachten alle und leider schien es so, als hätte Seppelpeter zunehmend Spaß an meiner Demontage.

»Am End willste noch den Reechenwald retten!«

Erschöpft ließ ich mich auf meinem Stuhl nieder und wollte schon aufgeben für dieses Mal, da meldete sich der Seppelpeter noch einmal zu Wort, diesmal in einer wohlwollenderen Tonlage.

»Also gut, Greulich. Wenn du unbedingt alkoholfreie Getränke machen willst . . .«

Seppelpeter zückte einen Kugelschreiber, schrieb etwas auf einen Bierdeckel und ließ ihn mir durchreichen, »dann könnte dir die Nummer weiterhelfen. Und uns auch.«

Auf dem Deckel stand: 09 21–6 00 04. Ich witterte meine Chance.

»Und wer geht da ran?«, fragte ich unsicher.

»Coca-Cola!«, prustete der Alte heraus und erntete großes Gelächter dafür. Sogar sein dick bebrillter Sohn bebte und lief rot an vor Lachen. Ich ließ den Bierdeckel auf den Tisch fallen und rieb mir angespannt die Schläfen. Es war ein Kampf, den man nicht gewinnen konnte.

»Greulich«, schoss er amüsiert nach, als sich das Gelächter wieder ein wenig gelegt hatte, »willst heut gar net über deine Gänsefüßlich sprechen?«

Ich schüttelte mit dem Kopf. Heute war ganz bestimmt kein guter Tag, um über Grundsätzliches zu sprechen. Womöglich war es nicht mal ein gutes Jahr, um darüber zu sprechen. In diesem Augenblick war es mir ehrlich gesagt auch scheißegal, dass stündlich 440 Kästen mit dem Etikett *Seppelpeter's – ganz was Spezielle's* oder *Bamberg's bestes Braune's* die Brauerei verließen. Ich war in Gedanken schon in der Mittagspause, in der ich mit Biene den neuen japanischen Imbiss testen wollte, der am Grünen Markt eröffnet hatte. Ich hatte die Nase voll von Seppelpeter's, Schnitzel's und Tradition's. Sollten die anderen Brauereien's doch an uns vorbeiziehen's! Wenn der alte Sack nicht wollte, dann wollte er nicht. Frustriert stampfte ich nach oben in mein kleines Dachgiebelbüro, surfte eine Stunde auf den Seiten ferienwohnungen.de, expedia und Robinson. Dann ging ich wieder nach unten, schloss mein Rad auf und fuhr die fünf Minuten zum *Bamberger Bastelbär*, dem kleinen Laden meiner Freundin.

Der *Bastelbär* ist ein Laden für Kindergärtnerinnen und Mütter, also für Leute, die gerne kleine Holzkugeln auf Schnüre aufreihen und Holzenten dranbinden. Der *Bastelbär* ist demnach das exakte Gegenteil von dem, wofür sich Männer interessieren könnten. Ich glaube, dass auch noch nie ein Mann drin war, und wäre ich ein eifersüchtiger Zeitgenosse, dann hätte meine Freundin Biene den idealen Beruf. Aber eifersüchtig war ich schon lange nicht mehr.

Biene war gut gelaunt, als ich den Laden betrat und Hunderte kleiner Glöckchen so laut dingdingding machten, dass einem schwindelig werden konnte. Sie trug ein weißes, leichtes Sommertop mit Spaghettiträgern und ihre Lieblingsjeans, die Jason und Miriam ihr aus den USA mitgebracht hatten.

Ich hatte Biene vor fast zehn Jahren auf der *Sandkerwa* kennen gelernt, Bambergs berühmtem Bierfest. Es war schon ziemlich spät, Biene schenkte damals noch Bier aus für die Erlebniskneipe *Zwetschgäbam*. Nur mir wollte sie kein Bier mehr ausschenken, weil ich zwei Minuten nach der Sperrstunde zum Stand kam.

»Ist das euer Kneipenerlebnis, dass man kein Bier mehr bekommt?«, probierte ich sie noch zu überreden.

»Ja! Gefällt's dir?«, war ihre Antwort, während sie und ihre Kollegin den Stand für die Nacht sicherten. Was mich damals faszinierte, war schon bald ein Teil unseres Problems: Biene ist unglaublich stur. Ich bekam tatsächlich kein Bier mehr, dafür aber später einen Kuss in einem Hauseingang. Und wie 99,9 % aller Männer hatte ich während dieses ersten Kusses eines nicht im Kopf: dass ich mit dieser Frau rausziehen, Kinder machen und alt werden wollte.

Dennoch: Vom ersten Kuss an waren wir ein Paar, wir fragten nicht, es war einfach so. Unsere ersten Jahre waren schön und allzu gerne würde ich heute noch einmal das Gefühl von damals nacherleben: die ganze Aufgeregtheit, die Verliebtheit und auch die Bewunderung für all die kleinen Dinge, die ich schön fand an Biene und das waren, besser sind eine ganze Menge: ihr hübsches, rundes Gesicht, die glatten blonden Haare und die Sommersprossen, die sie von Juni bis Oktober überall bekommt. Ich mochte ihre kecke

Art und ihr freches Lachen und natürlich mochte ich, dass man mit ihr auch mal ein Bier trinken konnte. Dass sie um die Hüfte ein klein wenig robuster gebaut ist als ein Topmodel, hat mich nie gestört. Wir hatten eine ebenso schöne wie unbeschwerte Zeit und für eine Weile dachte ich sogar, dass ich mir nie wieder eine Frau suchen musste, dass Biene mehr sein konnte als nur meine Freundin. Mit der Gewissheit kam die Ruhe, diese Ruhe gab uns den Mut zusammenzuziehen, um unsere Beziehung weiter zu festigen. Und dann? Kam nichts mehr.

»Und? Was hat der Seppelpeter gesagt zu deiner Präsentation?«, fragte mich Biene besorgt.

»Pförds!«

»Armer Mausbär!«

»Ich glaub manchmal echt, der will mich loswerden!«

»Ach was!«

Frustriert setzte ich mich auf einen viel zu kleinen Kinderstuhl und nahm eine Tüte mit kleinen Holzkugeln aus einer Box. Biene hatte ihr *Closed*-Schild schon umgedreht und richtete ein paar letzte Artikel in den Regalen.

»Irgendwann bring ich den Alten um!«

»Ich weiß nicht, ob sich der Aufwand für die paar Monate lohnt«, schmunzelte Biene.

»Monate?«, entgegnete ich, »solche Leute werden älter als 100!«

»Schatz, pass mit den Holzkugeln auf, du weißt, was neulich passiert ist, als du mit so 'ner Tüte herumgespielt hast!«

Da war es wieder, das »Schatz«, das ich nicht mochte. Nicht, dass ich »Mausbär« besser fand, aber ich war der Meinung, dass man Schatz nur sagen sollte, wenn diesem Wort irgendetwas Liebevolles nachfolgt, so was wie *Schatz, das war ein wundervoller Abend* oder *Schatz, ich hab Lust auf dich*. Schließlich sag ich ja auch nicht *Mein Hasenzähnchen, geh mal mit einem feuchten Lappen durch die Küchenschränke, da ist ja alles voller Krümel*.

»Sag mir, was mit der Holzkugel-Tüte passiert ist, ich hab's vergessen!«

»Sie ist geplatzt und alle Kugeln sind raus und wir haben sie eine halbe Stunde lang aufgesammelt!«

»Stimmt! Das war total blöd von mir, neulich vor zwei Jahren.«

»Schatz, ich finde, du musst deinen Ärger vom Job nicht an mir auslassen.«

»Hast ja Recht, 'tschuldigung!«, sagte ich und wäre gerne aufgestanden, um Biene einen Kuss zu geben, hätte nicht in dieser Sekunde der kleine Kinderstuhl unter meinen gut achtundneunzig Kilo sein putziges Leben beendet und beschlossen, mit einem lauten Knack auseinander zu brechen.

»Schatz!!!«, rief Biene und es folgte schon wieder nichts Liebes, es sei denn ». . . der war doch für die Frau Grassick . . .« wäre etwas Liebes.

»Die wiegt doch mehr als ich!«, erwiderte ich und versuchte vergeblich, einige der zerbrochenen Teile wieder ineinander zu stecken.

»SIE wollte sich ja auch nicht draufsetzen, sondern ihre kleine Tochter!«, sagte Biene. Dann zog sie sich ihre Jacke über und schnappte sich ihre Autoschlüssel. »Lass uns mal fahren, ich will dir was zeigen!«

Die Großzügigkeit, mit der Biene über die grob fahrlässige Zerstörung von Frau Grassicks Kinderstuhl hinwegsah, hätte mich stutzig machen sollen.

Wir fuhren nicht zum Japaner. Wir fuhren auch nicht zum Inder. Wir fuhren raus aus der Stadt, in Bienes gelbem Corsa. Es war ein heißer Sommertag, wir hatten alle Fenster runtergekurbelt und alles roch nach Duftbaum ›Sommerwiese‹. Ich kannte die Strecke von meinen Radtouren und ließ meine rechte Hand durch den Fahrtwind fliegen. Mit gut achtzig brausten wir die geschlängelte Landstraße entlang.

»Wo fahren wir denn hin?«, fragte ich Biene und platzte fast vor

Neugierde. Doch Biene lächelte nur und konzentrierte sich auf die Straße. »Es ist ein neuer Gasthof, stimmt's?«, versuchte ich sie aus der Reserve zu locken.

»Kein Gasthof«, antwortete sie und schaltete einen Gang runter, um einen Traktor zu überholen.

»Aber ich hab ziemlich Hunger«, wendete ich ein.

»Du kriegst ja auch was zu essen!«, lachte Biene und zog sicher an einem Rübentraktor vorbei. Ich hatte keinen blassen Schimmer, was sie mir zeigen wollte an diesem herrlichen Freitagmittag.

An einem kleinen Feldweg bog Biene rechts ab und nach weiteren hundert Metern hielten wir. Da sie mir ohnehin nicht sagen wollte, was das alles sollte, stieg ich aus, streckte mich und blickte in die Landschaft. Wir waren gut und gerne zehn Kilometer gefahren, um uns herum gab es nur Felder, hinter denen man noch die Spitzen des Bamberger Kaiserdoms sehen konnte. Biene öffnete den Kofferraum und holte einen Picknickkorb hervor.

»Ahhh . . .«, sagte ich in freudiger Erwartung einer dicken Scheibe Landbrot mit Käse und Wurst obendrauf, ». . . eine Picknick-Überraschung! Klasse!«

Biene breitete eine Decke auf der Wiese aus und stellte den Korb darauf ab. Sie wirkte ein klein wenig nervös.

»Und? Wie findest du's?«, fragte sie.

»Das Picknick? Find ich gut!«

»Nicht das Picknick, die Gegend!«

Ich ließ meinen Blick über die Landschaft wandern. Was ich sah, waren ein Weizenfeld, zwei Feldwege, der Waldrand und ein Jägerstand.

»Wie soll ich die finden, da ist ja nichts!«, erwiderte ich achselzuckend.

Biene legte ihre Hände um meine Hüften und gab mir einen Kuss.

»Noch nicht«, sagte sie, »aber . . . also dein Papa und ich, wir haben mal ein bisschen gerechnet letzte Woche . . .«

»Ihr habt gerechnet?«, fragte ich und kapierte gar nichts mehr. »Mein Papa und du?«

Ich wusste ja, dass die beiden sich gut verstanden, aber dass es schon so weit war, dass sie sich ohne mich zum gemeinsamen Rechnen trafen, das wusste ich nicht.

»Um ehrlich zu sein, war das mit dem Rechnen so erfolgreich, dass wir, also dein Vater auch schon reserviert hat.«

»Was reserviert?«

Biene ließ eine kleine Pause, sie war jetzt sehr aufgeregt und ihre Augen strahlten in heller Vorfreude.

»Das Grundstück hier!«

Ich bekam kaum noch Luft.

»Von hier bis runter zum Wald!«

Ich schloss die Augen.

»Die Baugenehmigung wäre kein Problem und . . . es ist nahe! Wir wären in einer Viertelstunde in der Stadt!«

Mein Herz begann zu rasen, meine Gesichtshaut spannte sich an wie eine Frischhaltefolie über einem Krautsalat und ein dünner Schweißfilm bildete sich auf meiner Stirn.

»Wir hätten auch vier Wochen Zeit, es uns zu überlegen!«

Ich ließ Bienes Hände los, blickte hinunter bis zum Waldrand und biss von meinem Budderhörnla ab. Das war kein Picknick. Das war die erste gemeinsame Mahlzeit in unserem neuen Haus.

Aber bitte mit Sahne

ICH WÜNSCHTE, Biene hätte mir das Grundstück nie gezeigt. Ich wünschte, wir hätten die Uhr an diesem herrlichen Sommertag noch einmal um fünf Stunden zurückdrehen können. Dann wären wir zu Bambergs erstem Japaner gefahren, hätten eine Schale Yakisoba gegessen und uns einfach nur darüber gestritten, ob Ingwer eklig ist oder super lecker. Doch Biene hatte es mir nun einmal gezeigt, und nun stand dieses Grundstück zwischen uns beiden und wir standen uns an den Grenzen gegenüber und musterten uns misstrauisch. Natürlich hatte ich gleich nach der Mittagspause meinen Vater angerufen und ich hatte wirklich vor, mich schrecklich aufzuregen, wie um alles in der Welt er dazu käme, mit meiner Freundin an Finanzierungen herumzurechnen. Blöderweise war er es, der sich schrecklich aufregte.

»Du bist 37!«

»Ich weiß, wie alt ich bin!«

»Ach? Und warum hast du dann nur eine Mietwohnung und einen alten Golf, wie ein Student?«

»Ich hab doch die Hochzeitsversicherung, die ihr mal für mich abgeschlossen habt!«

»Bub, wie der Name schon sagt, sollte man dazu heiraten. Ich geb dir mal die Mama, die wollte da sowieso nochmal mit dir sprechen!«

»Das ist schlecht, ich hab ein Meeting jetzt!«, sagte ich blitzschnell, »grüß sie ganz lieb. Melde mich!«

Ich legte auf und atmete dreimal tief durch. Natürlich rief mein Vater noch einmal an. Ich ließ es klingeln, fuhr den Rechner runter und schob mein Rad die ganzen 487 Meter zu unserer Wohnung. Rechnete man den Supermarkt mit ein, den ich ab und an besuchte und Bienes *Bastelbär*, so war mein Wirkungsradius oft mehrere Tage lang nicht größer als einen halben Kilometer. Ich fand das ziemlich dürftig für jemanden, der als Kind Zeitungsfotos von New York gesammelt hatte, weil er irgendwann mal dort wohnen wollte.

Wir hatten eine schöne Altbauwohnung nur wenige Meter vom Fluss. Sie hatte drei große Zimmer und wenn man den Kopf aus dem Badfenster streckte, konnte man die Regnitz sehen. Ich strecke meinen Kopf nicht mehr aus dem Fenster, ich wusste ja, dass es den Fluss noch gab.

Als ich mein Rad durch den Hausflur in den Hof schob, hörte ich bereits ganz leise Udo Jürgens' »Aber bitte mit Sahne« aus unserer Wohnung. Da in den letzten Wochen noch kein einziges Wort in Richtung »Lied für Arnes Hochzeit« gefallen war, hatte ich eigentlich ein ganz gutes Gefühl, an peinlichen Show-Auftritten vorbeizukommen. Denn wann auch immer sich eine Hochzeit auch nur andeutete, standen Biene und ihre beste Freundin Steffi schon parat, um irgendeinen bescheuerten Schlager dafür umzudichten. Wir sangen »Harry muss sein« statt »Griechischer Wein« auf Harrys Hochzeit, »Mit dieser ehrenwerten Maus« auf Heikos Hochzeit und schmetterten ein »Im Kleidchen vor mir steht ein schönes Mädchen« auf Eriks Hochzeit.

»Sie pusten und prusten, fast geht nichts mehr rein«, tönte es aus unserem geöffneten Wohnzimmerfenster und ich überlegte sogar, kurz wieder ins Büro zu fahren. Schließlich schleppte ich mich dann aber doch die drei Stockwerke in unsere Wohnung nach oben und fand Biene und Steffi mit Radiorekorder, Block und Stift am Wohnzimmertisch sitzen.

»Bist ja schon da!«, sagte Biene trocken, als ich die Türe zu unserem Wohnzimmer öffnete. Seit Mittag hatten wir nicht mehr miteinander geredet.

»Hi«, begrüßte mich auch Steffi und legte ihren Stift beiseite. Ich war mir sicher: Steffi wusste bereits alles von meiner Grundstücksverweigerung und schaute nun ebenso kühl wie Biene. So einfach war das bei Frauen. Und es funktionierte sogar: Mir schnürte sich sofort der Magen zu. Ich hasste unausgesprochene Probleme und zudem war ich ein zu schlechter Schauspieler, als dass ich unser mieses Karma die nächsten Minuten hätte überspielen können.

»Neuer Schlager für die Hochzeit?«, fragte ich gequält lächelnd und setzte mich neben Steffi.

»Ja«, sagte Biene, »neuer Schlager für die Hochzeit!«

»Hab schon gehört von draußen, ihr textet ›Aber bitte mit Sahne‹ um, stimmt's?«

Die beiden Frauen nickten. Meine Stimme hatte noch immer diesen weinerlichen Weichei-Unterton. Ich räusperte mich.

»Und . . . was macht ihr draus?«

»Aber bitte mit Arne!«, verkündete Biene trocken.

»Wir machen ›Aber bitte mit Arne‹ draus!«, bestätigte Steffi.

»Das«, sagte ich, »ist eine ganz tolle Idee!«

Es folgten einige höchst unangenehme Sekunden des Schweigens. Schließlich hielt ich es nicht mehr aus, stand auf und zog Biene hoch zu mir.

»Was ist denn?«, fragte sie und wusste genau was war, schließlich kannte sie mich schon neun Jahre und elf Monate.

»Ich muss dich unbedingt mal kurz alleine sprechen!«

Ich wusste gar nicht so genau, was ich mit ihr besprechen sollte. Ich wollte lediglich die Harmonie zwischen uns wieder herstellen. Wir gingen in unser Schlafzimmer, ich atmete dreimal tief aus und schloss die Tür. Biene setzte sich auf die Fensterbank und blickte mich ängstlich an.

»Du magst den Refrain nicht, oder?«

Ich fand den Refrain zum Kotzen, aber darum ging es nicht. Also umarmte ich Biene und gab ihr einen Kuss in den Nacken.

»Entschuldigung«, flüsterte ich und zog sie noch ein bisschen näher an mich ran. Biene hielt mich fest, als wolle sie mich nie wieder loslassen.

»Du hast sicher erwartet, dass ich mich freue, oder?«

Biene löste sich aus meiner Umarmung und wischte sich eine Träne aus dem Gesicht.

»Weißt du, wie lange ich mir diesen Moment vorgestellt habe? Wie wir auf der Wiese picknicken und ich dir sage, dass das unser Grundstück sein könnte?«

Ich schluckte.

»Ziemlich lange?«

»Wir sind keine zwanzig mehr, Mausbär! Du musst dich mal entscheiden, wie's weitergeht mit uns.«

»Hab ich doch. Wir wohnen zusammen. Ich bin dein Freund!«

»Eben! Da könntest du eigentlich langsam mal wissen, wo die Reise hingeht!«

Das war ja das Problem. Ich hatte keinen blassen Schimmer, wo die Reise hinging. Dazu kam dieses latent rumorende Gefühl der Unzufriedenheit. Aber natürlich war es nicht der Zeitpunkt, um über Grundsätzliches zu sprechen.

Aus dem Wohnzimmer sang Udo Jürgens: »Auf Früchteeis, Ananas, Kirsch und Banane, ABER BITTE MIT SAHNE!« Dann würgte Steffi ihn durch die Pausetaste ab. Wir mussten beide lachen darüber und mit dem Lachen kam die Erleichterung.

»Wir schaffen das schon!«, sagte ich und umarmte Biene.

»Ja?«

»Ganz bestimmt!«

»Ich lieb dich doch, Mausbär!«

»Ich dich auch!«

Wir gingen zurück zu Steffi. Sie kritzelte gerade etwas aufs Papier, dann nahm sie den Block, setzte sich aufrecht hin und fragte: »Okay – was haltet ihr davon?« Dann sang sie, mehr oder weniger passend zur Originalmelodie, ihren Textvorschlag: »Sie treffen sich täglich um viertel vor acht, ohohoho, oh yeah, im Klosterbräu links neben Frankenheim Tracht, ohoho, oh yeah, und blasen zum Sturm auf das Schnitzelbüfett, auf Leberkäs, Bratwurst und Pommes juchee . . ., auf Braunbier und Schnäpschen und Chili con carne – ABER BITTE MIT ARNE.«

Steffi legte den Block wieder auf den Wohnzimmertisch und schaute uns erwartungsfroh an.

»Pommes juchee?«, fragte ich und runzelte die Stirn.

»Absolut!«, sagte Steffi und nickte bestätigend.

»Und wo zum Teufel ist Frankenheim Tracht? Neben dem Klosterbräu ist das Studentenwohnheim, das Nepomuk und ein Blumenladen!«

»Reimt sich Blumenladen auf viertel vor acht?«, konterte Steffi patzig.

Sogar Biene musste ein Grinsen unterdrücken, während Steffi missbilligend ihre Stirn hochzog, was sie sofort um zehn Jahre älter machte.

»Nimm halt ne andere Uhrzeit!«, schlug ich ihr vor.

»Halb zehn und Blumenladen reimen sich auch nicht!«

In einer Mischung aus Entsetzen und Unverständnis legte Steffi den Kugelschreiber auf den Tisch.

»Und . . . was trägst DU so zur Hochzeit deines besten Freundes bei?«

»Ich verhindere sie nicht«, sagte ich und schlüpfte in mein kariertes Kurzarmhemd. »Und ehrlich gesagt finde ich, dass das eine ganze Menge ist.«

»Er macht schon noch was anderes«, half mir Biene. »Er und Jason bauen doch diesen Elektrobullen vor der Kirche auf.«

»Im Ernst?«, fragte Steffi geschockt und machte sich wieder älter.

»Im Ernst«, bekräftigte ich. Ich fand meine Elektrobullen-Idee nämlich hervorragend und sah vor meinem inneren Auge schon ein paar ältere Hochzeitsgäste mitsamt Filzhut vom Plastikbullen fliegen.

»Bullriding? Vor der Kirche? Des könnt ihr net machen!« Kopfschüttelnd legte Steffi den Stift beiseite.

»Warum?«, fragte ich.

»Na, weil des geht echt net!«

Da war sie wieder, die fränkische Argumentationskette, die mir seit einigen Jahren das Leben schwer machte: dass man was nicht machen kann, weil das echt nicht geht. Ich hörte es im Büro, bei Biene, bei meinen Eltern, bei meinen Freunden und vermutlich würde es bald einen Gesetzentwurf der Bezirksregierung geben, der jeden, der etwas machte, was man nicht machen konnte, weil das echt nicht ging, zu einer Geldstrafe verknackte, »die wo er voll verdient hat!«

Vor der Tür hupte es zweimal kurz.

»Ich muss!«, sagte ich erleichtert, verabschiedete mich mit einem Kuss von Biene und einem »Pommes juchee« von Steffi. Dann rauschte ich die Treppe runter und stieg in Jasons klimatisierten Ami-Pick-up.

Korruption

WENN ICH MEINEN FREUND JASON beschreiben soll, dann sage ich immer, dass er bei jedem John-Travolta-Lookalike-Contest garantiert in die letzte Runde kommen würde. In diesem Sommer trug Jason seine Haare im Grease-Look der späten 50er, was vermutlich eine leicht verzögerte Reaktion auf seine Zeit bei der US-Armee war. Er zeigte sich fast ausnahmslos in weißen T-Shirts und Bluejeans, mit grauen Vans-Turnschuhen und schwarzer Lederjacke. Nur heute lag seine Jacke wegen der Hitze auf der Rückbank neben Checko, der mit höchster Konzentration auf einer mobilen Playstation herumhackte und mit seinem rechten Daumen irgendwelchen virtuellen Monstern ins Auge piekste.

»Und wie?«, begrüßte ich Jason, als ich in den Pick-up sprang.

»Holber hie!«, antwortete er lachend, was so viel bedeutete wie »halb hinüber«.

Es war der erste deutsche Satz, den ich Jason beigebracht hatte, damals, als er noch in der Army war und öfters alleine ins Seppelpeter's ging, um mit Deutschen ins Gespräch zu kommen. Schon als Soldat fand Jason Bamberg nämlich einfach »absofuckinglutely gareat«, war vor allem fasziniert von den Menschen, die im Sommer seelenruhig ihr Bier aus kalten Steinkrügen in schattigen Biergärten tranken und so viel Ruhe und Beständigkeit ausstrahlten. Als Jason die Army schließlich verließ, nahm er einen Traum mit in die Staa-

41

ten: eines Tages als Zivilist zurückzukehren, richtig Deutsch zu lernen und vielleicht ein nettes Mädchen zu finden, das ihn heiraten würde. Nun, richtig Deutsch hat er nie gelernt und so spricht er jetzt eine seltsame Mischung aus Fränkisch und Englisch. Doch den Rest hat er geschafft: Nach einem ziemlich schweren ersten Jahr, in dem er sich mit Gelegenheitsjobs über Wasser hielt, fand er seine Miriam, heiratete, wurde Vater und Pächter der Tennishalle Strullendorf. Ja, auch Jason hat mittlerweile eine Kiesauffahrt. Sie liegt direkt neben Platz 3. Man kann sich eben auch überintegrieren.

Wir fuhren in die Kaserne der US Army, wo wir den Elektrobullen abholen wollten. Jason hatte seinen Malle-Mix aufgelegt und aus den Lautsprechern dröhnte uns der »König von Mallorca« entgegen. Checko und Jason mochte es in Stimmung bringen für den kommenden Urlaub, bei mir erreichte das Lied das Gegenteil. Und als wäre Jürgen Drews nicht schon die in Haarlack gegossene Bedrohung unserer Kulturlandschaft, sangen Checko und Jason auch noch mit. »Ich bin der König von Mallorca, ich bin der Prinz von Arenal, ich hab zwar einen an der Krone . . .«
Ich ließ mir Checkos Playstation geben und piekste drei Monstern ins Auge.
»Wir sind doch wieder im El Corazón dieses Jahr, oder?«, fragte Checko, der so ganz ohne Playstation in der Hand plötzlich redselig wurde. Ich wusste, wie ich ihm mit einem einfachen Trick das blanke Entsetzen ins Gesicht meißeln konnte.
»Nee, Checko, dieses Jahr sind wir auf der anderen Seite der Insel, im *El Aburrido*!«
Im Rückspiegel erstarrte Checkos Gesicht in atemloser Fassungslosigkeit. »Des ist jetzt net dein Ernst, oder?«
»Doch!«
»Ja, aber . . ., ich mein . . . warum?«
»Mann Checko, beruhig dich! Wir sind im El Corazón!«, löste Jason meinen kleinen Scherz auf. Erst nach einigen Sekunden

brachte Checko ein beleidigtes »Männo!« zustande, so musste ich ihn erschrocken haben, »ich hab jetzt echt gedacht, wir sind woanders!«

»Im Ernst, Checko. Genau das sollten wir mal tun!«

»Wieso? Das Corazón ist doch noch gut.«

Ich beschloss, die Diskussion an dieser Stelle zu beenden, um mit meinem rechten Daumen ein grünes Monster von einem Mauervorsprung zu schubsen.

Das Bullriding-Gerät bestand aus einem ziemlich schweren Motorblock, einem riesigen Luftkissen, einem Plastikbullenaufsatz und einem Schaltpult. Wir luden die Einzelteile in den Pick-up und fuhren zu der Kirche, in der mir der liebe Gott in Kooperation mit der Ente am Samstag meinen letzten Freund wegnehmen würde.

Die Kirche war, wie offenbar alles außerhalb Bambergs, eine Viertelstunde vom Stadtzentrum entfernt und ziemlich neu. Statt einer Kiesauffahrt schmückte sie allerdings einen hübschen kleinen Platz mit mehreren Birken und einigen Holzbänken. Jason parkte seinen Pick-up knirschend an der Seite und wir begannen mit dem Entladen.

»Und wie funktioniert das jetzt?«, fragte Checko, als er mir das Luftkissen von der Ladefläche reichte.

»Motor in die Mitte, die Cushion aufpumpen, Stier drauf, Strom rein und jippieyyyy«, antwortete Jason in tiefstem Chicagofränkisch. Checko war beeindruckt, leider aber nicht beeindruckt genug, um nicht zu bemerken, dass wir den Stier eigentlich gar nicht auf dem Kirchplatz aufbauen dürften, ohne Genehmigung.

»Eigentlich geht des net!«, merkte er an, »so ohne Genehmigung!«

»Die liebe Gott hat's genehmigt«, grinste Jason und sprang von der Ladefläche. Checko drückte ein Auge zu, schließlich war es nicht sein Überwachungsbezirk, sondern der der katholischen Kirche. Wir hatten gerade alles fertig aufgebaut, da stand auch schon der Pfarrer vor uns, ein kleiner, circa 50 Jahre alter Mann mit sehr wenigen, grauen Haaren, einem runden Gesicht und roten Bäckchen.

»Ist des für die Hochzeit von Schäfers Arne?«, fragte er neugierig und deutete auf unsere Bullen-Installation.

»Abso-fucking-lutely!«, entwich es Jason, der sich sofort für den Mittelteil seiner Antwort entschuldigte. Der Pfarrer musterte skeptisch unser kleines Fahrgeschäft, um sich dann der immer beliebter werdenden Meinung anzuschließen, dass man das nicht machen könne, weil das echt nicht ginge. So ein Plastikbulle würde sich bei einer Hochzeit einfach nicht gehören, sagte er, während er mit seinem Finger das Sicherheitsluftkissen drückte, als ob es sich dabei um einen soeben erlegten Alien handelte. »Aber . . .«, argumentierte Jason in seinem fränkischen Englisch, »das wird voll die Heidenspaß!«

»Eben«, sagte der Pfarrer und kam wieder zu uns. Ich wusste, dass jetzt nur noch christliche Argumentation half, und bedeutete Jason, mich mal ranzulassen.

»So eine Hochzeit«, beschwichtigte ich Pfarrer Braun mit ruhiger Stimme, »ist doch nicht nur ein Sakrament, sondern auch ein bisschen ein Fest, oder?«

Pfarrer Braun nickte. »Ein Fest der Freude, absolut! Trotzdem . . . des Torero-Ding, des kommt mir weg!« So leicht würde er nicht zu knacken sein, der kleine Mann, das war mir klar. Auch Jason hatte offenbar nicht das Gefühl, dass meine Gesprächstaktik viel bringen würde. Er zündete sich eine Zigarette an und setzte sich neben Checko auf die Laderampe seines Autos. Ich jedoch wollte noch nicht aufgeben.

»Ja aber kann man auf einem Fest der Freude nicht auch ein paar lustige Sachen machen, was trinken, oder auf einem Plastikbullen reiten? Ich meine, der Bräutigam ist ja Jäger . . .«

»Ich weiß, dass er Jäger ist«, unterbrach mich der Pfarrer, »ich bereite mich ja auf meine Trauungen vor!«

»Natürlich«, sagte ich, »also dann wissen Sie ja auch, dass ihm das mit dem Bullen einen Hei . . . einen riesigen Spaß machen würde. Und seine Frau würde sich totlachen, wenn er runterfiele.« Pfarrer Braun schaute skeptisch nach oben, fast so als erwarte er eine göttliche Erlaubnis für unser Bullriding. »Ich weiß nicht, wir hatten so was noch nie bei einer Hochzeit.«

Der Gedanke, dass vor seiner schönen Kirche festlich herausgeputzte Katholiken durchgeschüttelt werden sollten, schien ihm offenbar immer noch Unbehagen zu bereiten.

»Wenn Sie so einen Elektrobullen vor der Kirche haben, das ist doch das Beste, was Ihnen passieren kann! Alle würden sagen: ›Mensch, das hätten wir dem Braun jetzt aber nicht zugetraut, dass der so was Modernes macht!‹«

Modern war das Stichwort, bei dem Pfarrer Braun zuckte.

»Ein bisschen moderner wären wir schon gerne«, gab er zu. Jason blickte interessiert von seiner Laderampe auf.

»Heißt das ›Ja?‹« fragte er.

»Tut mir Leid«, sagte Pfarrer Braun in einem sehr abschließenden Ton, ». . . ich kann's euch net erlauben.«

Wir waren ziemlich enttäuscht. Ich hatte Jason eine Woche lang belabert, den Verbindungsoffizier der Army eine Woche lang zu belabern, damit der den Bullen vom Deutsch-Amerikanischen Volksfest rausrückte – und dann das! Ich zog mein letztes Ass aus dem Ärmel. »Sie trinken doch sicher gerne mal ein Bier, oder?«, fragte ich den Pfarrer, der mich daraufhin verdutzt anblickte.

»Wollt ihr mich bestechen?«, entrüstete er sich.

»Absolut«, sagte ich kurz und knapp.

Es entstand eine kurze Pause.

»Am liebsten trinken wir des Spezial's von Seppelpeter's.«

»Na, dann haben wir's doch«, sagte ich. »Wenn Sie uns das hier aufbauen lassen, dann steht bei Ihrem nächsten Pfarrfest ein gut gekühltes 50-Liter-Fass Spezial's vor Ihrer Kirche.«

Die roten Wangen des Pfarrers wurden noch ein wenig roter, als er abwechselnd Jason, seine Kirche und mich ansah. Mir fiel auf, dass er nicht mehr nach oben schaute.

»Die Sache ist die . . .«, sagte er und kratzte sich am Kopf, »dass unser Pfarrfest, also . . . wie soll ich sagen . . . es ist ziemlich beliebt.«

»Zwei gut gekühlte Fässer!«, sagte ich.

»Abgemacht«, grinste der Pfarrer und Jason ballte schon die Faust vor Freude, als der kleine Mann noch einmal die Hand hob.

»Aber nur unter einer Bedingung!«

Ich war gespannt, was da wohl noch kommen würde.

»Und die wäre?«

»Ich . . .«, sagte Pfarrer Braun, »würde auch gerne mal auf diesem Torero-Bullen-Dings reiten.«

»Kein Thema«, sagte ich und auch Checko und Jason nickten erfreut. Doch der Pfarrer hatte noch was auf den Lippen. »Ginge das auch jetzt? Ich, also . . . muss ja nicht jeder aus der Gemeinde sehen, dass . . .« Pfarrer Braun musste nicht weitersprechen. Jason war bereits von seiner Ladefläche gesprungen und drückte mir den Stromstecker in die Hand.

»Kein Problem«, sagte er. »Wir brauchen nur Strom!«

Der Pfarrer deutete auf den Haupteingang seiner Kirche. »Wenn Sie reinkommen, direkt links, zwischen Maria und Josef ist ein Stecker.«

Als ich den Bullen angeschlossen hatte und wieder herauskam, war der Pfarrer bereits aufgestiegen und krempelte seine Ärmel hoch. Checko hatte seine Playstation mit dem Kontrollpult des Elektrobullen getauscht und studierte die unterschiedlichen Schalter. Die roten Bäckchen des Pfarrers leuchteten jetzt noch ein wenig mehr und in seinen Augen schien sich die Vorfreude eines kleinen Jungen widerzuspiegeln.

»Was muss ich machen?«, rief er ganz aufgeregt und tätschelte den Plastikkopf seines Bullen. »Das Einzige, was Sie machen müssen«, rief Jason, »ist sich festzuhalten.«

Und genau das tat Pfarrer Braun nicht. Mit einer einzigen Linksdrehung warf der Bulle den Pfarrer in hohem Bogen auf das Sicherheitsluftkissen ab.

Der eigentliche Unfall passierte aber erst, als der Pfarrer lachend wieder aufsteigen wollte. Checko startete den Bullen ein klein wenig zu früh. Die rechte Arschbacke des Bullen erwischte den Pfarrer mit einer solchen Wucht am Kopf, dass dieser gute drei Meter durch die Luft flog und regungslos liegen blieb. Neben dem Sicherheitsluftkissen.

»Das ist kein Scheiß-Videospiel!«, schrie ich Checko an, der nur noch abwesend mit dem Kopf wackelte wie »Rainman« auf einem amerikanischen Großflughafen. Ich sprang zu Pfarrer Braun, der mit ausdrucksloser Miene rücklings auf dem Pflaster lag. Wenigstens war nirgendwo Blut zu sehen.

»Pfarrer Braun! Ist alles okay mit Ihnen?«

Keine Antwort.

Checko stand immer noch leichenblass an seinem Schaltpult und wippte mit dem Kopf. Ich nahm die Hand des Pfarrers und war mehr als erleichtert, dass ich noch einen Puls fühlen konnte.

»Pfarrer Braun«, rief ich, »können Sie mich hören?«

»Are you all right?«, fragte Jason, der nur, wenn er Wut oder Angst hatte, zu seiner Muttersprache wechselte.

Pfarrer Braun war nicht all right.

Wie Dr. Geletneky uns im Bamberger Klinikum informierte, erlitt Braun eine mittelschwere Gehirnerschütterung, außerdem war das Schlüsselbein angebrochen. Die Sache war so klar wie der kleine schwarze Riss auf dem Röntgenbild: Wir würden uns für die morgige Hochzeit einen neuen Pfarrer suchen müssen. Und wir würden es irgendwie dem Brautpaar beibringen müssen. Arne und der Ente.

Pater Fadiga Bouba

WIR WOLLTEN DAS KRANKENHAUS gerade verlassen, da erlangte Pater Braun für einen kurzen Augenblick das Bewusstsein. Wir hörten ein Keuchen, ein angestrengtes »Wartet!« und natürlich schossen wir wie der Blitz zum Bett zurück. »Das tut uns wahnsinnig Leid«, sagte ich und nahm die kalte und schlaffe Hand des Pfarrers.

»Mir auch«, sagte Checko und beugte sich so über den Pfarrer, dass dieser ihn sehen konnte, ohne den Kopf zu bewegen. Ich spürte, dass der Pfarrer mir etwas sagen wollte, also beugte ich mich noch ein wenig näher über ihn.

»Pater Fadiga Bouba«, flüsterte er mir schwach ins Ohr.

Ich schüttelte den Kopf in der Annahme, der Pfarrer hätte über den Sturz einen Teil seines Gedächtnisses eingebüßt.

»Nein«, sagte ich mit sanfter und verständnisvoller Stimme. »Sie sind Pfarrer Braun. Sie hatten einen Unfall, aber es wird alles gut!«

»Ich weiß, wer ich bin, du Depp«, keuchte Pater Braun. »Fragt Pater Fadiga Bouba wegen der Hochzeitsmesse morgen!«

Ich nickte. Wie dumm von mir.

»Das machen wir. Danke! Entschuldigung.«

Pfarrer Braun nannte uns noch die Adresse. Dann schlief er wieder ein.

Nachdem wir auf den Schreck ein Bier im *Pelikan* getrunken hatten, stiegen wir in Jasons Wagen, um in Richtung Gaustadt zu fahren. Doch irgendwie machte Checko keine Anstalten, sich ins Auto zu setzen.

»Ich glaub, ich muss da nimmer mit«, druckste er herum und steckte seine Hände in die Taschen. Als ihn mein Blick traf, schaute er zu Boden.

»Wie? Ich dachte, wir machen das zu dritt?«

»Ja schon, aber ... wird auch net besser, wenn er's von uns dreien erfährt, oder?«

Prüfend blickte ich zu Jason.

»Okay. Was ist mit dir?«

»Ist ja wohl klar, dass ich dich da hinfahre!«

Kurz vor Mitternacht klingelte ich also alleine an der Privatwohnung eines senegalesischen Pfarrers, der im traditionellen Gewand öffnete und mich auf einen Kakao nach drinnen bat. Als ich ihm umständlich erklärte, was passiert war, und natürlich mit Hilfe eines Partyfasses Seppelpeter's erklärte er sich bereit, die Hochzeit zu übernehmen.

»Also bis morgen. Bonne nuit!«, verabschiedete er sich mit einem Lächeln.

Der Gang zum Brautpaar war schon ein wenig schwieriger. Ich hatte richtiggehend Angst vor dem Gequake der Ente. Ich werde nie vergessen, wie die beiden vor mir saßen, an ihrem viel zu hell erleuchteten Buchenküchentisch und mich mit blassen Gesichtern und bunten Schlafanzügen anstarrten.

»Das ist nicht dein Ernst!«, war Arnes erste Reaktion.

»Leider doch«, sagte ich, »euer Pfarrer liegt im Krankenhaus!«

Und dann reagierte die Ente so, wie es vermutlich jede normal denkende Frau zwölf Stunden vor der kirchlichen Trauung getan hätte: Sie weinte. Und Arne reagierte so, wie es vermutlich jeder normal denkende Mann zwölf Stunden vor der kirchlichen Trauung getan hätte: Er machte sich ein Bier auf.

»Das war ja klar, dass wieder was passiert, wenn du dabei bist!«, quakte Biggy.

»Wieso? Was ist das letzte Mal passiert?«, fragte ich.

»Arne ist rotzbesoffen nach Hause gekommen und über den Beistelltisch gefallen!«

»Dann stell ihn halt bei, deswegen heißt er ja so!«

»Ist nicht alles witzig, was du sagst!«

»Macht nicht alles Sinn, was du quakst!«

Wir hätten noch stundenlang so weiterstreiten können, hätte Arne nicht mit der Handfläche auf den Tisch gehauen.

»Jetzt ist aber gut!«

»Na, jedenfalls: Es sollte eine tolle Überraschung für euch werden!«, rechtfertigte ich mich.

»Isses ja geworden!«, seufzte Arne. Ich schöpfte neue Hoffnung und stolperte mich durch meinen Rettungsvorschlag.

»Also. Wir haben einen Pfarrer, der einspringt, also wenn ihr einverstanden seid, aber . . . – wie soll ich sagen – er ist nicht aus Franken!«

»Woher kommt er denn?«, schluchzte die Ente in ihr Taschentuch und ihre Stimme bewegte sich dabei in beängstigender Höhe.

»Aus Bayern?«

Ich wusste: Nach meiner Antwort würde sie ins Bad rennen und eine ganze Familienpackung Tempo voll heulen.

»Aus dem Senegal!«, sagte ich und schaute auf den Boden, fast so, als sei es etwas Schlimmes, aus dem Senegal zu kommen.

»Aus dem Senegal?«, fragten Arne und Biggy synchron.

Nun, vermutlich hätten sich im Senegal noch viel schlimmere Szenen abgespielt, wenn man zwölf Stunden vor der Hochzeit dem Dorfheiligen einen halben Bullen auf den Kopf gedonnert und ihn danach durch einen Oberfranken ersetzt hätte, aber derlei Gedankenspiele standen an diesem Abend nicht zur Debatte. Mit einem hysterisch geschluchzten »am schönsten Tag von meinem Lebeeeennnn . . .« verabschiedete sich die Ente ins Bad und ich saß mit Arne alleine am Tisch.

»Huiuiuiuiui!«, sagte ich.

»Puhhhh!«, antwortete Arne. »Ein senegalischer Pfarrer. Ist das dieser Fadiga?«

Ich nickte und dachte darüber nach, ob es nicht ›senegalesisch‹ heißen muss.

»Der ist okay, Pitschi, den kenne ich, wir haben ein paar Mal Fußball gegeneinander gespielt, ist eine ganz harte Sau!«

»Echt?«

»Echt!«

»Danke!«

Ich war erleichtert. Und so ging Arne seine Ente trösten und ich lief nach Hause, wo ich mich neben die bereits friedlich schlummernde Biene legte. Ich lag noch lange wach mit tausend Gedanken in meinem Kopf. Gegen drei Uhr trank ich einen Schluck Milch aus dem Kühlschrank und legte mich wieder zu Biene.

»Alles klar, Mausbär?«, brummelte sie schläfrig.

»Alles klar«, sagte ich. Es war nicht der richtige Zeitpunkt, um über Grundsätzliches zu sprechen.

Die Frau ist rund

MIR GEFIEL DIE PREDIGT, die Pater Fadiga Bouba hielt. Gut, vielleicht bemühte er den einen oder anderen Fußballvergleich zu viel, aber der Senegal war halt einfach mal ein fußballverrücktes Land. Als das Gerücht ging, man hätte jetzt einen schwarzen Pfarrer und nicht mehr Pfarrer Braun, da dachten viele eher an politisch schwarz als an stark pigmentiert. Umso größer war die Überraschung der festlich gekleideten Hochzeitsgäste, als der rabenschwarze Pater lächelnd hinter dem Altar erschien und seine Messe zweisprachig eröffnete: »Bonjour und grüß Gott!«

Wir hatten uns bereits durch diverse Gebete, Lesungen und Lieder gekämpft, da kam der Teil der Messe, den Pfarrer Braun in unzähligen Traugesprächen vorbereitet hatte. Der Teil also, bei dem Pater Bouba wohl oder übel improvisieren musste. Er tat das sehr gut. Die Ehe sei wie ein gutes Angriffsduo im Fußball, belehrte er uns und fügte den leicht unglücklichen Vergleich hinzu, dass der eine nichts ohne den anderen sei, wolle man das Ding in den Kasten bekommen. Boubas Deutsch war nicht schlecht, aber eben doch noch ausbaufähig. Während ich mich so durch die Hochzeitsfeier schmunzelte, bemerkte ich, dass ich einer der wenigen war, die Boubas Fußballvergleiche amüsant fanden. Bei seinem »Nach der Ehe ist vor der Ehe« vernahm ich ein erstes Räuspern, bei seiner Bemerkung, eine Ehe sei für den Bräutigam »eigentlich ein Heimspiel«, kamen ein paar Huster dazu und nach »Die Frau ist rund« hörte ich ein sanftes Schluchzen der Brautmutter.

»Der macht das doch gut, oder?«, fragte ich vorsichtig Biene, die in einem gelben Sommerkleid neben mir saß. Doch Biene zog statt einer Antwort nur ihre Augenbrauen nach oben und faltete das Blatt mit den Liedtexten ein weiteres Mal, obwohl sie es schon so oft gefaltet hatte, dass es fast ein Würfel war. Wer Biene kannte und das tat ich ja nach fast zehn Jahren, der wusste, was sie dachte: Pfarrer Bouba macht das nicht gut! Pfarrer Bouba ist eine Katastrophe! Und du bist schuld!

Dennoch: Beim Jawort nahm Biene meine Hand und schaute mich ganz verliebt an dabei. Ich wusste gar nicht, wie ich mich fühlen sollte. Ein falscher Blick zu dieser Sekunde war ja bereits ein halber Antrag! Ich wusste das aus Bienes Frauenmagazinen, die ich heimlich auf der Toilette las. Aber vermutlich musste Biene einfach so schauen aus dem einfachen Grund, weil sie eine Frau ist und Frauen nun mal so schauen müssen auf Hochzeiten. Weil sie sich immer selbst vorne sehen am Altar, zusammen mit ihrem Sitznachbarn. Ich beschloss, dass es in Zukunft besser wäre, mit Biene auf keine Hochzeit mehr zu gehen. Erst später fiel mir ein, dass das gar nicht mehr ging: Bis auf Checko und mich waren ja schon alle verheiratet.

Nach einer knappen Stunde war Boubas Mischung aus *Sportschau* und Trauung vorüber, wir spendeten jeder zehn Euro für die Aktion »Reis für die Welt« und Arne und Biggy verließen als Ehepaar die Kirche. Ich positionierte mich ans untere Ende der Treppe und warf Reis auf Arne und die Ente. Als Einziger, wie ich nach drei Würfen feststellen musste.

»Lass, Peter! Wir haben doch abgesprochen, dass kein Reis geworfen wird!«

»Warum denn nicht?«

»Weil die Kinder in Afrika auch keinen Reis haben!«

»Tut mir Leid, aber so weit kann ich beim besten Willen nicht werfen.«

»Das ist nicht komisch, Mausbär! Du hast schon für genug Unruhe gesorgt.«

»Nenn mich nicht Mausbär, wenn du sauer bist!«

Natürlich behielten wir unser Festtagslächeln während des kleinen Disputs, immerhin schritten Arne und seine Brautente an uns vorbei. Erst auf dem nachfolgenden Sektempfang wurde mir klar, dass Biene nicht alleine war mit ihrer Meinung, ich hätte für genug Unruhe gesorgt. Was ich zwischen Sekt und Lachshäppchen aufschnappte, war mir schier unverständlich. Gott sei Dank bekam Pater Babou nichts mit davon, weil Jason ihn in eine Diskussion über US-Soccer verwickelt hatte.

»Also jetzt wirklich nix gegen Farbiche . . .« war der am häufigsten bemühte Satzbeginn, jeweils gefolgt von einem »aber« und Unglaublichkeiten wie ». . . doch nicht ausgerechnet auf der Hochzeit von der armen Biggy« oder ». . . doch nicht am wichtigsten Tag des Lebens«. Geradezu sensationell fand ich die Aussage der Entenmutter, die mit einem Sektglas in der Hand in die Runde quäkte: »Also jetzt nichts gegen Schwarze, aber doch nicht sooooo schwarz!« Auf meine Frage, ob ihr ein helles Braun mit einem Touch Ocker besser gefallen hätte, nahm sie lediglich einen Schluck Sekt und flüchtete sich in ein Gespräch über kalorienarme Sommersalate. Die meisten der anderen Gäste waren wenigstens so schlau, nur die Fußballvergleiche zu kritisieren. Am erstaunlichsten aber fand ich, dass sich keiner nach dem Befinden von Pfarrer Braun erkundigte. Für die Hochzeitsgemeinde war er einfach nicht da und dies war meine Schuld. Die Braut sprach gar nicht mehr mit mir. Der Einzige, der dem Ganzen ein wenig Komik abgewinnen konnte, war Arne, der mich irgendwann grinsend beiseite nahm.

»Na, was hab ich gesagt? Der Bouba ist eine ganz harte Sau, oder?«

»Die Frau ist rund«, stöhnte ich und umarmte Arne. Er hatte meiner Meinung nach zwar die Falsche geheiratet, aber immerhin machte er einen gefestigteren und zufriedeneren Eindruck als ich. Vielleicht ist eine Hochzeit ja so was wie das Auge eines Hurrikans. Nicht ahnend, dass es danach erst richtig kracht, wähnt man sich zunächst in trügerischer Sicherheit.

»Ich wünsch euch alles Gute. Tut mir Leid wegen der Messe und so . . . !«

»Danke, Pitschi. Und mach dir keine Gedanken!«

»Über was soll ich mir keine Gedanken machen?«

»Na über Biene und die Hochzeit und so. Also wir seh'n euch alle schon da oben stehen.«

Erschrocken löste ich die Umarmung. Diese schreckliche Gewissheit in Arnes Gesicht; sie irritierte mich.

»Wo oben?«

»Na oben am Altar!«

»Niemals!«

Lachend wuschelte mir Arne durch die Haare.

»Alter Spinner! Du . . . ich muss mal nach meiner Frau schauen!«

»Siehste«, sagte ich. »Geht schon los!«

Für einen Augenblick stand ich verloren am Häppchenbüfett. Einen Käsespießwurf entfernt diskutierte Biene mit der Ente, da wollte ich auf keinen Fall hin. Und gleich daneben knutschten Jason und Miriam. Da wollte ich eher noch einen Schritt weg.

Schließlich kam Checko vorbei, schaute mich kurz an, fand dann aber doch das Büfett interessanter als meinen Gesichtsausdruck und sagte im Gehen:

»Des Roastbeef mussde mal probieren, Bidschi!«

»Danke, Checko! Ich hol mir gleich was!«

Ich blies den Stress nach draußen, setzte mein bestes Lächeln auf und schlenderte zu Biene und Biggy. Soweit ich das mitbekam, entschuldigte sich Biene gerade in aller Form für mich. Jedenfalls stoppte das Gespräch, als ich mich mit meinem halb leeren Sektglas dazustellte.

»War doch eine wunderbare Messe, oder?«, fragte ich leichtsinnigerweise.

»Nein!«, sagte die Ente und dann schauten wir für eine halbe Ewigkeit einfach nur so durch die Gegend.

»Wir müssen dann mal, wenn wir heute Abend hübsch sein wollen!«, durchbrach Biene das Schweigen.

»Genau!«, sagte ich und überlegte mir, warum man eigentlich etwas muss, wenn man was will.

Dann gingen wir.

Wir saßen keine Minute im Auto, da wurde mir bewusst, wie richtig ich mit meiner »Nimm deine Freundin niemals mit auf eine Hochzeit«-Theorie lag.

»Da bleibt einem immer wieder das Herz stehen, wenn zwei Liebende sich das Jawort geben, oder?«, schwärmte Biene. Da diese Aussage uneingeschränkt auf mich zutraf, konnte ich nur zustimmen.

»Absolut!«

In einer Art Übersprungshandlung drehte ich am Autoradio und landete auf Bayern 3, dem einzigen Radiosender der Welt, der die letzten zehn Jahre Musikgeschichte einfach komplett ignoriert. Es lief Joe Cocker's *Summer in the City*. Was Biene nicht davon abbrachte, weiter zu bohren.

»Mausbär, ich weiß, wir haben gestern erst darüber geredet, aber ... ich würde schon gerne wissen, wie es mit uns weitergeht!«

»Na, wir fahren nach Hause, ruhen uns kurz aus, machen uns fertig und dann geht es mit dem Taxi zur Hochzeitsfeier!«

Die Zeiten, in denen ich Biene mit so einem Spruch ablenken konnte, waren vorbei.

»Du weißt schon«, sagte sie, »ob wir vielleicht mal heiraten, Kinder haben, ein Haus bauen im Grünen ...«

Ich stellte das Radio auf Bayern 5, wo sich ein Kommentator mit bayerischem Akzent über zu kurze Restlaufzeiten von Kernkraftwerken ereiferte. Es half alles nichts. Biene wusste genau, was sie aus mir herauskitzeln wollte.

»Mausbär, ich frag mich manchmal wirklich, auf was wir noch warten.«

Ich hätte ihr sagen können, auf was ich wartete. Ich wartete auf den Augenblick, in dem ich mit Sicherheit wusste, dass sie die Richtige für die Restlaufzeit meines Lebens war. Und Biene wartete auf den Augenblick, in dem ich ihr genau dies sagte.

»Jetzt im Ernst, ein Baby würde uns gut tun!«

Ich drückte das Radio aus. Wäre hinter uns kein Lieferwagen gefahren, ich hätte eine filmreife Vollbremsung hingelegt, so erschrocken war ich.

»Ein Baby?«, prustete ich. Allein das Wort machte mir mehr Angst als die Al Qaida. Ein Baby war so ziemlich das Letzte, was unsere Beziehung jetzt vertrug. Oder das Beste, wenn ich meine Zweifel durch Babygeschrei übertönen wollte.

»Was ist denn daran so abwegig?«, fragte Biene.

Sie blieb erstaunlich ruhig dabei, fast so als hätte sie unser Gespräch schon tausend Mal durchgespielt.

»Ich weiß nicht!«

»Was heißt denn, du weißt nicht?«

Ich hätte gerne gesagt, dass ich mich auf den Verkehr konzentrieren müsse, aber es war Samstag und fast nichts los. Also vielleicht doch eine Vollbremsung? Oder wieder Joe Cocker? Stattdessen faselte ich groschenheftreifen Mist und hasste mich für jedes einzelne Wort.

»Ich bin noch nicht so weit und . . . im Moment hab ich den Kopf nicht dafür und zu viel Stress hab ich auch!«

Sechs! Setzen!

Ich hätte mich ohrfeigen können für mein Schluffitum. Es hätte genau drei Sekunden gedauert, die Wahrheit zu sagen.

Biene, ich will zurzeit weder heiraten noch ein Kind und auch kein Haus und schon gar nicht im Grünen.

»Wir könnten es auf Mallorca machen!«

»Das Haus?«

»Das Baby!«

»Warum Mallorca?«

»Na, weil du dann weniger Stress hättest!«

»Abgesehen davon – kommt VOR einem Baby nicht noch irgendwas anderes? So was mit Kirche und so?«

Das hätte ich nicht sagen sollen. Das war ein indirektes Infragestellen einer Heirat.

»Okay!«, sagte Biene und dann begann sie zu weinen, was mir jedes Mal das Herz brach. Es ist ohnehin schon schwer, einen Parkplatz zu finden vor unserer Wohnung in der Innenstadt. Mit einer schluchzenden Freundin an der Seite ist es fast unmöglich.

»Da voooooornnee an der Ecke is 'ne Lückeeeehehehehe,« schluchzte Biene und fast verstand ich sie nicht.

»Da steht ein Smart drin!«, sagte ich.

»Das hab ich nicht gesehheeeennnnnn!«, japste es von rechts, »vielleicht vorm Kihihihipl?«

»Was?«

»Der Metzgerei Kihhipl!«, kiekste Biene.

»Ich probier's!«

Leider war auch vor der Metzgerei nichts frei.

»Da siehst du mal, wir wohnen zu zentraaaaaahhhal!«, schluchzte Biene.

»Ja, du hast Recht«, sagte ich leichtsinnigerweise.

Mit einem Mal hörte Biene auf zu weinen.

»Jaaaahhha?«

Nach einer Viertelstunde hatten wir einen Parkplatz, gute zehn Minuten von unserer Wohnung entfernt.

Still gingen wir in die Wohnung und machten uns schweigend für das Hochzeitsessen fertig. Es war nicht wirklich der richtige Zeitpunkt, um über Grundsätzliches zu sprechen.

Flitterflatter

DAS HOCHZEITSESSEN fand im »Zehnthaus« vom Klosterbräu statt, einer liebevoll restaurierten Scheune nur wenige Meter von der rauschenden Regnitz entfernt. Die resolute Schwester der Ente, eine mollige Enddreißigerin, trieb uns sofort nach Betreten des Raumes an unseren Tisch. In ihrem wallenden, roten Kleid und dem silbernen Schmuck sah sie aus wie einer dieser Coca-Cola-LKWs, die Weihnachten immer durchs Werbefernsehen fahren. Biene und ich saßen noch nicht wirklich auf unseren Stühlen, da bekamen wir auch schon einen Ablaufplan unter die Nase gehalten, der so viele Punkte beinhaltete, dass man damit locker zwei ›Wetten dass . . . !?‹-Sendungen hätte produzieren können.

»Pitschi, deine Rede . . .«, fauchte mir die Entenschwester ins Ohr, ». . . die kommt vor dem Dessert und hinter der Nummer von Biene und Steffi!«

Um die Entenschwester zu beruhigen, wiederholte ich alles.

»Okay. Meine Rede VOR dem Nachtisch, HINTER der Nummer von Biene!«

»Aber in jedem Fall vor der Hirsch-Nummer!«

»Es gibt eine Hirsch-Nummer?«

»Ja. Und sei so gut und beleidige keinen!«

»Ich bemüh mich!«

»Und nicht länger als fünf Minuten!«

»Ich stopp's gleich noch mal aus auf dem Klo!«

Die Entenschwester warf mir einen Blick zu, den man sonst nur bekommt, wenn man einen amerikanischen Drill-Sergeant mit den Liegestützen verarscht hat.

»Pitschi, ich versuch hier nur, für das Brautpaar einen schönen Abend hinzukriegen!«

»Tschuldigung, war nicht so gemeint! Also nach dem Nachtisch bin ich dran.«

»DAVOOORRR!!!«

»Entschuldigung, ich meinte VOR dem Hirsch!«

»Genau!«

Die Enten-Schwester brummte davon und ich wollte gerade einen Versuch starten, einen kleinen Schluck des soeben gereichten Pfirsich-Vanille-Champagners zu nehmen, da spürte ich Bienes Finger in der Seite.

»Mausbär, wir müssen auf den Toast warten!«

»Wieso? Hier liegt doch schon Brot!«

»Du weißt schon!«

Nicht ohne Augenrollen stellte ich mein Glas wieder ab und ließ meinen Blick durch die Festscheune schweifen. Arne hatte sich mit seinen Eltern und der Entenfamilie an einen großen, länglichen Tisch neben einer kleinen Eckbühne platziert. Alle anderen Hochzeitsgäste waren auf runde, sorgsam dekorierte Achtertische mit weißen Tischdecken verteilt. Man hatte sich fein herausgeputzt für den Abend. Biene trug ihr kleines Schwarzes mit platinfarbenen Pumps, ich selbst hatte mich in meinen viel zu engen Smoking ge-

quetscht, den ich das letzte Mal auf Harrys Hochzeit an hatte. Sogar Modeverweigerer Checko trug ausnahmsweise mal keine Turnschuhe, sondern T-Shirt mit Jackett und Collegeslipper, also das,
was übrig war vom Abi-Ball, 1988.

Arne und die Ente hatten es sicher gut gemeint mit der Sitz-
ordnung. Biene und ich saßen nämlich genau neben den Freunden, neben denen wir sowieso immer saßen und neben denen
wir auch im gesamten Juli sitzen würden: Retro-Checko, Jason,
Miriam, Erich und dessen hypernervöse Frau Sille. Ich stellte mir
vor, wie dieser Tisch in 39 Stunden und in exakt dieser Beset-
zung bei der LTU nach Mallorca einchecken und nach zwei
Stunden Flug im Hotel Corazón genau so wieder aufgestellt werden würde.

*Letzter Aufruf für Tisch Bamberg, gebucht auf LT 0188. Sie werden
dringend an Gate 37 erwartet. Last call for table Bamberg, booked on
LT 0188. Please proceed to gate 37 immediately.*

Mallemallemum!

Nur Arne und die Ente würden in diesem Jahr fehlen, für die beiden ging's flitterflatter eine Woche später nach Menorca. Flitterwochen für die beiden, Flatterwochen für mich. Bienes Satz ›Wir
könnten es auf Mallorca machen‹ drehte unzählige Schleifen in
meinem Kopf und ich wartete vergeblich darauf, dass ihm der
Treibstoff ausging.

Dann endlich kam der Toast in Form einer netten Begrüßung
von Arne und ich konnte die Pfirsich-Pfütze wegschlürfen.

»Mausbär, nicht so laut!«

»Tschuldigung . . .«

Es konnte losgehen mit dem kulinarischen Teil des gesellschaft-
lichen Großereignisses. Noch während ich in den Gruß aus der Küche piekste, begannen am Tisch erste Gespräche über den kom-

menden Urlaub. Über das Brautpaar sprach zunächst keiner, wofür ich ziemlich dankbar war, weil ich womöglich schon nach dem Aperitif gesagt hätte, dass die Ente Arne nur geheiratet hat, um ihn für immer wegzuschließen. Aber auch sonst spürte ich, dass mir nicht wirklich nach Feiern zumute war.

›Wir könnten es auf Mallorca machen.‹

Meine innere Unruhe war so groß, dass ich in kürzester Zeit alle verfügbaren Mineralwasseretiketten abgerubbelt hatte. Gott sei Dank fiel es keinem auf.

»Mausbär, wo gab's noch mal die leckeren Datteln mit Speck?«
»Was?«
»Wo es diese leckeren Datteln gibt mit Speck?«
»Bei der Edeka?«
»Du bist so blöd heute! Ich meine auf Mallorca!«
»Stimmt! Auf Mallorca gibt's die!«

Der Vorspeisenteller war keine Minute vom Tisch, da gab es bereits den ersten, von der Entenschwester angekündigten Programm-punkt: einen fränkisch-amerikanischen Limerick von Jason und Miriam. Nervös lächelnd standen die beiden auf, in Miriams Hand ein Zettel, von dem sie abwechselnd vorlasen, wobei Miriam den deutschen und Jason den englischen Teil übernahm.

> »Es entdeckte ein Mann namens Arne,
> Auf 'ner Party 'ne sehr schöne Dame.
> He did not really think,
> He just bought her a drink
> und nahm sie ganz frech in die Arme.«

»Huhu!«, rief ich und klatschte. Das gefiel mir, denn es war knapp und einigermaßen originell. Jason nickte mir dankbar zu und fuhr fort.

»Then there was this night in July
don't ask us, mir war'n net dabei
Für die Biggy war's klar
Und sie sagte gleich ja
Den Nachwuchs gibt's dann wohl im Mai!«

»Ohoh!«, rief ich.

Ich hatte mich getäuscht, was die Knappheit des literarischen Kunstwerkes anging: Es folgten weit über vierzig Strophen, die im weiteren Verlauf einiges an Witz einbüßten. Ich half mir mit einem großen Glas *Sommerracher Katzenkopf*, einem trockenen Silvaner. Selbst die Kellner wirkten zunehmend nervös, offenbar sorgten sie sich um Konsistenz und Temperatur der noch zu servierenden Lammbraten. Dann endlich war der Limerick-Marathon vorbei.

»Subber!«, rief Biene.

»Geht so!«, rief ich, was Gott sei Dank nur Biene mitbekam.

»Mausbär!«

Der Lammbraten war ein bisschen zu durch und nicht ganz warm, aber köstlich, die Sauce für einen Juliabend vielleicht ein wenig zu schwer, aber trotzdem exzellent, und auch die Kartoffelecken waren gut gewürzt und knusprig. Mitten in diese geschmackliche Harmonie fragte Biene:

»Mausbär, bist du sauer auf mich?«

Es war die Art von Stimme, aus der man schon nach einem Wort hören konnte, dass sich da etwas angestaut hatte. Irritiert blickte ich in die besorgten Augen meiner Freundin.

»Nein«, sagte ich. »Warum sollte ich sauer sein?«

»Ich weiß nicht . . .«, schmollte Biene. »So ein Gefühl.«

»Wegen mir?«

»Vielleicht. Ich meine, wir sitzen jetzt schon über eine Stunde hier und das Einzige, was du gesagt hast, ist ›bei der Edeka‹ und ›geht so‹.«

»Echt?«

»Ja!«

Ich tupfte mir den Mund mit einer rot-weißen Serviette ab und gab ihr einen Kuss auf den Mund.

»Später haben wir alle Zeit der Welt, Bienchen!«

»Huhu«, rief Jason verschmitzt in unsere Richtung, »da bahnt sich doch was an!«

»Ja«, antwortete ich trocken, »und zwar ein Glas Rotwein auf deinem Hemd!« Ein wenig erschrocken starrte mich Jason an, dann lachte er: »Du verrückter Kerl, du!«

Dann bekam auch er einen Kuss von seiner Miriam. Doch es wurde nicht nur geküsst und getrunken, es wurden auch viele lustige Spiele veranstaltet, die von Arnes schlaksigem Bruder mit einem museumsreifen Camcorder gefilmt wurden.

Ich erklärte Jason, dass ich solche Videos toll fand, weil man so die unerträgliche Langeweile auf Hochzeitsfeiern beliebig oft vervielfachen konnte. Jason fragte mich daraufhin, ob mir sein Hochzeitsvideo nicht gefallen hatte. Und Biene sagte wie immer: »Mausbär!!!«

Ich schenkte mir einen Schluck *Sommerracher Katzenkopf* nach. Doch statt in Ruhe mit dem Brautpaar einen zu heben, mussten wir alle möglichen Sachen tun: mal hier unterschreiben, dann dort, irgendwelche Begriffe raten und schließlich uns selbst auf bierdeckelgroße Leinwändchen malen. Am unterhaltsamsten fand ich das Spiel, bei dem Arne seine Biggy durch eine Pappwand hindurch mit Negerküssen füttern musste, ohne sie dabei zu sehen, und ihr gleich zwei Negerküsse in die Hochzeitsfrisur schmierte.

Gegen Mitternacht kündigte die hyperaktive Entenschwester dann eine Reise nach Jerusalem an. Lustigerweise spielten wir es zum »Ententanz«, worauf ich sowohl die Ente als auch die Entenschwester hinwies. Immer, wenn ich an meinem Platz vorbeikam, trank ich einen Schluck *Sommerracher Katzenkopf.* Ich wurde dennoch Erster und gewann eine Flasche Nussschnaps.

»Ist das nicht süß, wie die sich alle Mühe geben«, lächelte mich Biene an, als sich alle wieder gesetzt hatten.

»Subberdubber!«, sagte ich und schenkte mir nach. Und dann kam der Coca-Cola-Weihnachts-LKW angerollt und nahm Biene und Steffi mit. Das hieß für mich, dass ich bald an der Reihe war. Vor dem Hirsch. Vorsichtig tastete ich nach dem Zettel in meiner Innentasche, als Jason mich schubste.

»Pitschi, du musst zuhören, die Biene ist auf der Bühne!«

»Mallemallemum!«, antwortete ich, »wer mich schubst, ist dumm! Schnäpschen für little Jason?«

Miriam winkte ab: »Jason trinkt keine Schnäpse!«

»Ich hab IHN gefragt!«, protestierte ich.

»No thanks!«, erwiderte Jason.

Biene und Steffi trällerten ihre sahnelose »Aber bitte mit Arne«-Version. Ich nahm einen doppelten Nussschnaps und schrie bei »Pommes juchee« so laut mit, dass man es bis nach vorne hören konnte. Bienes Duettpartnerin Steffi zeigte mir einen Vogel.

Jason und Miriam schmusten inzwischen so leidenschaftlich miteinander, als überlegten sie gerade, einfach nochmal zu heiraten – nur zur Sicherheit.

Plötzlich fühlte ich mich enorm fehl am Platze.

»Alles klar?«, fragte ich Checko in der Hoffnung, er hätte vielleicht ein größeres Problem aufzubieten als ich. Hatte er nicht, Checko war zufrieden. »Alles subber«, sagte Checko und nippte am Wein.

Bienes und Steffis Karaokeversion von »Aber bitte mit Arne«

wurde frenetisch umjubelt. Und während ich mir überlegte, ob ich mir nicht noch einen Nutella-Schnaps genehmigen sollte, rollte der rote LKW auf mich zu.

»Du bist der Nächste!«

»Bei was?«

»Deine Rede! NACH Biene und VOR dem Hirsch. Hab ich doch gesagt!«

»Okay!«, sagte ich, worauf die Entenschwester zufrieden zum Nachbartisch eilte.

»Wie war ich?«, fragte Biene, noch immer außer Atem.

»Du warst toll!«, sagte ich und umarmte sie kurz.

Dann stolperte ich vor zur kleinen Bühne, direkt neben den Hochzeitstisch. Eine Woche lang hatte ich an der Rede herumgeschrieben. Wann immer ich im Büro ein bisschen Zeit hatte, hatte ich dies ergänzt und jenes und es schließlich ausgedruckt. Ich mochte es immer ganz gerne, wenn ich was in der Hand halten konnte. Improvisieren war nicht mein Ding. Doch an diesem Abend musste ich improvisieren. Denn mein Zettel, wo auch immer er war, in meiner Anzuginnentasche war er jedenfalls nicht. Also versuchte ich zu lächeln und nahm das Mikro. Es fiepte zweimal und einige Gäste hielten sich die Ohren zu. »Eins, zwei . . . Test . . . Hallo Bamberg!«, sagte ich und stellte das Mikrophon höher. Dann sagte ich fast eine ganze Minute lang nichts, sondern blickte nur in die erwartungsvollen Gesichter der Hochzeitsgemeinde. Was würde er wohl erzählen, dachten sie sich, er, der fast die gesamte Trauung ruiniert hatte? Ich wusste es selbst nicht. Bis ich meinen Nussschnaps wegstellte und einfach anfing zu reden.

»Liebes Brautpaar, lieber Arne, liebe Ente! An so einem Tag wie heute, da kommt man schon mal ein bisschen ins Grübeln. Ich hab mir zum Beispiel heute Nachmittag gedacht, wie . . . na ja . . . wie unspektakulär so eine Hochzeit am Ende doch ist. Ich meine, gerade die Frauen träumen doch ihr halbes Leben von diesem wichtigen Tag, diesem großen Ereignis: Brautkleid, Kutsche, Traumprinz ... blabla, ihr kennt ja die ganzen bescheuerten Klischees. Und dann kommt dieser tolle Tag um die Ecke, trippeltrappel, er kommt einfach so an wie jeder andere durchschnittliche Tag auch und nach ein paar Stunden ist er wieder weg, als hätte es ihn nie gegeben. Zack! Und weg! Und wie schnell alles geht: Ja, ich will, Ja, ich will auch, Küsschen, Küsschen, Amen hier, Amen da, ein Schlückchen Wein und zehn beknackte Spiele, das war er! Der Tag eures Lebens! Das tut euch mal rein: DAVON habt ihr ein Leben lang geträumt! Zwei Küsschen und zehn beknackte Spiele! Okay. Ich hab die Hochzeitsnacht vergessen, Knick Knack, ihr wisst Bescheid. Oder Knick QUAK in eurem Fall. In der Regel auch nicht so spannend, weil nach zwei Flaschen Wein sowieso nichts mehr geht und außerdem ist die Spannung weg, weil ihr ja beide ja schon vor der Ehe gevögelt habt. Wobei, wenn ihr mir diese Bemerkung erlaubt, in Biggys Fall, pardon, im Fall der Ente, quakquak, hätte ich mir sogar vorstellen können, bis zur Hochzeit zu warten, hihi. War nur'n Spaß. Jedenfalls ... also ... mhh ... wo war ich gerade noch mal?«

Es war so leise im Saal, hätte jemand eine Seite des *Fränkischen Tags* umgeblättert, alle wären zusammengezuckt vor Schreck.

»Du wolltest dich setzen!«, hörte ich Biene rufen.

»Genau, das war's. Danke Biene! Vielleicht darf ich euch, also dem Brautpaar, bevor ich mich setze, noch von ganzem Herzen alles Gute wünschen, auch wenn ich wahrscheinlich nie verstehen werde, warum man überhaupt heiratet. Weil ... na ja ... eine Heirat für mich immer bedeutet, dass man sich ab diesem Punkt gemeinsam in die gleiche Richtung entwickelt. Entwickeln muss, pardon! Man heiratet und schwups ... ab jetzt alles zusammen machen, sich einigen, arrangieren, kleinster gemeinsamer Nenner und so weiter. Da macht eine große Koalition ja noch mehr Sinn, weil die wird vorher verhandelt und geht nur vier Jahre. Weil, was ist denn in so einer Ehe, wenn jetzt zum Beispiel der Arne plötzlich Autorennen fahren will und nach Griechenland auswandern oder die Biggy ein Geschäft aufmacht und vor lauter Langweile anfängt, den Frühstückstisch schon am Abend zu decken und die T-Shirts nach Farben zu ordnen? Ja, ihr sitzt da und schaut mich schockiert an, aber so was gibt es! Wie auch immer . . . ich muss es ja nicht verstehen, weil ich stehe ja hier als freier Mann. So. Mehr fällt mir jetzt nicht ein, genießt jeden Tag zusammen, man weiß nie, wie lang's gut geht. Und Arne, find ich klasse, dass du den Ehevertrag doch noch durchgeboxt hast! Danke! Und jetzt viel Spaß mit der Hirsch-Nummer!«

Auf der nach unten offenen Skala für absolute Stille erreichte ich eine saubere Minus eintausend. Bis ich mich bückte, um die Schnapsflasche hochzuheben und mir die Hose des Smokings mit einem lauten *Ratsch* über den gesamten Hintern aufriss.

»Ich wollt ihm sowieso gleich sagen, dass er 'n Arsch offen hat!«, rief der Brautvater in die Stille und alle lachten.

Es war der einzige Lacher meiner Rede.

»Wenn ich dich irgendwie aufhalte in deinem Leben, dann kannst du's ruhig sagen!« Biene war völlig aufgelöst, ihre Augen feucht, die Stimme zittrig. Wir standen draußen vor dem mit Fackeln beleuchteten Eingang des Zehnthauses, unten rauschte die Regnitz und drinnen tanzten zwei Hirsche einen Walzer.

»So hab ich das doch nicht gemeint, Bienchen!«, entschuldigte ich mich und wollte ihre Hand nehmen. Doch Bienchen zog sie zurück. Mir war ein klein wenig schwindelig von dem ganzen Schnaps und statt meiner Smokinghose trug ich nun die Ersatzhose des dicken Oberkellners, in der ich aussah wie Obelix nach acht Wochen Weight Watchers.

»Wie hast du's denn gemeint?«, fragte Biene und sah mir düster in die Augen dabei. Gute Frage. Wie hatte ich das gemeint? Ich war ziemlich betrunken und so richtig wusste ich auch gar nicht mehr, was ich eben gesagt hatte. Dafür wusste Biene es umso besser.

»Ich hab's anders gemeint, ich hab's auf Arne und Biggy bezogen!«, erklärte ich.

»Du hast Ente gesagt, nicht Biggy!«

»Hab ich?«

»Drei Mal!«

»Oh!«

Traurig wandte Biene sich von mir ab, lehnte sich gegen die Mauer und schaute nach oben in den klaren Sternenhimmel. Ich stand ratlos daneben mit meiner Obelixhose und betrachtete sie. Dann legte ich meinen Arm um ihre Schulter und blickte ebenfalls nach oben.

»Tut mir Leid, mein Bienchen!«

Bienchen sagte nichts.

»Bienchen summ? Immer schön herum?«

Immerhin kämpfte sie nun schon gegen ein Lächeln.

»Wenn wir erst mal auf Mallorca sind . . . also, vielleicht ist das mit dem Baby ja keine so schlechte Idee . . .«

Langsam drehte sich Biene zu mir und blickte mich mit ebenso hoffnungsvollen wie feuchten Augen an. Die FDP hätte sofort einen Lügenausschuss gefordert. Dort hätte ich gesagt, dass ich Biene noch nie traurig sehen konnte.

»Meinst du echt, Mausbär?«

»Ja, Bienchen! Und im Gegensatz zur Rede werde ich mich auch daran erinnern!«

Ein lautes Krachen und Klirren erschrak uns. Wir drehten uns um und blickten in den Festsaal. Einer der Hirsche war gegen das Büfett gelaufen und lag nun zappelnd auf dem Boden wie ein Marienkäfer.

»Da siehst du mal, was Alkohol so anrichtet!«, sagte ich trocken. »Blödmann!«, lachte Biene und ich musste auch lachen und dann küssten wir uns. Es war unser letzter Kuss.

Einfach

LETZTENDLICH GESCHAH ALLES vor sieben Stunden am Nürnberger Flughafen. Es war so eine Art soziale Panikattacke. Wir saßen am Tisch eines knallbunten Flughafenbistros und tranken teuren Kaffee mit Croissants, zu denen man in Nürnberg *Budderhörn-le* sagte und nicht *Budderhörn-la.* Immerhin. Wir, das waren exakt dieselben Leute wie noch vor zwei Tagen an Arnes Hochzeitstisch. Jason und Checko nutzten wie immer die verbleibende Zeit bis zum Einsteigen, um sich in Urlaubsstimmung zu reden. Eine Ballermann-Anekdote jagte die nächste.

»Wisst ihr noch, wie der Super-Richie aufgetreten ist und total ausgepfiffen wurde in der Mega-Arena?«, lachte Jason. Ich wusste es noch. Mir war schließlich vor zwei Tagen auf der Hochzeit etwas Ähnliches passiert. »Oder wie mir fast unser Audo nimmer g'funden ham, am Strand von Estrenc?«, kicherte Miriam.

Mir war nicht ganz klar, was das für eine Art Urlaubserlebnis sein sollte, dass man sein Auto FAST nicht mehr findet. Wenn man es nicht mehr findet vielleicht, aber so?

Sogar Biene lachte dann und wann, trotz der Diskussionen der vergangenen Tage. Nur ich wurde nach jeder Geschichte gereizter. Noch am Sonntag hatte mich Biene gefragt, ob wirklich alles in Ordnung sei: Nach einer Stunde Packen hatte ich lediglich einen Schnorchel und ein Handtuch in den Koffer gelegt und saß stumm auf dem Bett – körperlicher Ausdruck einer aufkeimenden Balearen-Baby-Blockade.

»Wir könnten es auf Mallorca machen!«

»Mallemallemum!«

Es mag ja Menschen geben, die es beruhigt, wenn sie schon vor dem Urlaub ganz genau wissen, was im Hotel, am Strand und in den Kneipen passieren wird. Ich gehörte nicht dazu. Und zum ersten Mal hatte ich mich dann sogar dabei erwischt, wie ich mich heimlich nach anderen Reisegruppen umschaute. Reisegruppen, zu denen ich vielleicht besser passen würde. Ich passte zu ALLEN Reisegruppen besser! Mit jedem Wort meiner Freunde und mit jedem Lacher und mit jeder Berührung Bienes kam ich mir seltsamer vor. Fast schien es, als schlüpfte ich aus meiner Haut, um einige Schritte neben unseren Tisch zu treten, um mich selbst zu beobachten. Seit fünf Jahren wollte ich nicht mehr nach Mallorca. Was also machte ich hier? Seit sieben Jahren hatte ich das Gefühl, dass Biene nicht die Frau fürs Leben ist. Warum hielt ich noch immer ihre Hand? Und seit einem Jahr dämmerte mir, dass mein Leben eventuell ebenso unspektakulär verlaufen würde wie das meiner Freunde. Warum machte ich dann immer noch das Gleiche wie sie?

»Bidschi, weißte noch, wie du letztes Jahr drei Daache über der Schüssel g'hangen warst, wegen dem Softeis?«, beömmelte sich Checko.

»Wie du die Straßenlampe ausgetreten hast?«, lachte Erich.

»Wie der Bassist von die Mickey Krause dem Erich auf die Bauch unterschrieben hat?«, prustete Jason, gefolgt von einem »Mallemallemum!«

Biene nahm meine Hand, lachte und drückte sie fester als sonst. Ich war mir sicher: sie spürte, dass mit mir irgendetwas nicht in Ordnung war. Vielleicht hatte ich von meiner Hochzeitsrede so einiges vergessen, doch an meine Baby-Zusage konnte ich mich erinnern. Warum hatte ich vorher nicht einfach mal nachgedacht? Dafür musste ich jetzt an all die Kinder denken, die Biene auf

Mallorca mit mir machen wollte, und an all die Anekdoten, die wir uns dann zehn Jahre später am Nürnberger Flughafen erzählen würden:

».. . wie Klein-Pitschi aufs Büfett gepinkelt hat!«
».. . wie Klein-Pitschi im Supermarkt randaliert hat!«
».. . wie Klein-Pitschi den Hoteldirektor mit Entenscheiße beworfen hat!«

Mir wurde heiß.
Ich stand auf. Ein wenig schwindelig war mir auch.

»Alles klar, Mausbär?«, fragte Biene besorgt.
Auch die anderen schauten auf. Ich muss ziemlich verwirrt ausgesehen haben.
»Bin gleich wieder da«, sagte ich und ging. Erst langsam, dann immer schneller, und schließlich rannte ich in Richtung Toilette. Mein Herz raste, ich atmete schnell und flach und für eine Sekunde hatte ich sogar Angst, ich würde sterben. Einfach so, zwischen Meeting Point und Herrenklo.
Ich riss die Tür zu den Toiletten auf und stützte mich keuchend am Waschbecken ab. Dann drehte ich den Hahn auf und schaufelte mir eiskaltes Wasser ins Gesicht. Ich verbrachte mehrere Minuten damit. Das Wasser tat mir gut. Ich beruhigte mich. Ich betrachtete mich im Spiegel. Ich sah unglücklich aus, energielos und angespannt zugleich. Eine seltsame Kombination kurz vor dem Abflug in den Jahresurlaub.

Und dann geschah es.
Plötzlich sah ich alles glasklar.
Mit einen Mal wusste ich, was ich zu tun hatte.
So groß war die Gewissheit, dass ich mich unmöglich wieder an den knallbunten Bistrotisch und mein altes Leben setzen konnte.

Was sollte ich dort?

Ich gehörte ohnehin nicht mehr dazu.

Ich konnte nicht mehr, man sah es mir an.

Und ich war schon viel zu lange geblieben.

Der Wasserhahn lief noch.

Ich drehte ihn ab.

Ich wollte nicht nach Mallorca.

Ich wollte keine Babys mit Biene machen.

Und ich wollte nicht zurück nach Bamberg.

Ich wollte weg.

Weit weg.

Alleine.

Jetzt!

Ich blickte ein weiteres Mal in den Spiegel und sah ein Lächeln. Und mit dem Lächeln kam die Ruhe. Eine Ruhe, wie ich sie noch nie zuvor verspürt hatte. Ich bemerkte, dass mein Gesicht noch ganz nass war, und trocknete es mit einigen Papierhandtüchern ab. Das WAS hatte ich entschieden.

Jetzt musste ich mir nur noch überlegen, WIE.

Es dauerte nicht lange, da hatte ich die Lösung. Ich hielt sie in Form der Papiertücher quasi bereits in den Händen.

Ich versteckte Geldbörse, Pass und Handy im Papierspender, ja sogar meine Armbanduhr. Dann riss ich mir das Hemd auf und schloss eine der Toilettentüren mit einer Münze von außen ab. Zunächst ließ ich mich nur zaghaft dagegen fallen. Es ist eben nicht jeder ein geborener Bruce Willis. Doch dann wiederholte ich meine Aktion einige Male mit mehr Schwung und schließlich nahm ich richtig Anlauf und krachte mit voller Wucht gegen die Klotüre. Sie sprang auf, ich blieb mit meiner Jeans am Klopapierhalter hängen und landete zwischen Schüssel und Klobürste.

Als ich mich mit schmerzender Schulter wieder langsam aufrappelte, sah ich einen Tropfen Blut auf die Fliesen fallen. Dann zwei, schließlich ein dritter und dann kam immer mehr Blut. Ich schleppte mich zu den Waschbecken und verschmierte das Blut im Gesicht. Dann brachte ich meine Haare durcheinander, zog mein Hemd so weit nach oben, dass man den Riss in der Jeans gut sehen konnte und endlich sah ich aus, als wäre ich nach einer Schlägerei mit einem ukrainischen Zuhälter auch noch gegen einen ICE gelaufen. So taumelte ich aus der Herrentoilette.

Den erschrockenen Blicken der anderen Reisenden zufolge hatte ich ganze Arbeit geleistet. Auch an unserem Bistrotisch herrschte blankes Entsetzen vor. Sogar Checko legte mit offenem Mund seine Playstation weg. Biene sprang als Erste auf.

»Um Himmels willen, Pitschi, was ist passiert?«

Zunächst bewegte ich nur den Mund, ohne etwas zu sagen. Ich hatte das vor Jahren in irgendeinem Spielfilm gesehen. Dann schluckte ich und keuchte:

»Bin überfallen worden!«

Biene hielt sich vor Schreck die Hand vor den Mund, dann kniete sie sich vor meine aufgerissene Jeans.

»Du hast einen Riesen-Kratzer da!«

»Tief?«

»Sieht nicht so aus! Trotzdem . . . wir müssen zum Flughafenarzt!«

Erschöpft ließ ich mich auf einen Plastikstuhl gleiten.

»Gleich!«

»Aber . . .«, stotterte Checko, »wie is'n des passiert?«

»Der hat mich mit einem Messer bedroht, ich . . . ich hab ihm alles gegeben!«

»Des gibt's doch net. Hier? In Nürnberch?«, fragte Checko.

»Ja schauen Sie nicht so, rufen Sie die Polizei!«, schrie Biene einen blassen Kellner an, der teilnahmslos mit einem Lappen neben uns stand. Vielleicht wollte er mich ja aufwischen, wenn ich es nicht mehr schaffte.

Mit einem Taschentuch tupfte Biene mein Gesicht ab.

»Armer Mausbär, ausgerechnet heute!«

»Wie sah der Typ denn aus?«, fragte Jason.

Darüber hatte ich mir noch gar keine Gedanken gemacht. Ich starrte Jason an und dachte nach. Dann sagte ich:

»So John-Travolta-Haare, Jeans, Turnschuhe, blaues Shirt, Mitte 30 vielleicht?«

Und Jason starrte mich an.

»Er sah aus wie ICH?«

»Er steht unter Schock!«, warf Erich ein, der bis dahin noch gar nichts gesagt hatte.

»Kleiner als Jason! Viel kleiner!«, rettete ich mich.

Jason sprang auf. »Den kauf ich mir!«

»Vergiss es«, hielt ich ihn zurück, »der ist doch längst nicht mehr am Flughafen!«

Widerwillig setzte sich Jason wieder hin und auch Biene nahm endlich Platz.

»Ich weiß, es passt jetzt gerade gar nicht«, schaltete sich Erich schüchtern ein, »aber . . . wir müssen zum Flieger!«

Ich tat so, als ob ich auf meine Armbanduhr schauen wollte, was sicherlich der Höhepunkt meiner Überfallnummer war.

»Du hast keine Uhr mehr, armer Mausbär!«, tröstete mich Biene sanft.

»Nicht?«

Ich versuchte dabei möglichst apathisch ins Leere zu schauen.

»Zehn vor!«, sagte Checko.

»Wir müssten dann mal!«, ergänzte Erich.

»Was hat er denn außer der Uhr noch alles mitgenommen?«, fragte Biene.

»Geld, Ticket, Pass, alles!«

»Jetzt echt?«

»Jetzt echt«, bestätigte ich und knöpfte extra zitternd mein Hemd wieder zu.

»Der arme Kerl«, seufzte Miriam und kniff ihre Mundwinkel zusammen. Offenbar hatte ich ziemlich überzeugend apathisch ins Leere geschaut.

»Was machen wir denn jetzt?«, jammerte Biene.

»Fliegt ihr schon mal vor!«, flüsterte ich.

Geht man nach dem Grad der Überraschung in den Gesichtern, war das eine Sache, an die keiner auch nur ansatzweise gedacht hatte.

»Neeeeee!«, protestierte Checko.

»Das ist doch Bullshit!«, fluchte Jason.

»Aber Mausbär!«, japste Biene.

Das Timing hätte perfekter nicht sein können. Wir wurden ausgerufen und mussten alle zum Flugsteig. Ich informierte die verdutzte LTU-Frau am Gate, dass ich nicht mitfliegen würde. Dann umarmte ich alle und wünschte ihnen einen guten Flug. Jason klopfte mir auf die Schulter: »Ich seh dich bald, oder?«

Ich nickte.

Dann winkte ich allen, die im Gang zum Flieger verschwanden. Biene stand die ganze Zeit neben mir und sie schien tatsächlich erst jetzt zu realisieren, dass sie ohne mich fliegen würde. Oder eben gerade nicht:

»Ich bleib natürlich bei dir, Mausbär!«

»Kommt gar nicht in Frage«, protestierte ich, »ich kann das alleine regeln, wirklich. Oder willst du zuschauen, wie ich die Kreditkarte sperren lasse oder zum Rathaus gehe und einen Pass hole, wenn du in der Zeit auch am Strand liegen kannst?«

Biene schaute mich skeptisch an.

»Aber irgendjemand muss sich doch um dich kümmern!«

Die LTU-Frau wurde langsam nervös.

»Ich will ja nicht drängeln, aber . . . fliegen Sie jetzt mit oder nicht?«

»Die paar Kratzer. Es geht doch nur um den Pass und die Kredit-kartensperre und so«, sagte ich zu Biene, »flieg du mal vor, ich regle hier alles und dann fang ich mit dem Urlaub einfach einen Tag später an. Ihr seid ja schließlich nur auf Mallorca und nicht in Argentinien. Okay?«

»Bist du sicher?«, fragte Biene mit besorgtem Blick.

»Ja.«

Ich hatte mich entschieden.

Wir umarmten uns.

Dann war sie weg.

Ich schaffte es.

Sie flogen.

Ich blieb.

Vorerst.

Ich ging zurück in die Herrentoilette, um meine Sachen zu holen. Es war alles noch da. Ich wusch mein Gesicht, brachte meine Haare in Ordnung und strich mein Hemd glatt. Ich fühlte mich seltsam, wie ein großer Schrank, aus dem man alle Dinge herausgenommen hatte, leer und frei zugleich. Ich würde neue Sachen in den Schrank legen können.

Am Flughafenkiosk kaufte ich eine Dose Bier, eine Packung Zigaretten und Briefpapier. Dann fuhr ich mit der Rolltreppe zur Besucherterrasse, setzte mich auf einen Plastikstuhl und nahm einen Schluck Bier. Vorsichtig zündete ich mir die erste Zigarette meines Lebens an, meine Freiheitszigarette.

Sie schmeckte zum Kotzen, doch das war mir egal. Es war mein freier Wille gewesen, sie zu rauchen, ebenso wie es mein freier Wille gewesen wäre, sie wieder auszumachen. Ich drückte die halb gerauchte Zigarette aus und blickte in Richtung Rollfeld. Eine rot-weiße LTU-Maschine hob röhrend ab und erkämpfte sich ihre Höhe mühevoll Meter für Meter. Es wäre meine Maschine gewesen. *Mausbär-Airways* auf dem Weg nach Malle. Ich nahm einen Schluck Bier und fixierte sie so lange, bis sie schließlich abdrehte und in den Wolken verschwand. Mit ihr verschwand mein altes Leben.

Ich war frei.

Fast.

Denn noch gingen Biene und die anderen ja davon aus, mit mir in ein paar Tagen Datteln mit Speck zu futtern und Rennbananen zu mieten. Biene musste es erfahren. Aber erst NACH ihrem Urlaub. Sie sollte ihre freien Tage genießen. Also nahm ich einen Stift aus meinem Rucksack, riss die Verpackung des Briefpapiers auf und begann zu schreiben.

Liebe Biene,

dies ist bestimmt der schwerste Brief, den ich in meinem Leben geschrieben habe. Aber es ist auch der Wichtigste. Ich will dich nicht länger auf die Folter spannen: wenn du dies hier liest, bin ich . . .

Ich nahm den Stift zwischen die Zähne und blickte in den Himmel. Wo würde ich denn eigentlich sein, wenn sie diesen Brief las?

Wenn du dies hier liest, bin ich . . .

. . . in Schweden?
. . . in Indien?
. . . auf Bora Bora?

Ratlos faltete ich das Briefpapier zusammen und schaute einer weiteren startenden Maschine nach, diesmal war sie blau. Dann ging ich in die Abflughalle und stellte mich direkt vor die große Anzeigentafel. Die Flugziele waren enttäuschend: Amsterdam, Zürich

77

und Hurgahada waren da schon die Highlights. Wo waren denn die ganzen Sidneys, Rios und New Yorks? Offenbar schien man selbst an fränkischen Flughäfen noch darauf zu achten, dass die Reiseziele »net zu groß« und »net zu weit weg« waren. Ich ging zum Infoschalter, wo ein dünner Mann mit Bart ins Weite schaute.

»Welche Flugziele«, fragte ich den Mann, »also welche Stadt ist denn ziemlich groß und ziemlich weit weg?«

»Weit weg von wo?«

»Na, von hier!«

Der dünne Mann musterte mich und dachte bestimmt, dass ich einen Sprung in der Schüssel habe, aber offenbar war ihm so langweilig, dass er recht dankbar war für die Ansprache.

»Also ich würde da gerne hin, von hier aus. Heute!«

Der dünne Mann setzte sich eine runde, ebenfalls dünne Brille auf, öffnete einen dünnen Ordner und begann darin zu blättern.

»Amal schaun . . . mhhhh! Von Nirnberch aus . . . mit Anschluss heude . . . mhhh . . . da hädden mir . . . Buenos Aires!«

»Buenos Aires, Südamerika?«

»Südameriga, genau! Mit der Iberia über Zürich und Madrid.«

»Klingt gut. Und ist weit weg. Aber: Isses auch groß?«

Der Mann mit Bart blickte über den Brillenrand hoch zu mir.

»Groß im Vergleich zu was?«

»Na im Vergleich zu hier!«

»Dann«, antwortete er und schloss seine Mappe, »isses ziemlich groß.«

»Danke!«

Keine Minute später stand ich am Iberia-Schalter und erkundigte mich bei einer nervösen Frau mit zuviel Make-up nach den Flügen. Ich hatte Glück. Es gab noch Plätze.

»Ihr Gepäck?«

»Fliegt gerade nach Mallorca.«

Verdutzt blickte die Frau mit dem Make-up hoch zu mir.
»Sie haben kein Gepäck?«
»Ist Gepäck Pflicht?«
Irritiert schüttelte sie den Kopf. Dann fragte sie:
»Hin und zurück oder einfach?«
Das war in der Tat ein wenig schwieriger zu beantworten.
Ich atmete dreimal tief durch, dann sagte ich:
»Einfach.«

Mir blieben zwei Stunden Zeit bis zu meinem ersten Zubringer-
flug. Also kaufte ich mir eine weitere Dose Bier und ging zurück
auf die Besucherterrasse, um den Brief an Biene zu Ende zu schreiben. Ich begann an der Stelle, an der ich vor einer halben Stunde
aufgehört hatte:

Wenn du dies hier liest, dann bin ich in ... Buenos Aires, Argentinien.

Doch die eigentliche Schwierigkeit begann ja erst. Wie um alles in
der Welt sollte ich meine Flucht erklären? Schnell war mir klar, dass
ich den dicksten Schlussstrich in der Geschichte der oberfränkischen Beziehungen ziehen musste. Für Biene und für mich. Ich
musste in jedem Falle hart sein, ein richtiges Arschloch. Es würde
ihr so leichter fallen, mich zu vergessen. Ein Wutanfall wäre allemal
besser als Tränen. Ich musste irgendetwas Böses schreiben, etwas
wo sie sofort dachte: ›Wie? Und mit DEM Arsch war ich zehn Jahre
lang zusammen?!‹

*Du hast es ja sicher bemerkt: Es ging einfach nicht mehr. Deine
Kinderpläne, das Grundstück auf dem Land und auch mein Job bei
Seppelpeter's. Mir fiel die Decke auf den Kopf, ich musste einfach
gehen.*
*Meine liebe Biene, du bist eine wunderbare Frau und wir hatten
wirklich schöne Jahre zusammen. Aber ich wäre dir in Zukunft kein*

guter Freund mehr gewesen, ich musste einfach gehen. Entschuldige
bitte, dass ich lügen musste am Flughafen, aber ich war zu schwach es
dir persönlich zu sagen. Ich wurde nicht ausgeraubt, ich konnte einfach
nur nicht mitfliegen nach Mallorca. Ihr hättet ohnehin nicht viel Spaß
mit mir gehabt. Du musst dir keine Sorgen machen, mir geht es gut
hier in Argentinien.

War das schon hart genug? Womöglich nicht. Aber immerhin war
es ein Anfang. Ich nahm einen Schluck Bier und stellte mir vor, wie
ich leben würde, in Argentinien. Das war ein bisschen schwer, weil
ich so gut wie nichts von Argentinien wusste. Aber das war egal.

Ich habe mir ein Haus am Strand gemietet, du weißt schon, das,
wovon ich immer geträumt habe. Ich kann die Wellen hören, wenn wir
aufwachen und ich fühle mich zum ersten Mal frei im Leben. Ja, du
hast richtig gelesen: wenn wir aufwachen. Ich bin jetzt mit Janine
zusammen, sie studiert Germanistik in Buenos Aires und modelt
nebenbei.

Ich wusste, alleine nach dem Satz würde mich Biene nicht mal
mehr im Altersheim grüßen.

Was meinen Job bei Seppelpeter's angeht, denke ich mir, werden sie
schon merken, wenn ich nicht mehr komme. Mein Fahrrad kannst du
Arne geben, meine persönlichen Sachen werden meine Eltern abholen
und die Wohnung, die gehört ja sowieso dir. Bitte versuche nicht, mich
zu erreichen. Ich wünsch dir von Herzen alles Gute für die Zukunft.
Tut mir leid, dass ich so gehen musste. Ich schreibe dir später mehr,
versprochen.

Alles Liebe
Dein Pitschi

Dann fiel mir noch eine Sache ein, die Biene treffen würde.

PS: Dein Chocolat-Filmplakat im Wohnzimmer fand ich immer hässlich.

Und der Film war auch scheiße!

Ich steckte den Bogen in den Umschlag, beschriftete ihn mit unserer Adresse und klebte eine Briefmarke drauf. Dann drückte ich die Dose Bier zusammen, stand auf und warf sie in den dafür vorgesehenen Abfallbehälter. Ich war schon ein paar Schritte gegangen, da kehrte ich um, fischte die Dose wieder heraus und steckte sie genussvoll in den Behälter für Papier.

In der Abflughalle stand ich gute zehn Minuten vor dem Briefkasten. Erst dann warf ich den Brief mit zugekniffenen Augen ein.

JETZT war ich frei.

Ich musste nur noch dafür sorgen, dass die Dinge stimmten, die ich geschrieben hatte.

23 Anrufe in Abwesenheit

AUS DER LUFT sieht Buenos Aires aus, als habe jemand ein gigantisches, orangenes Lichternetz auf die Stadt geworfen. Schon bald wird sich meine Maschine durch eine der leuchtenden Maschen mogeln und mich absetzen in meinem neuen Leben. Ich hab viel nachgedacht in den letzten Stunden, mir versucht vorzustellen, was ich erleben werde, doch es liefen immer nur die gleichen Bilder ab in meinem Kopf: wie ich am Strand liege und das Meer rauschen höre, wie mich meine neuen Kollegen über Deutschland ausfragen und wie meine neue Wohnung aussieht. In jedem Fall hat sie bodentiefe Holzfenster, eine Dachterrasse zum Meer hin und eine offene Küche. Ich habe sogar ausgerechnet, wie lange ich mit meinem Online-Konto durchhalten könnte, ohne zu arbeiten: Es sind exakt vier Monate. Ich strecke mich, so gut das mit dem für iberische Zwerge optimierten Sitzabstand geht und schiele neidisch auf meinen friedlich schlummernden Sitznachbarn, einen Deutsch-Argentinier, der Alex heißt und angeblich Kreuzschlitzschrauben schmuggelt, weil es die in Argentinien angeblich nicht gibt. Mit seinen schwarzen, kurzen Haaren und sportlichen Klamotten ähnelt Alex eher einem schwäbischen Tennislehrer als einem argentinischen Schraubenschmuggler. Und hätte er sich nach dem Abendessen keine Valium eingeworfen, hätte ich vielleicht noch das eine oder andere über mein Reiseziel erfahren. »Die Businessclass des kleinen Mannes«, hatte er grinsend gesagt und seine Pille mit einem Becher Rioja runtergespült. Ich war sauer, schließlich hätte ich so viele Fragen gehabt über Buenos Aires. Ich konnte ja schlecht zur Stewardess gehen und sagen »Entschuldigung, ich wandere gerade aus und da würde es mich natürlich interessieren, wie das Land so ist, in das ich fliege.«

Im *Ronda*, dem Iberia-Bordmagazin, war leider auch nichts über Argentinien zu erfahren, außer, dass es an Chile grenzt und an Brasilien und natürlich, dass es ziemlich groß und ziemlich weit weg ist. Ich strecke mich und schaue mich ein wenig in der Passagierkabine um. Auch die letzten Fluggäste erwachen inzwischen aus ihrem Economy-Schlaf: die französische Reisegruppe rechts von mir, das ältere argentinische Ehepaar mit den vielen Decken hinter mir und der orthodoxe Jude vor mir, dessen riesiger Hut den Bordmonitor in der Nacht derart verdeckt hat, dass ich von *Mr. und Mrs. Smith* nur Herrn Schmidt und von *Ice Age 2* bestenfalls das linke Drittel sehen konnte. Ich habe ewig überlegt, wie ich ihn höflich bitten könnte, den Hut abzunehmen, aber aufgrund des besonderen deutsch-jüdischen Verhältnisses ist mir keine einzige vernünftige Formulierung in den Kopf gekommen. Vielleicht sind ja Teile seiner Familie durch die Nazis umgekommen und dann tippt ihn so ein dummer Deutscher im Flieger an und sagt:»Entschuldigen Sie bitte, aber ich kann das Eichhörnchen nicht sehen!«

Wieder schaue ich durch mein kleines Flugzeugfenster und erkenne inzwischen einzelne Straßenzüge, die allesamt quadratisch angeordnet sind. Das ist sie! Die Stadt in der ich nun leben werde! Ich überlege mir, ob einer dieser kleinen Gitterplätze schon für mich vorgesehen ist. Vielleicht fliege ich ja in dieser Sekunde über mein zukünftiges Apartment, meinen Garten, meinen Grill? Oder den Grill eines Freundes? Vielleicht mache ich ja in ein paar Wochen gerade Kaffee um diese Zeit, blicke lächelnd durch ein Fenster hinaus in den Morgen und sage:»In genau diesem Flieger saß ich auch mal! Aus Nürnberg bin ich geflüchtet, das war vielleicht was.«

Nur: Zu wem würde ich es sagen?

Alex, der Deutsch-Argentinier ist inzwischen aufgewacht und jetzt mustert er mich mit seinen geschwollenen Augen von Kopf bis Fuß.

»Wie biste überhaupt angezogen?«

»Wie soll ich denn angezogen sein?«, frage ich und zupfe an meiner Hose. Ich finde, dass ich ganz normal aussehe, bis auf den Schlitz und den Kratzer am Bein: kurze, braune Hose mit ziemlich vielen Taschen dran, mein bunt gestreiftes Lieblingshemd von Quicksilver, ebenfalls kurz, und braune Retro-Turnschuhe von Adidas.

»Ich bin ziemlich deutsch angezogen, oder?«

»Ach was! Wie für'n Badeurlaub!«, kichert Alex und reibt sich die Augen. Ich weiß nicht wirklich, was er damit meint.

»Aber wir fliegen schon nach Argentinien, oder?«

Mit einem Ruck setzt sich Alex auf und stellt seine Sitzlehne senkrecht.

83

»Stichwort Südhalbkugel, mein Freund. Wo kommen wir her?«

»Aus Madrid!«

»Und was war da?«

»Nacht!«

»Die Jahreszeit, du Doof!«

Ich finde, dass der Kreuzschlitz-Tennislehrer ziemlich unverschämt ist zu mir, auch wenn wir soeben eine Nacht miteinander verbracht haben.

»Ach so . . . Sommer war bei uns!«

»Siehste! Und weil der liebe Gott Europa auf die Nordhalbkugel geklebt hat und Argentinien auf die Südhalbkugel, haben wir dort . . .?«

Betreten blicke ich auf meine Shorts.

»Winter?«

»Exakt! Frühstück hab ich verpasst, oder?«

Ich nicke stumm. Frühstück hat er verpasst. Ich hab aber offenbar noch ein bisschen mehr verpasst.

»Wie kalt isses denn da jetzt?«, frage ich verunsichert.

»Na ja, Winter halt. So irgendwas zwischen 5 und 10 Grad, vermute ich mal, aber du hast Glück, angeblich scheint die Sonne!«

»Für'n Strand wird's trotzdem nicht reichen, oder?«, lache ich schüchtern, worauf Alex mich verwundert anschaut.

»Was für'n Strand?«

Ich muss an den Abschiedsbrief denken, in dem ich von meiner Wohnung berichte, die direkt am Strand liegt. Ich hätte wenigstens für eine Sekunde in einen Reiseführer schauen sollen. Eine einzige Sekunde! Oder mir am Flughafen ein WAS IST WAS »Auswandern« kaufen sollen.

»Oder wolltest du runter nach Mar del Plata?«, fragt mein Sitznachbar amüsiert.

»Mar del Plata!«, sage ich erleichtert und um mich nicht noch weiter zu blamieren.

»Da ist jetzt aber tote Hose, absolute Nebensaison!«

Inzwischen weiß ich, was an meinem deutsch-argentinischen Sitznachbarn deutsch ist und was argentinisch. Sein rechthaberisches Generve jedenfalls kommt eher von der Nordhalbkugel. Winter!!!

Plötzlich sehe ich überall im Flugzeug Pullover, Mäntel und Handschuhe. Ein kleines Mädchen setzt sich eine blaue Wollmütze auf. Möglichst unauffällig lasse ich meine Sonnenbrille in der Hemdtasche meines Surfhemds verschwinden. Alex beobachtet mich noch immer völlig fasziniert.

»Du bist ja ein schräger Vogel!«, kichert er, »Mar del Plata im Juli! Da kannste ja gleich im Januar nach Sylt!«

Am liebsten würde ich den Schraubenclown fragen, warum er sich nicht noch eine Valium schmeißt und sabbernd bis zur Gepäckausgabe durchpennt. Stattdessen lache ich kurz und wende mich, irritiert über die neuen Informationen, wieder meinem kleinen Flugzeugfenster zu. Scheißegal, denke ich mir, dann ist es halt Winter. Argentinien ist immer noch Argentinien. Und das mit dem Strand kann Valium-Alex seiner deutschen Großmutter erzählen. Ich hab doch eben selbst im Bordmagazin gesehen, dass Buenos Aires direkt am Meer liegt. Da wird's doch wohl einen Strand geben, weil irgendwann wollen ein paar der 12 Millionen Einwohner doch bestimmt mal Frisbee spielen, plantschen oder tauchen!

Suasientoporfavor nuschelt die in verschiedenen Brauntönen gekleidete Stewardess und stellt meinen Sitz vor. Wenige Augenblicke später setzt unser Flieger sicher auf und gefällige Supermarktmucke quillt aus den kleinen Lautsprechern über uns. Ich und mein immer noch kichernder Sitznachbar verlassen die Maschine und reihen uns ein in die Schlange der Einwanderungsbehörde.

»Wie sind die Argentinier denn eigentlich so?«, frage ich Alex, der noch immer neben mir steht.

»Wie die sind?«, fragt er mich verwundert. »Laut, arrogant, stolz . . . was willst du hören?«

»Die guten Sachen!«

»Lass mal überlegen . . .«

Wieder gehen wir ein paar Schritte nach vorne.

»Laut, arrogant und stolz!«, kichert Alex, »und ziemlich direkt.«

»Wie? Direkt?«

»Was verdienst du denn?«

»Das geht dich einen Scheiß an!«

»Siehste! So direkt!«

Ein uniformierter Herr in einer kleinen Box macht einen Stempel in meinen Pass. Er wirkt höflich und gastfreundlich, denn er lächelt und er fragt mich auch nicht, was ich verdiene. Am Gepäckband stelle ich mich zu Alex, der einen Karton nach dem anderen auf seinen Trolley packt.

»Was ist denn in den Kartons?«, frage ich neugierig, »Kreuzschrauben?«

»Diesmal nur Nutella!«, antwortet Alex.

»Nutella?«

»Das Zeug ist Gold wert hier. So gut wie nicht zu kriegen. Ich hab mir drei Kisten mitgenommen, fürs ganze Jahr!«

»Das hab ich nicht gewusst!«, sage ich.

»Du weißt ziemlich wenig, oder?«, lacht Alex und hebt einen letzten Karton auf seinen Wagen. Ich nicke und frage, ob er mir ein paar Gläser verkauft.

»Tut mir Leid, aber . . . die sind für mich und Freunde. Wenn ich denen weniger mitbringe, ist der Teufel los!«

»Verstehe.«

Mir fällt ein, dass ich völlig grundlos am Band stehe, weil mein Gepäck auf Mallorca ist. Wir passieren den Zoll und treten gemeinsam in eine neonbeleuchtete Ankunftshalle.

»Na dann«, lacht Alex. »viel Spaß! Und wenn ich dir einen Tipp geben darf: Nimm um Himmels willen nur die offiziellen Radiotaxis! Es passiert viel in letzter Zeit!«

»Danke!«

»Wo musst du überhaupt hin?«

»Erst mal Hotel dachte ich, Wohnung suche ich später.«

»Ach . . . du bleibst länger?«

»Hab ich vor.«

»Mensch, hättest du was gesagt im Flieger, ich hätte dir so viel erzählen können!«

»Du hast ja gepennt!«

»Pass auf, ein Kumpel von mir vermietet Zimmer an Sprachstudenten. Da ist bestimmt was frei, weil jetzt im Winter kommt sowieso kein Schwein nach Buenos Aires. Also, außer dir halt. Ha!«

Ich finde Alex definitiv weniger lustig als er sich selbst.

»Soll ich ihn mal fragen?«

Ich nicke und Alex zieht ein flaches Handy aus seinem Mantel. Nach einem kurzen spanischsprachigen Telefonat, von dem ich lediglich meinen Namen verstehe, bekomme ich einen Zettel mit einer Adresse drauf.

»Du hast Glück. Das hier ist Pedros Adresse, ist auf der Santa Fe.«

»Auf einem Schiff?«, frage ich.

»Nein, eine große Einkaufsstraße im Zentrum. Ich würde dich gerne mitnehmen aber . . . Na ja, geht halt nicht. Nimm dir am besten gleich ein Taxi. Ein offizielles, hörst du?«

»Danke!«, sage ich und schaue auf den Zettel mit der Santa-Fe-Adresse. »Du hast mir echt geholfen!«

Ich schenke Alex eine Flasche Seppelpeter's Spezial's, die ich in meinem Rucksack mitgenommen hatte.

»Für dich! Bierspezialität aus Franken!«

Neugierig dreht er das Etikett.

»Danke! Der Akzent ist aber falsch, hier: Spezial's!«

Ich schaue Alex offenbar so böse an, dass dieser sich schnell von mir verabschiedet. Dann hebe ich mit der EC-Karte der Kreissparkasse Bamberg 400 Peso ab und trete hinaus in einen ebenso bitterkalten wie unberührten argentinischen Morgen.

»So, mein liebes Argentinien«, sage ich laut, »Ich weiß nichts über dich und du weißt nichts über mich. Ist doch spannend, oder?« Statt einer Antwort kriecht ein eisiger Wind in mein kurzärmeliges Sommerhemd. Ich tippe die PIN in mein Handy und sehe nach mehrminütiger Netzsuche die Nachricht:

23 Anrufe in Abwesenheit.

Biene!

Ich atme dreimal tief durch und lösche die Info aus meinem alten Leben.

Langsam spüre ich, wie sich trotz meiner Aufregung Kälte und Müdigkeit in die Knochen schleichen. Mein Kopf fühlt sich dumpf an und etwas sehr Schweres liegt direkt über meinen Augen. Dann schalte ich mein Handy wieder aus und gehe zu dem Stand mit den offiziellen Taxen.

Theory!

ÜBER EINE DREISPURIGE BETONAUTOBAHN fährt mich ein knubbeliger Taxifahrer mit Glatze zunächst schweigend in Richtung Zentrum. Ich finde es unglaublich, dass er bei 12 Millionen Einwohnern die Adresse kennt. Wenn man einem Bamberger Taxifahrer eine Adresse in Würzburg-Heidingsfeld zeigt, dann kriegt man bestenfalls einen Vogel gezeigt und ein »Des geht fei net« zu hören. Wir fahren in einem ungefähr zehn Jahre alten Renault ohne Kopfstützen und Sicherheitsgurte, es geht eben auch ohne eine Million Verordnungen.

»*¿Dedóndesosvos?*«, fragt mich mein Taxifahrer, als ich mich schon mit einer konversationslosen Fahrt abgefunden habe. Dedondesos. Ich hätte nicht gedacht, dass mich mein Touristen-Spanisch so frühzeitig verlässt. Dedondesos . . . hmm . . .

»¿De Alemania?«, ergänzt er und blickt neugierig in den Rückspiegel. Ich nicke und frage, ob er auch Englisch spricht.

Er tut es.

Leider.

»¡Contamevos¡ Tell me«, fragt er mich neugierig lächelnd, nachdem er sich hinter einer roten Maut-Station wieder in den Verkehr eingefädelt hat, ». . . why did Hitler kill so many Jews?«

Mir fällt fast mein Handy aus der Hand vor Schreck. Ich überlege sogar, ob ich richtig gehört habe. Doch der Unterschied zwischen »Welcome to Argentina!« und »Why did Hitler kill so many Jews?« ist nun mal enorm. Ich schlucke, werde rot und schaue etwas hilflos in den Rückspiegel.

»You are German, you must know, right?«, ergänzt er freundlicherweise.

Ich räuspere mich, werde noch roter und überlege, was ich sagen soll. Ich hatte neun Jahre lang Geschichte, hab zwanzig Arte-Themenabende über das Dritte Reich gesehen und mindestens hundert Artikel gelesen. Aber eine so konkrete Frage ist irgendwie nie vorgekommen.

»Hitler hated them?«, lautet mein erster, kläglicher Antwortversuch.

»Yes, but why?«, hakt mein Taxifahrer nach und schaut fragend in den Rückspiegel. Ein steinalter Lieferwagen mit Fertigbetonteilen überholt uns. Ich könnte den Taxifahrer fragen, wie Fertigbetonteile auf Spanisch heißen, aber er will ja unbedingt in die Untiefen der deutschen Geschichte abtauchen. Auch würde es mich viel mehr interessieren, wo in Buenos Aires die besten Bars sind und ob es nicht doch einen Strand gibt. Stattdessen versuche ich die Antwort zu vermeiden, die ein Deutscher auf die Frage »Warum hat Hitler so viele Juden umgebracht?« unmöglich geben kann:

I don't know.

Also starte ich einen zweiten Versuch.

»He hated them, because they were such good businessmen?«

Die Autobahn läuft inzwischen so eng an den umliegenden Hochhäusern vorbei, dass man auf der rechten Spur die Wäsche auf den Balkonen abnehmen könnte.

»No, that's not the reason!«

Enttäuscht schüttelt mein Taxifahrer den Kopf, kurbelt die Scheibe nach unten, um dieselgeschwängerte, argentinische Eisluft ins Innere des Wagens zu lassen.

Ich frage mich, wie man überhaupt auf die Idee kommen kann, direkt neben einer achtspurigen Autobahn Wäsche aufzuhängen.

»I got a theory!«, sagt mein Taxifahrer schließlich stolz und hebt den rechten Zeigefinger. Das ist dann wohl der Punkt, an dem ich fragen muss, welche Theorie er wohl hat. Ich tue es.

»What is your theory?«

Nach einer fast schon feierlichen Pause von ungefähr siebzig Wäschebalkonen nennt mein Taxifahrer seine Theorie.

»Hitler was a Jew himself!«

Ach . . . !

Warum haben mich meine Eltern nicht im Italienurlaub zur Welt gebracht? Dann wäre ich jetzt Italiener und der Taxifahrer würde mich nach Lazio Rom oder Berlusconi fragen. Manchmal ist das mit dem Deutschsein echt zum Kotzen! Argentinier werden wenigstens nur nach Maradona und Tango gefragt. Die Österreicher nach Schwarzenegger und die Franzosen nach Baguette, Wein, Käse und Liebe. Ich glaube, die Franzosen haben es von allen am besten. Und wir? Tod, Hass, Fanatismus, Völkermord und Fußball! Wenigstens Fußball . . .

»Yes, I really think Hitler was a Jew himself!« wiederholt mein Taxifahrer und ich habe so gar nichts dazu zu sagen. Wie arm! Beleidigt kann ich nicht sein, denn wenn ich beleidigt wäre, dann wäre ich ja ein Nazi. Und wenn ich sagte, dass Hitler scheiße ist und er wirklich Jude war, dann wäre das ja bereits wieder antisemitisch. Nur wenn ich Jude wäre, dann würde ich ihm eine scheuern und aussteigen. Oder vielleicht zuerst aussteigen und ihm dann eine scheuern, nicht dass es zu einem Unfall kommt. Wie kompliziert alles ist! Wenn ich mal richtig viel Geld habe, dann kaufe ich Deutschland auf jeden Fall eine neue Geschichte zu Weihnachten. Dem Taxifahrer antworte ich sicherheitshalber mit einem unverfänglichen »Oh!«. Wir fahren gerade von der Autobahn ab und sind beim Thema Nürnberger Prozesse, als es mir reicht und ich ebenfalls eine beklemmende Frage stelle.

»Are there still many Nazis in Argentina?«

Seltsamerweise führt diese Frage bei meinem Fahrer zu keinerlei Verwirrung. Er sagt einfach nur.

»Yes, many came after the war.«

Ich frage ihn, warum sie dieses widerliche Nazi-Dreckspack nicht gleich wieder aus dem Land geschmissen haben oder noch besser, alle gleich erschossen oder geköpft haben. Er sagt, dass es unter Perón keine Probleme für Deutsche gab einzuwandern und dass man auch nicht so genau gefragt habe, wer denn nun Nazi sei und wer nicht. Dann sagt er zehn Minuten gar nichts mehr. Inzwischen scheinen wir bereits in das Zentrum von Buenos Aires vorzudringen. Die mehrstöckigen Häuser, die wir passieren, sind meist ein wenig verfallen, aber nicht ohne Charme. Auch die Wäsche auf den Balkonen wird weniger. Ich kenne mich nicht gut aus mit den verschiedenen Stilrichtungen, aber viele der Häuser würden selbst in Bamberg als Altbau durchgehen. Nach Südamerika jedenfalls sieht hier nichts aus: Wir könnten in Rom sein oder Madrid. Schließlich werden die Straßen breiter und die Häuser größer und nach wenigen Minuten sind wir da.

Als ich einen 50-Peso-Schein aus meiner Geldbörse ziehe, sehe ich auf dem offiziellen Fahrerschild der Stadt Buenos Aires den Grund für das Nicht-Kommentieren meiner Nazi-Beschimpfungen. Mein Fahrer heißt Gustavo Müller.

Keks

ICH STEHE VOR EINER GROSSEN, silbernen Klingelmetallplatte mit bestimmt einhundert Knöpfen. Den Knöpfen selbst sind Apartmentnummern von 1A bis 16F zugeordnet, Namen so wie in Deutschland sind nirgendwo zu sehen. Ich schaue auf den Zettel, den mir Schraubenschmuggler Alex gegeben hat, und drücke auf die 7E. Nach einigen Sekunden höre ich eine weibliche Stimme aus dem Lautsprecher.

»¿Quiénes?«

Da ich denke, dass man weltweit das Gleiche fragt, wenn jemand klingelt, sage ich:

»Peter Greulich!«

Der Türsummer geht und ich trete in eine etwas heruntergekommene Eingangshalle mit einem kleinen Tisch und einem Stuhl, auf dem ein älterer Herr in Uniform sitzt und schläft. Als er mich die Eingangstreppe hochkommen hört, wacht er auf, lächelt und drückt den Aufzugknopf für mich.

»¡Buenas dias, señor!«

»Gracias«, lispele ich so argentinisch und selbstverständlich wie möglich und steige in einen winzigen, holzverkleideten Aufzug. Der ältere Herr zieht ein Stahlgitter vor, ich drücke die Taste mit der 7 und ebenso qualvoll langsam wie quietschend setzt sich die Kabine in Bewegung.

Oben angekommen empfängt mich nicht Alex' Bekannter Pedro, sondern eine junge Frau mit gelockten, blonden Haaren und Stupsnase. Sie trägt eine braune Khaki-Hose und ein graues T-Shirt mit einem so unglaublichen Aufdruck, dass ich am liebsten auf der Stelle kehrtmachen würde. Auf dem T-Shirt steht: *Otto Friedrich Universität Bamberg*.

»Hi, ich bin die Keks!«

»Keks?«, wiederhole ich erschrocken und starre dermaßen schockiert auf das Universitätslogo auf der Brust, dass mir die meisten Frauen die Tür vor der Nase zugehauen hätten, aus Angst, ich würde gleich über sie herfallen. Keks hingegen zupft nur irritiert an ihrem T-Shirt.

»Genau, Keks. Also eichentlich Kerstin. Hab ich an Fleggen da?«

Ich schüttle den Kopf und drehe mich möglichst unauffällig mit meinem Rucksack so, dass die Aufschrift »Seppelpeter's – auch zum Wandern super!« nicht zu sehen ist. Die Art, wie sie »Fleggen« gesagt hat, ist der Beweis: Sie hat nicht nur ein T-Shirt der Bamberger Uni an, sie muss auch aus der Gegend kommen.

»Äh, nein, keinen Fleck!«

»Jetzt komm erst amal rein! Bedro ist bei der Derapie, den lernste erst heute Abend kennen.«

»Derapie?«, frage ich. »Was hat er denn?«

»Brobleme mit seiner Mutter!«

»Warum spricht er dann nicht mit ihr?«

»Sein Broblem ist, dass sie tot ist.«

»Oh!«

Verunsichert trete ich in eine neonbeleuchtete, blaue Küche, die mit Krimskrams und Trödel nur so überladen ist. Auf den Schränken und Regalen, ja selbst auf dem Boden stapeln sich so viele Töpfe, Konserven, Geschirr, Kochbücher und Küchengeräte, dass man davon locker fünf neue Küchen einrichten könnte. Vermutlich haben alle bisherigen Mieter ihren gesamten Hausstand einfach dagelassen. An einem einfachen Tisch stehen drei Holzstühle, auf dem Tisch dampft ein offenbar frisch gebrühter Kaffee. Mir fällt auf, dass man in Deutschland ziemlich selten von der Eingangstüre gleich in die Küche kommt. Keks zieht einen Stuhl zu mir.

»Setz dich ruhig!«

»Danke.«

Ich fühle mich seltsam in der neuen Wohnung, wie ein Eindringling. Schwer vorzustellen, dass ich hier einmal ganz selbstverständlich ein und aus gehen werde.

»Du glaubst ja gar net, wie schön des is, nach so langer Zeit endlich mal wieder Deutsch zu hören«, freut sich Keks.

»Doch, doch«, sage ich, »kann ich mir . . . gut vorstellen!«

»Na ja«, lacht Keks, »für dich wird's was anderes sein, oder? Bist ja gerade erst angekommen, oder?«

»Genau! Aus Madrid. 14 Stunden. Ein Katzensprung, sozusagen!«

Ich setze mich an die Stirnseite des Tisches und trete meinen Seppelpeter's-Rucksack elegant mit dem Fuß unter den Tisch. Mit einem markerschütternden Miau springt ein graues Etwas hervor und verschwindet pfeilschnell in einer Art Miniwintergarten.

»Daxi!«, ruft Keks und springt auf, »du Armer! Hat dich der fremde Mann gedreden!«

»Scheiße! Hab ich gar nicht gesehen!«, entschuldige ich mich und folge der aufgeregten Keks auf einen verglasten Balkon, auf dem noch mehr Krimskrams steht und ein Korb mit einer verstörten Katze. Nur widerwillig lässt sie sich von Keks streicheln.

»Armer Daxi!«

»Wie heißt die?«, frage ich.

»Daxi. Bescheuerter Name, oder? Na ja, meine Idee war's net.«

»Und warum heißt sie Taxi?«

»Er. Es ist ein Kater. Weil er früher mal von hier oben direkt auf ein Taxi gefallen ist und der Fahrer ihn wieder hochgebracht hat.«

»Das hat er überlebt?«

»Ja offensichtlich!«

»Okay!«

Wie ich so vor Taxis Korb knie, sehe ich, dass der gesamte Boden mit Katzenhaaren bedeckt ist. Offenbar kann Keks Gedanken lesen, denn sofort erklärt sie mir, warum.

»Die Haare, die schleppt Bedro jeden Tag an.«

»Er arbeitet im Zoo?«

»Bedro ist Dierfriseur. ›Hunde, Katzen, Diger‹ sagt er immer«, kichert Keks, »ich bin mir aber sicher, dass noch kei Diger dabei war.«

Na wunderbar! Mein Vermieter ist also ein witziger Tierfriseur in Therapie. Und meine Mitbewohnerin ist Fränkin.

»Und was treibt dich nach Buenos Aires?«, frage ich.

»Ich mach' Braktikum im Goethe-Institut!«

»Praktikum? Als was?«

»Na als Deutschlehrerin! Brauch ich für mein Germanistik-Studium.«

Kein »t« aussprechen können, aber Deutschlehrerin werden wollen!

»Und woher genau kommst du?«, wage ich Keks zu fragen.

»Bamberch!«

Ich wusste es!

Ich sollte meinen Rucksack nehmen und in ein Hotel gehen für die ersten Tage. Nichts gegen Keks, aber ein Neuanfang sieht anders aus, wenn man gerade aus Franken geflohen ist. Ein Alkoholiker macht seinen Entzug ja auch nicht in der Kantine bei Krombacher.

»Kennste? Bamberch?«

Mögen sich Psychologen damit beschäftigen, warum, aber ich schüttle den Kopf.

»Nur mal gehört!«

Gemeinsam setzen wir uns wieder an den Tisch.

»Und du, Beter? Woher kommst du?«

»Aus Berlin!«

»Berlin? Subber!«, freut sich Keks.

»Wieso?«

»Weil ich bald nach Berlin gehe fürs Studium! Da kannst du aber mal davon ausgehen, dass ich dir ein paar Löcher in den Bauch frage!«

»Ja, frag ruhig.« Ich gebe mir Mühe, nicht gequält zu lächeln.

»Warum bist du hier?«, fragt mich Keks.

»Warum ich hier bin?«, wiederhole ich und deute auf Keks' Zigarettenpackung, vermutlich um Zeit zu gewinnen.

»Nimm nur!«

»Danke!«

»Ich will einfach nur . . . Spanisch lernen. Und dann mal schauen . . .«

»Wie alle halt!«

»Genau! Wie alle!«

»Wie lange bleibste?«

»Weiß noch nicht, auch mal schauen.«

»Haste schon 'ne Schule? Weil, wenn nicht, kann ich eine empfehlen.«

»Gerne!«

»Ich frag dich hier aus und du hast noch net amal dein Zimmer gesehen. Willste?«

»Das wäre toll!« sage ich mit einer starken Betonung auf dem für Franken quasi nicht aussprechbaren »t«.

Über einen dunklen, leicht muffigen Gang erreichen wir mein Zimmer: eine circa zehn Quadratmeter große Kammer, deren herausragende Eigenschaften die rosa Wandfarbe und die flackernde Energiesparlampe an der Decke sind. Kein Meerblick. Keine bodentiefen Fenster.

»Oh«, sage ich und setze mich an den Rand meines blau-gelb bezogenen Metallbettes, was sich bedenklich biegt. »Des is a *Boca-Juniors*-Bezug«, lacht Keks, »Bedro is nämlich der größte Boca-Fan der Welt.«

»Okay«, sage ich, weil ich kein besonders großer Fußballfan bin, und hebe die Matratze des Bettes hoch. Es fehlen zwei Bretter des Lattenrostes, wodurch man leider noch etwas genauer sehen kann, dass unter dem Bett seit Jahren nicht sauber gemacht wurde.

Ich rücke die Matratze wieder zurecht und öffne das Fenster. Doch überraschenderweise blicke ich dabei nicht nach draußen, sondern in ein weiteres Zimmer, in dem eine Waschmaschine steht und ein zweiter *Boca-Juniors*-Bettbezug an einer Leine hängt. Verdutzt schaue ich Keks an.

»Ich hab ja gar kein Fenster!«

»Aber des andere Zimmer hat eins«, tröstet mich Keks, »komm, ich zeig's dir!«

Wir gehen nach drüben, damit ich einen Blick durch mein Zweitfenster werfen kann. Statt auf das Meer oder wenigstens die Stadt blicke ich auf einen engen Luftschacht. Es riecht nach gebratenem Fleisch und aus irgendeinem Apartment dröhnt eine zu laut aufgedrehte TV-Quizshow. Ich schließe das Fenster des Hauswirtschaftsraumes und folge Keks in die neonbeleuchtete Küche.

»Für'n Anfang isses doch ganz okay, oder?«, fragt Keks mich vorsichtig.

Ich nicke.

»Wunderbar!«

Dann muss Keks los ins Goethe-Institut. Ich bekomme meinen eigenen Wohnungsschlüssel und eine Einladung für ein »Deaderstück« am Abend, in dem Keks mitspielt.

»Nur a kleine Rolle!«

»Immerhin!«

Ich lehne freundlich ab, was weniger an Keks' kleiner Rolle als vielmehr an der Tatsache liegt, dass ich nicht vorhabe, meinen ersten Abend in der neuen Welt mit einer Bambergerin zu verbringen. Als die Tür zufällt, setze ich mich erschöpft an den Küchentisch und zünde mir eine Zigarette an.

Okay, für'n Anfang ist es jetzt nicht so gut gelaufen, aber . . . egal!

Dies hier, denke ich mir, dies hier ist Minute Null meines neuen Lebens.

Zum ersten Mal nach wirklich langer Zeit bin ich alleine.
Ich kann machen was ich will.
Und ich weiß auch schon was.
Alles neu!
»Ich hab es geschafft!«, sage ich laut und lächle.
Dann höre ich die vertraute »Wer hat an der Uhr gedreht, ist es
wirklich schon so spät?«-Melodie meines Handys.
Es ist Biene.

¿En efectivo?

»HALLO?«, FRAGE ICH VORSICHTIG und schon nach diesem einen
Wort komme ich mir schäbig vor.

»Mausbär!«, höre ich Biene sagen. So nah klingt sie, als stünde sie
direkt neben mir auf dem verglasten Balkon.

»Mausbär, ich hab mir solche Sorgen gemacht, ist alles gut, du
klingst so komisch?!«, rattert sie ihre aufgeregten Fragen ins Telefon.

»Ich klinge komisch?«

Nur Frauen ist es offenbar möglich, aus einem einzigen »Hallo«
herauszuhören, dass etwas nicht stimmt. Und für einen Augenblick
habe ich sogar Angst, dass ich in meinem neuen Leben schneller
aufgeflogen bin, als ich mir eine Winterjacke kaufen konnte.

»Alles gut«, sage ich und bemerke, wie ich selbst ins Zittern ge-
rate, wie meine Stimme komisch klingt und wie ich mir selbst nicht
glaube.

»Ich hab's ganz oft probiert auf deinem Handy!«, höre ich Bienes
leicht vorwurfsvolle Stimme, »ich hab schon gedacht, dass dir was
passiert ist, na ja . . . dir ist ja was passiert, weißt schon!«

»Ich war eben ganz lange bei *vodafone*. Die mussten mir ja erst
die Karte wieder freischalten!«

»Das hat Jason auch gesagt, dass das mit dem Telefon dauern kann. Wann kommst du denn? Ich vermiss dich ganz arg!«, seufzt Biene.

Ich bin so durcheinander, dass ich erst mal gar nichts sagen kann. Stattdessen starre ich Taxi an, der sich nach meinem Tritt erstmalig wieder in die Küche gewagt hat und vorwurfsvoll zurückstarrt.

Klasse! Sogar der Kater ist sauer.

»Bist du noch dran, Mausbär?«, höre ich Bienes Stimme.

»Ja«, sage ich leise. »Der Mausbär ist noch dran!«

»Wann kommst du denn? Hast du schon einen neuen Flug? Checko und Jason fragen schon die ganze Zeit, die wollen doch wieder Rennbanane fahren am *Estrenc* mit dir!«

»Ich . . . muss nur noch was Dringendes im Büro erledigen, dann schau ich nach einem Flug, okay? Und den vorläufigen Reisepass muss ich mir auch noch ausstellen lassen.«

»Bitte, Mausbär! Komm schnell! Ach . . . du kannst mir noch einen Riesengefallen tun.«

»Und der wäre?«

»Weißt du . . . das Urlaubschild für den *Bastelbären,* das ich an die Tür hängen wollte . . .«

»Was ist damit?«

»Ich hab's mit eingepackt aus Versehen! Doof, oder? Vielleicht kannst du ja ein neues schreiben und hinhängen: ›Bin im Urlaub und ab dem 12. August wieder für Sie da‹ oder so. Weißt schon!«

Ich bin so ein Idiot!

Ich hätte einfach nicht rangehen sollen.

Bin Laden geht ja auch nicht ans Telefon, wenn die CIA anruft.

»Ich kümmer mich drum!«, sage ich und versuche zu lächeln dabei. Als PR-Profi weiß ich, dass man das in der Stimme hören kann.

»Bist ein Schatz, Mausbär! Ich muss Schluss machen, die Karte ist gleich leer. Tschüss, mein Mausbär und komm bald! Ich denk an dich! Und die anderen auch!«

Es knackt und dann ist Biene weg. Vorsichtig lege auch ich auf. »Du bist ein Schatz, Mausbär«, sage ich laut zu mir selbst. »Bist ein Mausbär, Schatz. Mausschatzbär! Was meinst du, Taxi?«

Taxi schaut mich noch immer ganz vorwurfsvoll an. Ich strecke ihm die Zunge raus, worauf er sich schnurrend verkriecht. Ich atme tief durch und gehe zum Kühlschrank. Neben der Visitenkarte eines Pizzalieferservice klebt ein magnetischer Bierkrug mit der Aufschrift »*Zum Gemütlichkeit, Humberto 1° 899, San Telmo, Buenos Aires*«.

»ZUM Gemütlichkeit?«, sage ich laut. Dann nehme ich den Magnetkrug ab, streiche das »*m*« durch und schreibe ein »*r*« mit einem Ausrufezeichen dahinter. Schließlich gehe ich noch einmal alleine auf Entdeckungstour durch die Wohnung. Das Wohnzimmer schmückt eine steinalte Eckcouch mit Stoffbezug und ein dazu passender Ohrensessel. Ein ebenfalls etwas aus der Mode gekommener Wohnzimmerschrank aus dunklem Pressspan erstreckt sich über die gesamte Seitenfläche des Zimmers. In der Mitte thronen ein Fernseher und ein DVD-Spieler. Auf einer Marmorkommode fällt mir ein kitschig gerahmtes Familienfoto auf, das einen wohlgenährten jungen Mann mit seiner Mutter zeigt, offensichtlich Pedro. Vorsichtig stelle ich das Foto an die exakt gleiche Stelle zurück. Ich öffne die ans Wohnzimmer angrenzende Tür und blicke in einen bis an die Zimmerdecke mit Krimskrams angefüllten, muffigen Raum mit verdunkelten Fenstern, vermutlich Pedros Zimmer. Ein schmales Bett ist mit demselben blau-gelben Bettzeug überzogen wie meines. Ich habe genug gesehen, schließe die Türe und verspüre den spontanen Wunsch, mich zu duschen.

Leider kann ich genau das aus hygienischen Gründen nicht. Das Bad ist so dreckig, dass ich es nicht mal in Gummistiefeln betreten würde. Wie ich angewidert feststelle, sind Hunde-, Katzen- und

100

vermutlich auch Tigerhaare ein Hauptbestandteil des Schmutzes. Und als ich die Haare wegfegen will, bemerke ich, dass sie bereits verschmolzen sind mit einer noch darunter liegenden Schmutzschicht, die sich über die blauen Fliesen bis in die verkrustete Badewanne zieht. Ich durchsuche den Waschmaschinenraum nach Putzmitteln, finde aber nur einen steinalten, verkrusteten Wischmopp und eine etikettenlose Flasche mit rotem Zeugs. Es hilft alles nichts. Hier muss mal richtig geputzt werden!

Ich ziehe mein wärmstes Hemd an, fahre mit dem Lift nach unten und gehe in einen schwer bewachten Supermarkt um die Ecke. Die Auswahl an Putzmitteln ist beeindruckend. Ich kaufe eine grüne Flasche, deren Etikett am gefährlichsten aussieht, mehrere Lappen, Gummihandschuhe und einen Sixpack argentinisches Bier der Marke *Quilmes*. Als ich am Regal für Marmelade und Honig vorbei zur Kasse gehe, stoße ich einen leisen Freudenschrei aus. Direkt neben einer ganzen Reihe mit irgendeiner *dulcedeleche* Creme sehe ich drei Gläser Nutella! Ich schaue mich kurz um und packe alle drei in meinen Korb. Was für ein Schweineglück ich haben muss, dass ausgerechnet der Supermarkt um die Ecke noch ein paar Gläser hat! Ich bleibe noch eine Weile im Supermarkt und schaue mir an, was es so zu kaufen gibt. Ich fühle mich gut in diesem Supermarkt, weil er mir das Gefühl gibt, dass ich schon dazugehöre. Touristen gehen nicht in Supermärkte, Einheimische tun das. Ich träume sogar kurz davon, die Supermarktkasse als »Einheimischer« zu passieren, doch dummerweise wirft mich eine klitzekleine Frage der Kassiererin völlig aus der Bahn.

»*¿En efectivo?*«

Was zum Teufel kann sie damit meinen? Ob ich eine Kundenkarte habe? Ob ich Herzchen sammle? Ob ich eine Tüte will? »*En efectivo*« klingt nach keiner der drei Möglichkeiten, also schüttle ich den Kopf, sage »no« und lege einen 50-Peso-Schein aufs Band. Die Kassiererin schaut mich an, als wäre ich total bekloppt, tippt etwas in ihre Kasse und ruft »*anulación*«. Dann kommt eine weitere Kassiererin, die einen Schlüssel in die Kasse steckt und mich ebenfalls anschaut, als wäre ich bekloppt. Die echten Einheimischen warten unterdessen geduldig in der Schlange. In Deutschland wäre ich bestimmt bereits beschimpft und mit Tomaten beschmissen worden.

Immer noch rätselnd, was ich falsch gemacht habe, gehe ich zurück in die Wohnung, ziehe die Gummihandschuhe über und mache mich an die Putzarbeit. Ich schrubbe das Bad, den Flur und mein komplettes Zimmer. Einmal höre ich Geräusche und denke, dass Pedro nach Hause kommt. Doch ich täusche mich, offenbar kommen die Geräusche aus der Nachbarwohnung. Gegen ein Uhr mittags bin ich fertig und steige erschöpft in die Dusche. Dann verstecke ich die Nutella unter meinem Bett, verteile die verbleibenden Bretter des Lattenrostes neu und wickle mich in meine *Boca-Juniors*-Bettwäsche ein. Ich bin sehr zufrieden. Sekunden darauf falle ich in einen komatösen und traumlosen Schlaf.

Santa Fe 1776

ALS ICH IRGENDWANN am späten Nachmittag wach werde, bin ich ziemlich durcheinander. Ich taste nach Biene und erst als ich sie nicht spüren kann, wird mir klar, wo ich bin. Noch ganz in Gedanken, mache ich mir auf dem Gasherd einen Instant-Kaffee, klaue mir zwei labbrige Toastscheiben der Marke *Fargo* und, als ich mich vergewissert habe, dass ich alleine in der Wohnung bin, schmiere ich mir unter Taxis skeptischen Katzenaugen heimlich ein Nutellabrot und schlinge es hinunter. Ich räume meinen Kleiderschrank ein. Dann fahre ich nach unten, passiere den schlafenden Pförtner und bemerke erschrocken, dass es bereits dunkel geworden ist. Ich öffne die Tür und tauche ein in ein von bunten Reklametafeln beleuchtetes Großstadtchaos. Dicht gedrängt und hupend schieben sich Autos und Taxis an mir vorbei, telefonierende Passanten hetzen mit Einkaufstaschen die Straße hoch und runter, von irgendwoher klingt eine Sirene. Jeder Einzelne, so scheint es mir, scheint enorm darauf bedacht zu sein, seine Sache laut zu machen. Die Sirene kommt näher und hört sich an, als probiere jemand die voreingestellten Klingeltöne auf seinem Handy durch, nur eben zehnmal so laut. Die Sirene kommt von einem Polizeiauto. Fasziniert beobachte ich das Treiben.

»Des is kei Bamberch net!«, nuschle ich beeindruckt und stelle mir vor, wie Biene und die anderen schauen würden. Es mag lächerlich klingen, aber in diesem Augenblick empfinde ich es als ganz besondere Freiheit, mich entscheiden zu können, ob ich rechts die Straße hoch oder links die Straße runter gehe. Von beiden Seiten hab ich nicht die geringste Vorstellung. Schließlich entscheide ich mich für rechts.

In einem *Zara* beobachte ich eine gute halbe Stunde, was die Einheimischen kaufen und stelle mir dann meine argentinische Pitschi-Kollektion zusammen: zwei lange Hosen, drei Hemden und eine Winterjacke für 349 Pesos. Als mich die Kassiererin diesmal die Sache mit dem *en efectivo* fragt, nicke ich sicherheitshalber. Als ich dann aber meine Kreditkarte auf die Glasschale lege, werde ich wieder angeschaut, als wäre ich bekloppt, und wieder kommt eine Kollegin mit einem Schlüssel. Ich muss so schnell und so elegant wie möglich herausfinden, was dieses *en efectivo* heißt. Die Kollegin geht und die Zahlung mit meiner EC-Karte der Kreissparkasse Bamberg klappt reibungslos. Fast bin ich ein wenig enttäuscht, ich hätte mich weiter weg gefühlt, hätte es nicht funktioniert.

Ich ziehe die Hälfte der Klamotten gleich an und stolpere ein paar Häuser weiter in ein überdimensionales, aber durchaus liebevoll renoviertes Buchgeschäft mit mehreren Ebenen und einer Galerie. Vermutlich war es früher einmal ein Kino oder ein Theater. Ich kaufe mir das *Time Out Buenos Aires*, einen englischsprachigen Stadtführer mit vielen Karten drin, und ein Wörterbuch *Aleman – Español*, um noch vor der Kasse nachzuschauen, was *efectivo* heißt. Es heißt nichts anderes als *»bar«*, also bedeutet *»efectivo«* höchstwahrscheinlich *»in bar«*. Klar, dass mich die Kassiererin für bekloppt hält, wenn ich sage, dass ich nicht in bar zahlen will und ihr dann freundlich lächelnd einen 50-Peso-Schein aufs Band lege. Wenigstens weiß ich es jetzt.

Stolz gehe ich zur Kasse und sage zu einem jungen Kerl mit Glatze: »En efectivo, por favor!«

Es klappt.

Ich bin begeistert.

Für zehn Sekunden bin ich ein Argentinier!

Ich gehe nach draußen, zünde mir eine Zigarette an und suche meinen Standort auf dem *Time-Out*-Stadtplan. Es sind die kleinen Dinge, die meinen Fortschritt ausmachen: Nach einem halben Tag Buenos Aires kann ich immerhin schon Dinge kaufen und weiß, in welchem Viertel ich stehe. Ich mache ein Kreuzchen an die Stelle von Pedros Wohnung und laufe los. Ich gehe immer weiter, immer in Richtung meines Kreuzchens, lasse mich einfach so treiben und werde schließlich eins mit dem gleichförmigen Strom der übrigen Passanten. Für einen Augenblick kommt es mir so vor, als wäre ich bereits Teil der Stadt und lebte schon immer hier. Doch nur wenig später wird mir ein weiteres Mal klar, dass es bis dahin noch ein langer Weg sein würde.

Zunächst denke ich, dass ich den falschen Schlüssel benutzte. Dann bin ich mir mit der Tür nicht mehr so sicher und schließlich mit dem ganzen Haus. Nervös greife ich in die Tüte, durchwühle ich die Taschen meiner kurzen Hose auf der Suche nach dem Zettel mit der Adresse. Erleichtert fische ich ihn zusammen mit meinem Kassenzettel für Putzsachen aus meiner Sommerhose.

Pedro Cattaneo
Santa Fe 1767 7E

Ich gehe zurück in Richtung Straße und überprüfe erneut die Hausnummer. 1767. Das ist richtig. Und 7E für das Apartment. Auch richtig. Als der Schlüssel ein weiteres Mal nicht ins Schloss will, gebe ich auf und drücke den silbernen Klingelknopf der 7E. »*¿Quiénes?*«, fragt eine Frauenstimme über den Lautsprecher. Keks! Ich bin heilfroh, dass sie schon zu Hause ist, und atme befreit durch:

»Der Peter!«

»*Lo siento pero no entiendo nada. ¿Quién?*« tönt es aus dem Lautsprecher.

Weil ich ein humorvoller Mensch bin und Keks ein nettes Mädchen, lasse ich ihr die Freude und antworte ein weiteres Mal auf ihre Frage.

»Peter Greulich! Der neue Mieter, der Taxi getreten hat!«

Und dann geschieht nichts mehr. Ich drücke noch einige Male auf die 7E, doch keiner rührt sich mehr. Als eine ältere Dame schließlich die Türe aufschließt, nutze ich die Gelegenheit und schleiche mich mit ihr ins Foyer. Ich fahre zur 7E und klopfe an der Tür. Doch statt Keks öffnet ein junger Mann mit Beatles-Frisur und Che-Guevara-T-Shirt die Tür und beschimpft mich, noch bevor ich etwas sagen kann.

»*¿Qué queres? ¿Por qué nos molestas tanto? ¡No te conocemos!*«

Ich verstehe keinen Ton und vor allem nicht, warum Pedro so sauer ist, wo Alex ihm mein Kommen doch angekündigt hat. Vielleicht habe ich ja das Bild seiner Mutter an die falsche Stelle gerückt? Zu viel von seinem Toast gefuttert? Ich kann ihn nicht mehr fragen, weil er die Tür schon wieder zugeknallt hat. Ich nehme all meinen Mut zusammen und klopfe ein weiteres Mal, doch leider bleibt die Türe zu.

»Pedro! Yo soy Peter Greulich!«, rufe ich und ergänze: »Der Pitschi!«

Doch ein wütendes »*¡Andate!*« ist alles, was aus der Wohnung kommt. Da ich nicht mehr weiß, was ich machen soll, schiebe ich Alex' Zettel mit der Adresse durch den Türspalt und klopfe ein weiteres Mal. Hinter der Tür vernehme ich ein Stöhnen. Einen Moment später geht sie auf und der junge Che mit dem Topfschnitt präsentiert mir meinen Zettel.

»*Santa Fe Mil siete cientos sesenta y seis?*«

Obwohl ich das, was nach Santa Fe kam, nicht verstanden habe nicke ich und zeige mein Kreuzchen auf dem *Time-Out*-Stadtplan.

»¿De dónde sos?«

Ich freue mich, dass ich die Frage schon kenne, und sage »Alemania!«

»Ah ... de Alemania, muy bien!«, lobt mich Pedro und zieht einen Stift aus seinem Hemd. Irgendetwas ziemlich Komisches scheint vor sich zu gehen, denn der eben noch so wütende junge Mann nimmt mein *Time Out* und macht ein weiteres Kreuz in meinen Stadtplan, gut drei Zentimeter neben meinem.

»*Espero que no todos los alemánes tengan tan poco sentido de la orientación.*«

»Was?«

»*¡El no me entiende!*«, stöhnt Pedro, dann deutet er auf den Boden des Hausflurs, »THIS is Avenida Callao 1776. YOU LIVE Santa Fe 1776.«

Peinlich berührt starre ich auf die beiden Kreuze und auf den Topfschnittmann. Es war schon ziemlich viel richtig an der Adresse, nur die Straße eben nicht.

»I am sorry«, sage ich und würde am liebsten im Erdboden versinken. »*No pasa nada*«, lacht der junge Che, von dem ich nun weiß, dass er weder Tierfriseur noch Pedro ist. Dann fahre ich mit dem Aufzug wieder nach unten.

Eine viertel Stunde später bin ich in der richtigen Straße und bekomme einen Anschiss vom richtigen Pedro.

Himmel über Bayern

VON ALLEN KÖPFEN, die ich in meinem Leben gesehen habe, hat Pedro den rundesten. Auch sonst ist alles rund an meinem Mitbewohner: Unter einem grünen T-Shirt mit rundem Ausschnitt spannt sich ein beachtlicher Kugelbauch, und sowohl der Schnitt der pechschwarzen kurzen Haare als auch der sorgsam gestutzte Zuhälterbart beschreiben letztendlich eine Kreisform. Und wäre Pedro nicht so wütend in diesem Augenblick, ich müsste lachen bei dem Gedanken daran, wie Checko ihn beschreiben würde: *a argendinischer Dirk Bach*.

Ich kann es Pedro nicht verübeln, dass er sauer auf mich ist. Ich, der neue deutsche Mieter des pinken Zimmers, habe seine blauen Badfliesen offenbar so energisch von Tigerhaaren befreit, dass große Teile ihr natürliches Blau verloren haben und nun aussehen wie der Himmel über Bayern. Es ist meine Schuld, da helfen auch keine mehrsprachig vorgetragenen Entschuldigungen. Kopfschüttelnd setzt sich Pedro auf den Rand seiner Badwanne und reibt sich sein ebenfalls rundes Kinn.

»With what you clean?«, fragt er mich missbilligend.

Ein paar Tierhaare lösen sich von Pedros Hose und fallen in die Wanne, offenbar ist er direkt von der Arbeit gekommen. Ich verkneife mir eine Bemerkung und zeige Pedro stattdessen die Flasche mit meinem Putzmittel.

»Ácido hidroclórico!«, liest Pedro mit gerunzelter Stirn und schaut mich an wie man einen Knirps anschaut, der gerade einen Fußball in eine Scheibe gedonnert hat. Nach kurzem Blättern im Wörterbuch verstehe ich Pedros Blick: *Ácido hidroclórico* heißt nichts anderes als Salzsäure. Ich bin fassungslos, dass so etwas in argentinischen Supermärkten verkauft wird.

»I pay everything, no problem, I am really sorry«, sage ich zum ungefähr zehnten Mal.

»It's not the money. My mother she buy the bathroom ten years ago«, sagt Pedro, wobei sich eine seltsame Traurigkeit in die Stimme mischt. Dann steht er ächzend auf.

»I am really sorry!«, wiederhole ich und bin erleichtert, als mir Pedro auf die Schulter klopft.

»Okay. Welcome here in my *piso*. But no clean again!«

»No clean again!«, verspreche ich schmunzelnd und wir verlassen das Bad. In der Küche überreicht Pedro mir eine Dose Bier und ein circa fünf Jahre altes Nokia-Handy. Das Handy wiegt exakt so viel wie die Bierdose und hat auf der Rückseite einen Aufkleber mit einer Telefonnummer.

»I always give this. It's cheaper when you call people in Buenos Aires! You just buy a *tarjeta de teléfono*.«

Ich sage brav *gracias* und betrachte meine neue Nummer auf dem Aufkleber. Eine argentinische Handynummer zu haben finde ich cool und am liebsten würde ich sie gleich an Biene, Arne und Checko mailen, doch das geht natürlich nicht.

»You have nice stay here!«, sagt Pedro, klopft mir auf die Schulter und verlässt die Küche.

»Gracias!«, rufe ich ihm nach.

Ein paar Minuten später höre ich aus Pedros Zimmer Explosionsgeräusche von einem Videospiel. So hat eben jede Stadt mindestens einen Checko.

Von meinem deutschen Handy aus wähle ich meine neue argentinische Nummer. Es klingelt! Und irgendwie bin ich fasziniert von dem Gedanken, dass der alte Pitschi gerade den neuen Pitschi angerufen hat. Ich schreibe mir meine neue Handynummer auf eine Karte und setze mich im verlassenen Wohnzimmer auf die grüne Stoffcouch. Meine beiden Handys lege ich neben mich.

Es dauert nicht lange, bis ich bemerke, dass »einfach so rumsitzen« in Buenos Aires ganz genauso langweilig ist wie in Bamberg. In Pedros Zimmer fliegt ein weiteres Monster in die Luft. Von der Straße höre ich eine weitere Sirene.

Ich fühle mich ein wenig allein. Irgendwie . . .

Und zum ersten Mal stelle ich mir konkret die Frage, was zum Teufel ich hier eigentlich machen will. Ich gehe in meine pinke *Boca-Juniors*-Kammer, hole das kleine Notizbuch aus meinem Rucksack und mache mir eine Liste der Dinge, die ich gleich morgen angehen will. Auf die allererste Seite schreibe ich:

Der neue Pitschi!

Dann blättere ich um und lege eine TO-DO-Liste für meine erste Woche an.

TO DO
1. *Urlaubsschild Bastelbär organisieren*
2. *Strand suchen (oder fragen, ob es wirklich keinen gibt)*
3. *Stadt erkunden*
4. *Job suchen*

Als Pedro auch nach einer halben Stunde nicht wieder aus seinem Zimmer kommt, ergänze ich meine Liste.

5. *Freunde finden zum Ausgehen*

Dann stecke ich mein argentinisches Riesenhandy in meine brandneue Zara-Jacke und stürze mich ein zweites Mal ins Getümmel der Santa Fe. Diesmal biege ich links ab und nur zwei Blocks weiter finde ich ein gemütliches Eckrestaurant, das typisch argentinisch aussieht. Typisch argentinisch heißt für mich in diesem Fall, dass es weder deutsch noch italienisch oder chinesisch aussieht, sondern eben argentinisch. ›Parilla‹ steht mit geschwungenen, roten Neonbuchstaben über einer schweren Holztüre und durch die Scheiben kann man sehen, wie ein indianisch aussehender Kerl einen ganzen Sack Kohle inklusive Verpackung in einen Riesengrill wirft. Wenn das mal nicht krebserregend ist! Ich will gerade hineingehen, da bemerke ich, dass außer dem Kohle-Indianer kein einziger Mensch im Restaurant ist. Ein schlechtes Zeichen, denn in einem guten Restaurant bekommt man sicher auch in Buenos Aires ab acht Uhr abends keinen Tisch mehr. Ich gehe weiter, passiere eine Apotheke mit dem Namen *Dr. Ahorro*, meinen Salzsäure-Supermarkt und bleibe schließlich vor einer kleinen, bunten Sushibar stehen. Am ersten Abend in Buenos Aires ausgerechnet japanisch essen zu gehen wäre schon sehr albern. Ich biege in eine Seitenstraße ein und passiere ein buntes mexikanisches Restaurant namens *Coty* und zwei passable Italiener, in denen jedoch auch noch keiner sitzt. Einen Block weiter bleibe ich vor einem süßen, kleinen Restaurant stehen, in dem schon ein wenig mehr los ist. Leute in meinem Alter sitzen drin und ein wenig jünger, viele von ihnen sind Pärchen. Ich studiere die einsprachige Karte und sehe, dass es *horno de barro* gibt, also womöglich Huhn mit Brot, sowie *pizzas, calzones, locro* und *cazuelas*. Ich schaue noch einmal hinein und stelle mir vor, wie ich ganz erbärmlich alleine an einem der Tische sitze mit meinem *Time Out Guide* und meinem Brothuhn und beschließe, ein anderes Mal mit Begleitung wiederzukommen. Als ich mir vor einem viel zu hell erleuchteten libanesischen Restaurant ausrechne, dass ich seit mittlerweile zwölf Stunden nichts gegessen habe bis auf ein heimliches Nutellabrot, bemerke ich ein vertrautes Schild keine hundert Meter von mir. Wie dumm, dass ich da nicht gleich drauf gekommen bin! Am unauffälligsten und argentinischsten, am wenigsten touristisch und greenhornig wirkt man natürlich in einem McDonald's! Mal abgesehen davon, dass sie hier in Argentinien bestimmt besseres Fleisch zwischen die Brötchen packen als bei uns! Ich bestelle mir ein *Menu Doble Hamburguesa con queso* mit *doble carne* und *doble queso* inklusive *papas fritas* und einer *Cola light*. Ich setze mich an einen bunten kleinen Tisch neben ein paar aufgedrehte Teenager in grellen Jacken, die sofort beginnen, über mich zu giggeln. Was zum Teufel ist denn so komisch an mir? Meine

Brille? Meine Frisur? Die Jacke kann es nicht sein, die ist argenti-nisch. Ich beschließe, dass mir das nun mal egal sein soll und dass die Teenager komisch sind und nicht ich. Ich ziehe mein Notiz-buch aus der Jacke und lese ein weiteres Mal meine TO-DO-Liste. Ich tausche den Punkt »Urlaubsschild Bastelbär organisieren« mit »Freunde finden zum Ausgehen«.

1. Freunde finden zum Ausgehen
2. Urlaubsschild Bastelbär organisieren
3. Strand suchen (oder fragen, ob es wirklich keinen gibt)
4. Stadt erkunden
5. Job suchen

Als ich das Büchlein wegpacke, bemerke ich, dass ich noch gar nicht angefangen habe zu essen, und packe meinen Burger aus. Mein erstes, original argentinisches Fleisch! Als ich hineinbeiße, weiß ich sofort: Das ist der mit Abstand beschissenste Burger, den ich in meinem ganzen Leben gegessen habe. Das Fleisch schmeckt wie ungewürztes Dosengulasch, die Tomaten sind gelb und das Brötchen hat sich bereits vollständig mit der Sauce voll gesogen. Ich stopfe den Burger trotzdem in mich hinein und blättere mei-nen Guide durch auf der Suche nach einer geselligeren Kneipe. Ich entscheide mich für das *Kilkenny*, den laut *Time Out* »most popular pub« in Buenos Aires. Zwar finde ich den Gedanken ein wenig albern, meinen ersten Abend in einem Irish Pub zu verbrin-gen, auf der anderen Seite hätte ich mit meinem Ballermann-Spa-nisch in einem argentinischen Künstlercafé bestimmt auch keine große Schnitte. Ich entsorge meine *doble-queso*-Reste in einer ein-zigen Mülltonne und winke mir auf der Straße ein gelb-schwarzes Radiotaxi heran.

Der Fahrer, er könnte der jüngere Bruder von ZDF-Moderator Cherno Jobatey sein, nickt wissend und fährt los, als ich, bestimmt fast akzentfrei, mein Sätzchen »Vamos al Kilkenny« aufsage. Auch dieser Wagen hat weder Kopfstützen noch einen Sicherheitsgurt. ›Cherno‹ tritt dennoch so stark aufs Gas, als hätte er vier Airbags, Seitenaufprallschutz und pyrotechnische Gurtstraffer. Ich halte mich an einem Seitengriff fest und schlage mit der anderen Hand mein englisches *Time Out* auf, um möglichen Nazidiskussionen zu entgehen. Es funktioniert: Nach zehn Minuten und einer geschichtsfreien Taxifahrt halten wir vor einer imposanten Eckkneipe mit zwei uniformierten Türstehern.

»English?«, fragt mich Cherno interessiert, als ich ihm einen Zehn-Peso-Schein reiche. Ich schüttle den Kopf und bin so blöd, »German!« zu sagen.

Ein Fehler, der mit dem sofortigen Einschalten der Warnblinkanlage bestraft wird.

»Ahhh . . . alemán! Muy bien!«, werde ich gelobt und bekomme eine Zigarette angeboten, die ich dankbar annehme, weil ich ja jetzt Raucher bin. Und während ein aufreizend gekleidetes Mädchen nach dem andern an meinem Taxi vorbei in den Pub stöckelt, informiert mich Cherno rauchend und in aller Ruhe, dass er den *Faust* gelesen hat und Thomas Mann und dass er irgendwann bestimmt einmal nach Deutschland fahren wird, wenn er genug Geld hat, am liebsten zu den Festspielen nach Bayreuth. Ich bin überrascht und geschmeichelt, wie viel mein Taxifahrer über Deutschland weiß und sage ihm, dass ich nur knapp hundert Kilometer weg wohne von Bayreuth.

»Berpiss dich du Esmirelappen!« Er lacht plötzlich und fragt mich, was das zu bedeuten hat. Ich bitte ihn, den Satz noch einmal zu sagen.

»Berpiss dich du Esmirelappen!«, wiederholt er unter großer Anstrengung. Endlich verstehe ich.

»Aah«, sage ich, »verpiss dich, du Schmierlappen!«

»¡Exacto!«, bestätigt mein argentinischer Cherno schmunzelnd. Ich frage ihn, wer das zu ihm gesagt hat.

»A pretty girl from Germany say me in a bar!«, antwortet er stolz.

»Okay!«, sage ich und öffne peinlich berührt die Tür, »so you already know some Deutsch!«

Ich habe schon einen Schuh auf dem Asphalt, da höre ich: »What it means?«

Ich ziehe meinen Fuß wieder in den Wagen.

»It's . . . not nice!«, warne ich ihn.

»Si, ¿pero qué significa berpiss dich?«

»It means something like ›piss off‹«, erkläre ich leise und fast ein wenig schuldbewusst.

»Really?«

Zum ersten Mal dreht sich Cherno zu mir um, so dass wir nicht mehr über den Innenspiegel kommunizieren müssen. Ich nicke und fühle mich plötzlich ziemlich schlecht. Da hilft es auch nicht, dass zwei unglaublich schlanke Argentinierinnen in eng anliegenden Kleidern lachend den Türsteher passieren – ich muss ja in einem zehn Jahre alten Renault die Frechheiten meiner Landsleute ausbügeln.

»And the rest?«

»The rest«, stammle ich, während ich verzweifelt nach einer Übersetzung für ›Schmierlappen‹ suche, »has got to do with your hair!«

»What is with my hair?«

»It's greasy!«, sage ich.

»What is greasy?«

»It's like butter in your hair!«, versuche ich zu übersetzen, doch als Cherno sich schließlich mit einem nüchternen »Cuesta 8,60!« verabschiedet, weiß ich, dass ich womöglich ein wenig zu direkt zu ihm war. Ich versuche ihm noch zu erklären, dass NICHT ICH finde, dass er Butter in den Haaren hat, sondern dieses Mädchen und biete ihm 10 Peso an statt 8,60, aber es hilft alles nichts: In einem Anfall von nationaler Sippenhaft verweigert er sogar jedes Trinkgeld. Ich steige aus dem Taxi, das sofort von einer Gruppe junger Briten gestürmt wird, und schiebe mich an den Türstehern vorbei in den Pub mit dem festen Willen, bei einem Bier ein paar Leute kennen zu lernen.

Und tatsächlich! Ich lerne gleich drei Leute kennen. Einen 23-jährigen Neuseeländer, der bereits morgen wieder abreist, um sich irgendwelche Wasserfälle in Brasilien anzuschauen, dem ich aber trotzdem meine coole neue Telefonnummer gebe, falls er mal wieder in Buenos Aires vorbeischaut. Eine rotzbesoffene Amerikanerin, die mir mit Hilfe eines Kugelschreibers und zwanzig Servietten eine Stunde lang ihre Heimatstadt Austin erklärt (ihr gebe ich die Telefonnummer nicht), und eine Kolumbianerin im roten Gummirock, die mir für hundert Peso anbietet, noch woanders hinzugehen (was vermutlich auch etwas mit einer Nummer zu tun hätte). Ich sage ihr, dass ich gerade erst gekommen bin und für hundert Peso lieber 20 Bier trinke, gerne auch mit ihr. Enttäuscht, fast beleidigt zieht sie ab.

Als schließlich die Amerikanerin aus Austin mit einem Packen Servietten vom Hocker kippt, verziehe ich mich mit einem randvollen Pint alleine an einen Holztisch und zücke mein argentinisches Handy. Ich bin mir sicher: Wenn ich Punkt zwei meiner TO-DO-Liste abgearbeitet habe, wird es mir besser gehen. Nach dem siebten Klingeln hebt ein verschlafener Arne ab und ich rufe ein gut gelauntes »Mallemallemum!« in den Hörer.

Depplag

»HAST DU SIE NOCH ALLE?«, ist das Erste, was ich von Arne nach der Begrüßung höre.

»Wieso?«

»Weil's fünf Uhr früh ist, du Kasper!«

An die Zeitverschiebung habe ich in diesem Augenblick überhaupt nicht gedacht. Offenbar habe ich auch die Ente aufgeweckt, irgendetwas quakt im Hintergrund.

»Ist was passiert?«, fragt Arne mit sorgenvoller Stimme.

»Äh . . . nein, alles prima hier auf . . . Mallorca. Schade, dass ihr nicht . . . also mitgekommen seid!«, stammle ich. Es entsteht eine kurze Pause am Telefon.

»Du rufst um fünf Uhr früh an, um mir zu sagen, dass alles prima ist? Bist du besoffen?«

»Nein! Gar nicht besoffen!«

»Also: WAS IST?«

Ich nehme einen Schluck von meinem Bier.

»Biene hat was vergessen«, sage ich, »und zwar fehlt am *Bastelbären* das Urlaubsschild. Und da wollte ich dich fragen, also, weil du ja als Einziger noch in Bamberg bist, ob du das nicht aufhängen kannst, also so was wie: ›Bin im Urlaub und ab dem 12. August wieder für Sie da‹ oder so. Weißt schon!«

»Du BIST besoffen!«

»Bin ich nicht!«

»Das hört sich aber nach Kneipe an bei dir!«

»Bin ja auch in einer!«

»Gib mir doch mal den Checko!«

»Schon ins Bett!«

»Jason?«

»Knutscht mit Miriam!«

»Klar.«

»Also, Arne, kannst du das machen mit dem Schild für Biene?«

»Kann ich schon machen, aber . . . bist du sicher, dass nichts ist? Du klingst so komisch!«

»Alles wunderbar! Das wäre echt super mit dem Schild.«

»Jetzt weiß ich, was komisch ist!«, sagt Arne.

»Was?«

»Du sprichst so . . . so hochdeutsch!«

»Als ob ich schon mal so richtig Fränkisch gesprochen hätte!«
»Na ja . . . aber dann sprichst du jetzt eben noch hochdeutscher!«
»Des wär voll subber mit dem Schild!«, sage ich.
»JETZT kann ich beruhigt weiterschlafen«, lacht Arne.
»Mallemallemum!«, sage ich.
»Mallemallemum!«, antwortet Arne und legt auf.

Der Pub wird voller und voller und schließlich sehe ich von meinem Platz aus nur noch Jeanshintern und Winterjacken statt der Theke. Ich beschließe, meinen ersten Abend an diesem Punkt zu beenden, und winke mir ein Taxi. Weil ich dem Fahrer sage, dass ich aus Dänemark komme, verbringe ich eine ruhige viertel Stunde auf der Rückbank.

Als ich die Wohnung betrete, schnarcht Pedro auf seiner grünen Wohnzimmercouch. Auf dem Fernseher läuft in beachtlicher Lautstärke die Schleife des DVD-Menus zu *Ice Age 2*. Ich schalte den Fernseher aus, putze meine Zähne und lege mich in mein *Boca-Juniors*-Bett. Was Biene jetzt wohl macht? Ich schiele auf den Wecker links neben mir: Hier ist es kurz vor eins, das heißt, dass Biene bald schon wieder beim Frühstück sitzt. Nichts ahnend und voller Hoffnung, dass ich bald nachkomme. Ganz plötzlich fühle ich mich ziemlich scheiße. Eigentlich müsste ich ihr alles sagen. Aber beendet man eine fast zehnjährige Beziehung am Handy?
Wohl eher nicht.
Der Brief war schon das Beste.
Ganz sicher.
Glaube ich.
Ich bin fast eingeschlafen, als mir aus dem Wohnzimmer die Titelmelodie von *Ice Age 2* entgegendröhnt. Und auch diesmal bekomme ich nicht viel vom Inhalt mit: Die Tiere sprechen spanisch! Ich schalte die Nachttischlampe ein, schlage mein Notizbuch auf und streiche den Punkt mit dem Urlaubsschild. Dann ergänze ich meine Liste.

TO DO
1. *Spanisch lernen*
2. *Andere Wohnung suchen*
3. *Freunde finden zum Ausgehen*
4. *Strand suchen (oder fragen, ob es wirklich keinen gibt)*
5. *Job suchen*

Ich knipse das Licht aus, vergrabe mich unter meinem Kopfkissen, und als die DVD zum 134. Mal in das Warteschleifenmenu geht, schlafe ich endlich ein.

Die Kerstin am Handy vom Beder

ES IST NATÜRLICH LÄCHERLICH, sich zum Frühstück in seinem Zimmer einzuschließen, nur weil man Angst hat, dass einem die Mitbewohner kostbare Nutella wegessen. Aber was will ich machen? Wenn Nutella hier so schwer zu kriegen ist, muss ich schauen, wo ich bleibe. Hektisch, fast gierig stopfe ich den letzten Rest meines dritten Brotes in mich hinein und verstecke das halb leere Glas wieder unter dem Bett. Ich bin hundemüde, zerknittert und fühle mich, als wären eine Million Eichhörnchen über meinen Schädel gelaufen. Auf dem Weg in die Küche wage ich einen Blick ins Wohnzimmer: Der Fernseher ist ausgeschaltet und Pedro verschwunden. Lediglich die *Ice-Age*-DVD-Hülle zeugt noch vom nächtlichen Filmspaß. Kopfschüttelnd schlurfe ich in die Küche und begrüße Keks, die in ihrem engen gelben T-Shirt mit Hanfblattaufdruck und mit nassen blonden Haaren aussieht wie eine Surferin, die gerade aus dem Wasser kommt.

»Mooorgen!«

»Na, gut g'schlafen?«, fragt Keks.

Als Taxi mich sieht, springt er vorsichtshalber von seinem Stuhl und schleicht in seinen Korb.

»Nicht gut geschlafen«, nuschle ich und öffne auf der Suche nach einer Tasse eine Küchenschranktür. »Pedro hat seinen Kinderfilm auf voller Lautstärke geguckt!«

»Dassen sind eins weider!«

Ich öffne die »eins weidere« Tür und nehme mir eine *Boca-Juniors*-Fantasse heraus. »Ich hör des gar net mehr, wenn Bedro immer seinen *Ice Age 2* guckt«, lacht Keks, »wahrscheinlich hab ich mich einfach dran gewöhnt.«

»Wie meinst du das, immer, wenn er seinen *Ice Age 2* guckt?«, hake ich erschrocken nach.

»Na, andere Filme schaut er ja net!«

Schulterzuckend setzt sich Keks zu mir an den Tisch und ordnet mehrere Textblätter, auf denen ganze Passagen mit Textmarker angestrichen sind.

»Er guckt immer nur *Ice Age*?«, frage ich entsetzt.

»Er hat halt Diere so lieb!«, seufzt Keks resigniert.

»Ach übrigens, eine Sabine hat angerufen für dich, aus Mallorca, glaub ich!«

Mir fällt fast mein Kinn auf die Tischplatte. Dann starre ich auf mein deutsches Handy auf dem Küchentisch und dann wieder auf Keks.

»Was???«

»Eine Sabine hat angerufen, vor a halben Stunde ungefähr, wollt' dich net wecken deswegen. Schlimm? Oder warum guckst du so?«

Keks' Stimme verliert sich im Strudel meiner Gedanken. Schlimmer könnte es Biene gar nicht erfahren. Wie hab ich auch nur eine Sekunde annehmen können, dass ich eine Lüge dieses Ausmaßes für ganze drei Wochen aufrechterhalten könnte?

»Hätte ich net an dei Handy gehen sollen oder . . . ich meine, ich kann's auch klingeln lassen in Zukunft.«

»Was . . .«, stottere ich, ». . . was hast du gesagt?«

»Was hab ich denn gesagt . . . mhhh . . .«

»Bitte, Keks, das ist jetzt ziemlich wichtig für mich!«

»Okay . . . also . . . ich hab ›Hallo‹ gesagt und ›Die Kerstin am Handy vom Beder‹.«

»Und dann?«

»Dann hat sie gefragt, ob sie dich sprechen kann, und ich hab gesagt, dass ich nicht weiß, wo du bist und dass du zurückrufst.«

Zum ersten Mal seit einer halben Minute wage ich es zu atmen.

»Wie . . . wie hat sie geklungen dabei?«

»Weiß nich . . . normal?!«

»Du hast nichts gesagt von wegen, dass ich noch schlafe oder irgendwas von Buenos Aires?«

»Nee. Wieso? Wer is'n das, die Biene? Deine Freundin?«

»Ex!«, sage ich hastig und greife nach meinem Handy.

»Willst du drüber reden?«

»Nein!«

»Wenn du die Nummer von meinem Derapeuten brauchst!«

»Danke, ist lieb, aber die Sprachschule ist, glaube ich, dringender.«

»Stimmt!«

Aus einem Ringbuch reißt Keks mir einen Zettel heraus und schreibt mir eine Adresse auf. »Hier: *Multilingua, Hipolito Yrigoyen 937*, Telefonnummer hab ich net, aber kannste hinlaufen von hier!«

»Laufen ist gut!«

Ich würde jede Minute zum Nachdenken gebrauchen können.

Buenas Aires?

DIE GUT FÜNF ZENTIMETER auf meinem *Time-Out*-Stadtplan entpuppen sich als halbstündiger Fußmarsch. Normalerweise gehe ich gerne zu Fuß, doch die südamerikanischen Lärmbomben, die von allen Seiten auf mich geworfen werden, machen jeden Block zur Qual. An einer Straßenecke verfehlt mich der bierkastengroße Außenspiegel eines bunten Busses nur um wenige Zentimeter. Kein Spaziergang ist das, sondern ein ganz heimtückischer Hindernislauf, vorbei an Maronenverkäufern, Schuhputzern und telefonierenden Teenagern. Ich frage mich, wo sie die Luft zum Plappern herbekommen, denn ich selbst habe gewaltige Schwierigkeiten mit dem Atmen. Normalerweise würde ich bei so einem Gestank die Luft anhalten, doch was soll das bringen, wenn es an jeder Ecke noch schlimmer wird. Als ich kaum noch Luft bekomme, kaufe ich mir in einer Apotheke ein Nasenspray mit den Worten *nariz* und *problemas*, was so viel heißt wie Nase und Probleme.

Und dann stehe ich plötzlich vor der breitesten Straße, die ich in meinem Leben gesehen habe, der *Avenida 9 de Julio*. Von der einen Seite bis zur anderen wäre genug Platz für ein Fußballfeld. Die Ampel auf der Gegenseite ist so weit entfernt, dass man nur mit Mühe erkennen kann, ob sie rot ist, grün oder kaputt. Die zwei winzigen Fußgängerinseln in der Mitte des Straßenmonsters wirken wie zwei Steine in einem reißenden Bach. Ich schlage meinen Stadtführer auf und stelle fest, dass ich diese Avenida auf jeden Fall überqueren muss, wenn ich zur Sprachschule will. Gut und gerne sieben Spuren vor mir liegt mein erster Zwischenstopp: eine Fußgängerinsel mit einer Ampel, die dem kühnen Passanten auf einer Digitalanzeige verrät, wie viele Sekunden es noch sind, bis er von der röhrenden Armada aus Taxen, Lieferwagen und Stadtbussen überrollt wird. Als die Ampel auf Grün schaltet, gehen ich und drei Einheimische strammen Schrittes auf die Insel zu und erreichen sie mit einem Sicherheitspuffer von nur drei Sekunden. Wir schaffen die zweite mit sieben und die letzte sogar mit vier. Als wir die andere Straßenseite erreicht haben, will ich mich fast verabschieden von meinen argentinischen Kampfgenossen. Doch scheint die *Avenida 9 de Julio* für sie belangloser Alltag zu sein und kein verkehrstechnisches Vietnam wie für mich. Von der breitesten Straße der Welt biege ich in die unaussprechlichste Straße der Welt ab: *Hipolito Yrigoyen*. Es ist mir unerklärlich, wie man eine Sprachschule in einer so schwer auszusprechenden Straße eröffnen kann. *Tango 1* oder *Gaucho 2*, das wären geeignete Adressen für argentinische Sprachschulen. Zu allem Überfluss liegt »Multilingua« an der Ecke *Bernardo de Irigoyen*, also *Hipolito Yrigoyen* Höhe *Bernardo de Irigoyen*. Ein Taxi, das ist mir jetzt schon klar, werde ich mir nie hierher nehmen können. Ich erreiche das Sprachschulgebäude, einen grauen, gut achtstöckigen Altbau mit schmalen, langen Fenstern und vielen Schildern an der Tür. Auf einem steht »Multilingua«. Ich drücke die schwere Holztür auf, gehe hinauf, befinde mich sofort in einem winzigen Büro mit hohen Decken, drei Schreibtischen und zwanzig Menschen, die alle kreuz und quer laufen. So wie mein Schlafzimmer hat auch dieser Raum statt Fenstern nur kalt flirrende Neonröhren. Eine junge, rothaarige Frau, die aussieht wie eine irische Touristin und am ersten der drei Schreibtische sitzt, begrüßt mich.

¡Hola! ¿En qué te puedo ayudar?

Weil ich annehme, dass sie mich gefragt hat, was ich hier will, sage ich, dass ich Peter heiße und Spanisch lernen will:

»Me llama Peter y quiero aprender español!«

»Llamo!«, verbessert mich die irische Touristin.

»Me llamo Peter. ¿Y tu?«

»¡Vos!«

»Was?«

»¡Igual! Forget it!«

Ich finde, wenigstens am Infotisch einer Sprachschule sollte man den Umstand akzeptieren, dass ich nur aus einem einzigen Grund hier stehe: weil ich die Sprache erst lernen muss! Noch während ich über all dies nachdenke, werde ich von der rothaarigen Infofrau in einen Raum mit Fenster geführt. Sie spricht dabei die ganze Zeit Spanisch, wobei es ihr egal zu sein scheint, ob ich sie verstehe oder nicht. Dann reicht sie mir ein Wasser, einen Kugelschreiber und einen dreiseitigen Einstufungstest.

»We want to see what level you are!«, bekomme ich freundlich und netterweise auf Englisch erklärt.

»Beginner!«, sage ich, weil ich selbst ganz gut weiß, *what level I am,* und schrecklich gerne um den Test herumkäme, doch als mit den Worten *diez minutos* die Tür vor mir zukracht, weiß ich, dass ich den Test machen muss. Unsicher betrachte ich das Deckblatt meiner *Prueba de nivel ESPAÑOL.* Die Fragen *Nombre* und *Teléfono* meistere ich mit Bravour, bei *Fecha* wird es schon schwieriger. *Fecha.* Mhhh . . . vielleicht wollen sie ja wissen, welche Fächer ich lernen möchte? Ich schreibe »Spanisch« neben *fecha* und beginne mit dem eigentlichen Test. Während die ersten Fragen noch konkreten Ballermann-Bezug haben – *¿Cómo te llamas? – Peter Greulich, ¿De dónde eres? – De Bamberg –,* wird es auf den Folgeseiten fast unmöglich, irgendetwas Sinnvolles zu Papier zu bringen. Vor allem der freie Aufsatz am Ende des Tests, in dem ich etwas über meine Heimatstadt erzählen soll, macht mir zu schaffen, und offenbart schonungslos, dass ich mich sprachlich auf dem Niveau eines dreijährigen Andalusiers befinde.

En Bamberg hay mucha cerveza. Me gusta el Seppelpeter's Spezial's. Es muy bien cerveza! Vivo en el centro. Mis amigos me llaman »Pitschi«. Buenos Aires es mas grande que Bamberg (creo 10 veces mas grande!)

Ich trinke mein Wasser aus und gehe nach draußen, um den Test abzugeben. Eine zarte, bemerkenswert attraktive Frau in einem dunklen Rock huscht an mir vorbei. Ihre langen, schwarzen Haare liegen so perfekt, als käme sie geradewegs aus einem argentinischen L'Oréal-Werbespot. Mit einem schlichten »¡Hola!« wirbelt sie an mir vorbei und verschwindet in einem Büro. Was bleibt, ist ein leichter Vanille-Duft, ein zu einem Denkmal erstarrter Peter Greulich und der Kommentar der Info-Frau.

»This is Luna, she does social activities for the students!«

Ruppig reißt sie mir meinen Test aus den Händen.

Ich frage, was genau unter »sozialen Aktivitäten« zu verstehen ist, und bekomme eine Liste, auf der für jeden Tag ein Programmpunkt aufgeführt ist, für heute ist es ein Kinobesuch für alle Sprachschüler, Treffpunkt 20 Uhr vor der Schule.

»Is Luna doing this activity?«, frage ich.

»Yes! You want to come?«

»Yes, please.«

Mit einem leicht genervten »¡Seguro!« reicht mir die Rothaarige einen Kugelschreiber. Ich schreibe meinen Namen unter den von drei weiteren Studenten und lege die Liste zurück.

»Have a look around if you want!«

»Okay. Gracias!«

»But don't disturb the classes!«

»Thank you.«

Ich bin dankbar, diese wichtige Info vor meinem kleinen Rundgang bekommen zu haben. Ich wollte nämlich gerade schreiend in ein Klassenzimmer laufen und einen Kopfstand an der Tafel machen. Irgendwie ist es halt immer das Gleiche, wenn man eine Fremdsprache lernt: Man fühlt sich nicht nur wie ein Kleinkind, die Leute behandeln einen auch so. Ich bin doch kein Volltrottel, nur weil ich noch kein Spanisch kann!

»Next door!«

»Thank you!«

Ich schließe die Tür zur Abstellkammer und gehe durch einen neonbeleuchteten Flur in eine Art neonbeleuchteten Aufenthaltsraum, von dem die kleinen, ebenfalls neonbeleuchteten Klassenzimmer abgehen. Keiner der Räume hat so etwas wie ein Fenster, offenbar gibt es in Argentinien immer noch so etwas wie eine Fenstersteuer. Durch einen Türspalt luge ich auf eine müde Gruppe von vier jungen Schülern, die sich mit einem Text abzuquälen scheint. Ein schwabbeliger Typ mit Brille liest einen Text mit einem so starken britischen Akzent, dass ich eine Weile brauche um herauszuhören, dass es Spanisch ist. Läse Robbie Williams nach einer Flasche Gin einen deutschen Busfahrplan, er wäre einfacher zu verstehen. Ich frage mich, ob der Sprachschulen-Tipp von Keks wirklich so gut war.

Nachdem ich zum siebten Mal den Artikel über einen Tagesausflug ins Tigre-Delta gelesen habe, gehen endlich die Türen zu den verschiedenen Klassenzimmern auf und eine Horde zumeist Englisch schnatternder Schüler strömt zu mir ins Foyer. Wie ich erschrocken feststelle, sind die meisten ungefähr zwei Jahrzehnte jünger als ich. Fast alle wirken übermüdet, was hoffentlich auf das Nachtleben zurückzuführen ist und nicht auf den Unterricht. Auch scheinen alle seit Jahren auf diese Schule zu gehen, sie bewegen sich selbstsicher, sie lachen, jeder kennt jeden. Und ich?

Eine füllige Frau mit lockigem Haar, die genauso hilflos im Raum steht wie ich, zwinkert mir zu. Ich schätze sie auf knapp unter vierzig.

»Bisch a nei?«, fragt sie mich auf Schwäbisch. Allein der Klang dieses Satzes lässt zwei englische Teenager einen Schritt zurückweichen.

»Ja, erster Tag«, antworte ich so höflich es mir möglich ist und reiche ihr die Hand. Sie ist so unfassbar geschmacklos gekleidet, dass man ein Foto von ihr in den »Bloß nicht . . .!«-Teil aller Marco-Polo-Reiseführer drucken müsste. Ihre sicher noch in den 90ern erworbene Kuhjeans trägt sie auf Nabelhöhe und auf den paar Zentimetern darüber eine mit bunten Blüten- und Raubtierelementen bedruckte Bluse in Polyacryl-Qualität. Nach unten hin beendet ein Paar ausgetretener Tennisschuhe den modischen Totalausfall.

»I ben d' Heidi! I mach Bildungsurlaub!«

»Der Bidschi!«, sage ich, unüberlegterweise auch auf Schwäbisch.

124

»Bisch a aus Schdurgord?«

»Schlimmer! Aus Bamberg!«, scherze ich, woraufhin Heidi dermaßen laut loslacht, dass die bunten Raubtiere auf ihrer Bluse so stark vibrieren, als wollten sie aus ihrem Stoffgehege ausbrechen.

Die zwei Briten haben inzwischen die Tür hinter sich geschlossen und vermutlich überlegen sie in dieser Sekunde, ob sie nicht auch noch den Tisch vor die Türe schieben und mit ein paar Sandsäcken fixieren. Ich schaue mich hilflos im Raum um, doch kein Einziger der anderen Schüler erklärt sich bereit, mich von der Schwäbin zu erlösen, dabei hätte ein einziger Augenkontakt gereicht.

»Hasch au Honger?«, fragt Heidi, als ich sie wieder anschaue.

»Ja«, sage ich, »bin aber schon verabredet, leider!«

»Des isch aber schad, mir hedda was zamma essa kenna!«

Ja. Hätten wir. Und genau das wird nicht passieren.

»Ich hab noch unglaublich viel zu erledigen, morgen vielleicht!«, rede ich mich raus und bereite meinen sofortigen Abgang vor. Doch sooo leicht komme ich nicht weg und zu allem Übel bemerke ich noch ein ermutigendes Lächeln der Info-Frau, die sich offenbar freut, dass sich die Deutschen so schnell gefunden haben.

»On, was machsch heid Obend?«

»Ich . . . wir haben ein Essen in der Wohnung«, lüge ich, »ein typisch argentinisches!«

»On mir geha mit zwei Argentinier uff'd Roll!«

»Ach was«, sage ich und noch bevor wir eine Diskussion darüber beginnen können, wer sich in den ersten 24 Stunden am besten integriert hat, rettet mich die Infofrau:

»Pitschi?«, ruft sie mich zurück zu ihrem Tisch.

»Yes!«, sage ich und erfahre zu meiner Überraschung, dass ich immerhin fortgeschrittener Anfänger bin, Nico mein Lehrer sein wird und ich am nächsten Tag um neun Uhr wiederkommen soll. Ich muss eine Art Vertrag unterschreiben und zahle 170 US-Dollar. Leider bleibt während dieser Zeit die Tür zum Büro der kleinen schönen Vanillefrau geschlossen.

Ein paar Minuten nachdem Heidi gegangen ist, stürze auch ich mich wieder in den Lärm der Straße. Doch es ist höchste Zeit, Biene zurückzurufen, um die Situation mit Keks zu klären. Schon als ich mein Handy aus der Tasche nehme, wird mir klar, dass ich auf der Straße unmöglich telefonieren kann, so laut ist es. Ein bunter Bus mit einer großen 78 donnert an mir vorbei, flankiert von einem guten Dutzend Taxis und mehreren Lieferwagen. Ein Krankenwagen mit der seltsamen »Lass uns mal ein paar Handyklingeltöne durchprobieren«-Sirene kämpft sich eine Straße weiter durch den Stau und der Verkehr reißt nicht ab. Ich stecke das Handy wieder ein. Es ist hier nicht nur unmöglich, sein eigenes Wort zu verstehen, ein einziger undeutsch klingender Krankenwagen zur falschen Zeit und ich fliege auf.

Ich muss mich durch gut zehn Blocks der unaussprechlichen Sprachschulstraße durch den Nieselregen gekämpft haben, als ich eine Art Internetcafé mit Telefonzellen entdecke. *Locutorio* steht drüber, sicherlich eine Kette. Ich trete ein und bekomme Kabine 17 zugewiesen. Als ich die Tür schließe, höre ich tatsächlich nichts mehr vom Straßenlärm. Ich zücke mein Notizbuch und rechne aus, dass es auf Mallorca nun 17 Uhr sein müsste. Soweit der einfache Teil. Der schwierige besteht darin, eine plausible Begründung zu finden, warum ich auch die nächsten drei Wochen nicht nach Mallorca komme und wer die fremde Frau am Handy war.

Ich schließe die Augen und denke nach. Nervös wähle ich Bienes Nummer. Der Verbindungsaufbau dauert eine Ewigkeit, dafür hebt sie schon nach dem ersten Klingeln ab:

»Mausbär!«, schallt es erleichtert aus dem Hörer.

»Schatz!«, sage ich und es fällt mir nicht mal schwer.

»Wer war das denn heute Mittag an deinem Handy?«

Ich hätte zehn Kästen Seppelpeter's Spezial's darauf verwettet, dass das Bienes erste Frage sein würde.

»Ja, genau deswegen rufe ich ja an«, sage ich, so souverän es geht, »aber . . . ich will dich jetzt nicht im Urlaub damit belasten . . .«

»Mausbär! Wir erzählen uns doch immer alles.«

»Also gut. Ich war doch gestern im Büro, noch ein, zwei Sachen erledigen, bevor ich komme. Hat mir der alte Sack doch tatsächlich 'ne neue Kollegin vor die Nase gesetzt! Das heißt, nicht vor die Nase . . . also, die saß sogar schon auf meinem Stuhl! Kerstin Zack. Frisch von der Uni. Hammer, oder?«

»Das gibt's doch net!«

»Wenn ich's dir sage! Ich bin natürlich sofort runter zum Seppelpeter und der hat so getan, als wär's die normalste Sache der Welt! Die soll mich unterstützen, das wär' ne Controllerin, die war vorher bei der Bosch und so . . .«

»Die woll'n dich absägen?«

»Sieht so aus!«

»Ja gut, dass du nochmal ins Büro bist. Stell dir vor, du wärst aus dem Urlaub gekommen und hättest keinen Job mehr gehabt! Ich meine, gibt's was Schlimmeres, als so was nach dem Urlaub zu erfahren?«

»Äh . . .«

»Na jedenfalls . . . die Sache ist jetzt natürlich die . . .«

»Brauchst gar nicht weiterreden. Du bleibst natürlich daheim! Ist doch klar! Vollstes Verständnis, Mausbär! Jetzt musste kämpfen! Am liebsten würde ich auch nach Hause fliegen!«

»Nein!«

»Was?«

»Ich meine, das bringt doch nichts, wenn du dich nicht erholst!«

»Aber EIN Anruf von dir und ich komme!«

»Das ist lieb. Danke.«

Was für eine tolle Frau, denke ich mir bizarrerweise. Sie würde tatsächlich ihren Urlaub abbrechen für mich. Sie glaubt mir jedes einzelne Wort. Doch je mehr sie mir glaubt, desto beschissener fühle ich mich.

Biene erzählt mir noch, dass Jason in einen Seeigel getreten und Checko in einer Kurve von der Rennbanane gefallen ist. »Aber was ist das schon gegen die Sache mit deinem Job!«, ereifert sich Biene, »die blöde Kuh!«

»Ich schaff das schon«, beschwichtige ich Biene und muss versprechen, mich bald wieder per Mail zu melden, dann lege ich auf. 8 Peso 20 steht auf einem kleinen Telefondisplay vor mir. 8 Peso 20 und jeder *Centavo* davon war gelogen. Als ich mich von meinem Stuhl erhebe, bemerke ich, dass ich total durchgeschwitzt bin. Noch völlig in Gedanken wegen des Telefongesprächs sehe ich über einem Automaten ein Angebot über 19 Peso für einhundert Visitenkarten. Ich tippe meine Daten ein und nach nur fünf Minuten halte ich meine neue Identität in den Händen.

PETER GREULICH

c/o Pedro Cattaneo

Santa Fe 1767 7E

Buenas Aires, Argentinien

Tel.: 15 40 98 43 92

Ich stecke sie ein und miete mir eine halbe Stunde Internet, um mich ein wenig abzulenken. Auf der Seite vom *Fränkischen Tag* erfahre ich, dass es ab Freitag Federweißen gibt und dass der in diesem Jahr mit 75 Grad Öchsle Mostgewicht von hervorragender Qualität sei. Über Checkos Unfall mit der Rennbanane finde ich nichts. Dafür sei der Auftritt der Jagdhornbläsergruppe Strullendorf beim Kinderfest ein großer Erfolg gewesen.

Mondgesicht

NACH EINEM RECHT UNSPEKTAKULÄREN NACHMITTAG, dessen bescheidene Höhepunkte die Besichtigung einer miesen Wohnung über einer Sportsbar sowie der Erwerb und das Verstecken von weiteren fünf Nutellagläsern waren, steige ich, zwei Blocks von der Sprachschule entfernt, an der Ecke *Lima y Moreno* aus dem Taxi. Vielleicht bin ich ja nächste Woche sprachlich soweit, mich direkt zur Adresse *Hipolito Yrigoyen* Höhe *Bernardo de Irigoyen* fahren zu lassen.

Von den anderen Schülern, die sich in die Kinoliste eingetragen haben, ist weit und breit noch keiner zu sehen. Es kann natürlich auch sein, dass die anderen ebenfalls an leichter auszusprechenden Straßenecken ausgestiegen sind und jetzt noch unterwegs sind. Ich zünde mir eine Zigarette an, lehne mich so argentinisch wie möglich an die Häuserwand und beobachte das Treiben auf der Straße. Vor einem heruntergekommenen Parkhaus gegenüber fegt ein alter Mann mit Arbeitermütze die Einfahrt. Durch das Fenster im Gebäude nebenan sehe ich eine Zottel-Backpackerin, die einen Rucksack auf ein Stockbett wuchtet. Und dann kommt Luna. Sie wirkt ein wenig abgehetzt, trägt diesmal eine elegante Stoffhose und einen langen, hellen Mantel, der ihren dunklen Teint noch hervorhebt. Ihre Haare hat sie zum Zopf gebunden.

»*¡Hola! Lo siento pero habían cortado la calle los piqueteros.*«

Bis auf *¡Hola!* und *cortado* habe ich leider nichts verstanden. Immerhin. Ein *Cortado*, das ist mein Lieblingsgetränk auf Mallorca: Espresso mit aufgeschäumter Milch. Vielleicht will Luna ja mit mir einen Kaffee trinken? Aber sicher bin ich mir nicht.

»Hola!«, sage auch ich und bekomme einen Kuss auf die Wange dafür. Da ist er wieder: der warme Vanilleduft der Frau aus dem argentinischen L'Oréal-Spot.

»*¿Los otros no vinieron?*«, fragt mich Luna besorgt, als sie sieht, dass außer mir noch keiner da ist. Entschuldigend zucke ich mit den Schultern:

»Can we speak English or German?«

»Weder Deutsch noch Englisch, weil du Spanisch lernen musst!«, warnt sie mich auf deutsch und mit einem sehr weichen, argentinischen Akzent.

»Du sprichst Deutsch?«, frage ich überrascht.

»Ja«, antwortet Luna lächelnd und klopft mir freundschaftlich auf die Schulter, »aber nur privat!«

»Warum das?«

»Schweizer Ex-Mann!«

»Also ich wäre sehr dankbar für Deutsch!«

»¡No!«

»Jetzt komm schon, bei meinem Spanisch . . .«

»¡No!«

»Und Unterricht ist das ja auch nicht jetzt, also . . . fast privat schon!«, bettle ich.

Leider zeigt sich Luna noch immer gänzlich unbeeindruckt und verfällt schlagartig wieder in eine Art Lehrerton.

»*Estas acá para aprender español entonces vamos a hablar castellano. Si no empiezas ahora nunca vas a entenderme! ¿Me entiendes?*«

Ich sage, dass ich alles verstanden habe, und wende mich verärgert ab. Was bildet die sich eigentlich ein? Wäre doch nicht so schlimm, mal eine Ausnahme zu machen, damit man sich als orientierungsloser Sprachschüler in den ersten Tagen wohler fühlt. Aber bitte . . .

Also warten wir schweigend auf die noch fehlenden Schüler, wobei ich einfach nur in die Luft gucke und Luna in ihrer Tasche wühlt. Nach mehreren sprachlosen Minuten starte ich einen weiteren Versuch.

»Auf wen warten wir denn noch?«

»En español!«

Maaaaannn!

»A quien nos . . . äh . . .«, stottere ich.

». . . esperamos!«

»Sí. Esperamos!«

»A tres estudiantes!«

»Okay!«

Wegen Lunas Deutschboykott kommt unsere Unterhaltung nur schleppend in Gang. Immerhin erfahre ich, dass sie erst seit einem Jahr bei *Multilingua* arbeitet, und sie erfährt, dass ich ihren Namen mag.

»Me gusta tu nombre, Luna!«

»Gracias. Sabes, que significa?«, fragt sie mich, ohne mich anzuschauen.

»Si. La Luna. Como *der Mond*!«

»Exacto!«

Als die *tres estudiantes* gegen halb neun immer noch nicht auftauchen, gehen wir alleine los. Fast bin ich ein bisschen stolz, mit einer so schönen Frau durch die Stadt zu laufen. Doch die Art, wie Luna mit mir durch die Stadt geht, nämlich immer einige Meter vor mir und ohne sich ein einziges Mal umzudrehen, lässt auch einen Blinden erkennen, dass wir kein Paar sind. Luna und ich passieren die drei Selbstmörderampeln auf der *Avenida 9 de Julio* und biegen an einem großen Betonobelisken in die *Avenida Corrientes* ein, eine große und laute Straße, die vornehmlich aus Theatern, Kinos und Apotheken zu bestehen scheint. Dass wir während des knapp viertelstündigen Fußmarsches zum Kino so gut wie nichts reden, hat die bekannten Gründe. Erstens: der unglaublich laute Verkehr, zweitens: mein beschissenes Spanisch und drittens Lunas Sicherheitsabstand, der mittlerweile auf passable zehn Meter angewachsen ist. Meine nach vorne geschriene Frage, ob wir denn nun zusammen *Cortado* trinken würden oder doch ins Kino gehen, verhallt leider ebenso ungehört wie mein mehrfach vorgetragenes

»Warte doch mal, bitte!«

Und so beschränkt sich mein erster argentinischer Sozialkontakt darauf, einer süßen kleinen Frau auf ihren Hintern zu gucken und gleichzeitig darauf zu achten, dass dieser Hintern mich nicht abhängt.

Und dann stehen wir plötzlich an der Kasse eines recht kleinen Kinos. Luna begrüßt eine ältere Dame, mit der sie offenbar befreundet ist und fragt mich, welchen Film ich sehen möchte. Ich frage Luna, welcher Film sie am meisten interessiert, doch ihr scheint das herzlich egal zu sein. Ich schaue hoch zu den Infotafeln, die insgesamt vier Filme ankündigen: Es läuft *Papá se volvió loco*, vermutlich eine argentinische Komödie. Im zweiten Saal kann man *Sophie Scholl – Die letzten Tage* sehen, im dritten einen Film namens *La caída* und dann gibt es auch noch *Batman comienza*. Ich kaufe eine Karte für *La caída*, weil ich im Augenblick weder Lust auf Nazikram noch auf Hollywoodquatsch habe. Seltsamerweise macht Luna keine Anstalten, sich auch eine Karte zu kaufen, und ich befürchte schon, es sei unhöflich von mir gewesen, nicht für uns beide zu zahlen. Doch es verhält sich anders:

»¡Muy bien!«, sagt Luna, als ich mit meiner Kinokarte vor ihr stehe, wünscht mir viel Spaß und verabschiedet sich so, wie sie mich begrüßt hat: mit einem Kuss auf die Wange:

»Hasta mañana, Pitschi, ¡qué te diviertas!«

»Quete . . .?«

»Viel Spaß!«, ergänzt Luna auf Deutsch und macht auf dem Absatz kehrt. Fassungslos schaue ich ihr hinterher, wie sie sich ein gelb-schwarzes Radiotaxi heranwinkt und damit davonbraust.

»Für wie bekloppt hält die mich denn?«, sage ich laut zu mir, »das Kino hätte ich gerade noch alleine gefunden!«

»¿De dónde sos?«, fragt mich die Frau im Kassenhäuschen. Ich lächle, sage »de Alemania« und gehe stumm in einen halb gefüllten, ziemlich abgeranzten Filmsaal. Nach einer Viertelstunde zieht sich endlich der Vorhang auf. Die Kinowerbung ist noch ganz interessant, weil mal ausnahmsweise keine dauergrinsenden Langnese-

Models drin vorkommen. Doch als der deutsche Schauspieler Bruno Ganz schließlich als Adolf Hitler auf der Leinwand erscheint, ahne ich, dass *La caída* keine Dokumentation über eine weltumspannende Terror-Organisation, sondern der spanische Titel für den deutschen Spielfilm *Der Untergang* ist.

Die ersten Bomben fallen auf Berlin, da klingelt mein argentinisches Handy. Gott sei Dank ist der Lärm auf der Leinwand so laut, dass es keiner im Kino mitbekommt.

Es ist Arne.

Arnes erster Satz lässt mich vor Schreck fast vom Kinosessel rutschen und sogar Bruno Ganz schaut für eine Sekunde entsetzt von der Leinwand herab.

»Du bist in Argentinien, stimmt's?«

+ 54

DER FILM-BOMBENHAGEL STOPPT und man könnte einen Zahnstocher fallen hören im Saal. Ausgerechnet jetzt!

»In Argentinien? Wie kommst du denn darauf?«, flüstere ich ins Handy.

»Ich hab deine Nummer auf'm Display gehabt, beim letzten Anruf. Plus 54 und so weiter. War nicht so schwer rauszukriegen, dass das Argentinien ist!«

»Ich . . . äh . . . ich ruf dich zurück!«, sage ich und muss dabei gegen die erneut aufgestiegenen Bomber der Alliierten anbrüllen.

»Was?«, höre ich Arne fragen.

»Ich ruf dich zurück!«, wiederhole ich etwas lauter.

»Ich versteh keinen Ton! Wo zum Teufel bist du denn? Im Krieg?«

»Ich – rufe – dich – zurrrrück!«, schreie ich ins Handy und klinge dabei fast ein bisschen wie Hitler.

»Okay! Bin ja nicht taub!«

Dann lege ich auf und erhebe mich unter den ebenso erschrockenen wie empörten Blicken der Kinobesucher aus meinem Sitz. Als ich so leise wie möglich in Richtung *salida* schleiche, bin ich mir ganz sicher: Der gesamte Saal hält mich für einen psychisch gestörten, deutschen Rechtsradikalen.

Ich trete hinaus in die lärmende und hell erleuchtete *Avenida Corrientes*. Eine hupende Lawine aus schwarz-gelben Taxis und verbeulten Kleinwagen schiebt sich mühsam die Straße hoch. Ich gehe in einen hell erleuchteten Imbiss direkt neben dem Kino und lasse mich in einen Plastikstuhl gleiten.

Ich bin aufgeflogen!

Herzlichen Glückwunsch! Jämmerliche zwei Tage hab ich meine Flucht geheim halten können. Ich atme dreimal tief durch und wähle Arnes Nummer.

»Ich bin's. Der Pidschi!«

»Mannmannmann!«

Ich erzähle Arne alles bis ins kleinste Detail. Arne ist schlichtweg fassungslos. So fassungslos, dass ich manche Fragen mehrfach beantworten muss.

»Und Biene hat von allem keinen blassen Schimmer?«

»Keiner hat von irgendwas einen Schimmer. Nur wir beide!«

»Mann, Mann, Mann«, stöhnt Arne.

»Ja«, seufze ich, »so sieht's aus. Es ging nicht mehr!«

»Aber das mit deinem Brief«, ächzt Arne, »ich weiß nicht. Also ich möchte so einen Brief nicht bekommen.«

»Keiner will so einen Brief bekommen, Arne. Aber irgendwie muss ich es ihr ja sagen.«

Mein Kellner sitzt einige Meter vor mir mit einem Espresso an der Bar und schaut mich mit so sorgenvoller Miene an, als verstünde er jedes Wort.

»Ihr hättet ja vielleicht mal eine Pause machen können«, schlägt Arne vor, »ich meine, warum hast du Biene das nicht alles so gesagt wie mir eben?«

»Weil es nie der richtige Zeitpunkt war. Weil ich nicht sehen kann, wie sie weint. Weil ich ihr nicht wehtun will!«

»Mhhh.«

»Kannst du mir einen Gefallen tun?«

»Was?«

»Wenn Jason, Checko oder Biene aus Mallorca anrufen . . . Sagst du dann, dass ich in Bamberg bin? Dass wir gerade ein Bier getrunken haben im Seppelpeter's oder so?«

»Mann, Mann, Mann! Da verlangst du was!«

»Danke!«

»Aber ich würde viel lieber wirklich mit dir ein Bier trinken. Also in echt.«

»Das würde ich auch gerne!«

»Dann komm zurück!« fordert Arne, »ich meine, noch hat's doch keiner mitbekommen.«

»Komm du doch nach Argentinien!«

»Was will ich denn da? Nein, mein Gutster . . . DU kommst zurück!«

»Es geht nicht, Arne.«

»Warum?«

»Es geht nicht, weil . . . ich's einfach nicht machen kann!«

»Hey!«, lacht Arne, »die fränkische Argumentationskette.«

»Ich muss jetzt Schluss machen. Hast du das Schild an den *Bastelbären* gehängt?«

»Hab ich!«

»Danke, bist 'n echter Freund! Also . . . mach's gut!«

Ich habe schon fast aufgelegt, da höre ich Arne seufzen:

»Pitschi, ich finde, du solltest Biene das alles sagen!«

»Ich melde mich!«

»Wirklich, Pitschi!!!«

Ich lege auf, zahle meine drei Espressi und laufe fast eine Stunde lang orientierungslos durch die Rushhour. Mit meinem verwaschenen Blick, dem hektischen Gang und meinen spitz aufeinander gepressten Lippen bin ich vermutlich zum ersten Mal ein bisschen argentinisch. Block um Block dreht sich alles um die Frage: Soll ich Biene wirklich alles sagen? Am Telefon? Ich hatte mich doch entschieden. Ich hab doch einen Brief geschrieben und . . . ich wollte doch, dass sie noch einen schönen Urlaub hat. Aber war es die richtige Entscheidung? Irgendetwas bremst mich noch, hier im neuen Land. Vielleicht ist es ja der aufgeschobene Schlussstrich, die ganze Lügerei?

An der Ecke *Corrientes* und *Montevideo* rast ein Motorradfahrer keine zehn Zentimeter an mir vorbei. Erst jetzt bemerke ich, dass ich am Straßenrand gehe, statt auf dem Bürgersteig. An zwei Autos vorbei schiebe ich mich in Sicherheit, laufe dann aber fast in die Arme eines Anzugträgers mit Aktentasche.

»¡Perdón!«

Ein paar Blocks weiter – ich habe keine Ahnung, wie ich dort hingefunden habe – stehe ich wieder vor dem kleinen Restaurant, in dem all die jungen Leute und Pärchen sitzen und über ihren Tag plaudern. Ich muss also in der Nähe meiner WG sein. Ich drücke mir an der Scheibe die Nase platt wie ein hungriger Obdachloser, der ein dampfendes Brathuhn in einem Sterne-Restaurant fixiert. Nur, dass ich auf die Gäste starre und nicht aufs Essen. An einer winzigen Bar im hinteren Teil des Restaurants erspähe ich zwei unbesetzte Hocker. Ich gehe hinein, bestelle mir ein Bier bei einer dunkelhaarigen Bedienung mit einem großen Kopf, um dann in einer Mischung aus Neid und Respekt die schnatternden Einheimischen an ihren kerzenbeleuchteten Tischen zu beobachten. Ich muss an Jason denken, wie er vor Jahren im Seppelpeter's saß als amerikanischer Soldat und mich und meine Freunde beobachtete. Auch wenn er keine Uniform trug, sah man schnell, dass Jason nicht dazugehörte. Trotzdem wäre ich damals nicht im Traum darauf gekommen, den fremden Armeeangehörigen zu fragen, ob er ein Bier mit uns trinken mag. Irgendwann wollte es der Zufall, dass wir uns einen großen Tisch teilten, und erst als Jason mit seinem damals noch breiten amerikanischen Akzent *»ä Schäufala und one Brownbier«* bestellte, fragten wir ihn, ob er einen Schnaps mit uns trinken wolle.

Er wollte.

Und wie er wollte!

Ich will auch!

Doch leider gibt es just in diesem Augenblick keinen argentinischen Pitschi, der mich auf einen Schnaps einlädt. Ich zahle, gehe nach draußen und greife nach meinem Handy. Es ist Mitternacht, das bedeutet 5 Uhr morgens auf Mallorca. Zu früh, um bei Biene anzurufen. Ich kann also noch eine Nacht über alles schlafen.

Nachdenklich schlendere ich die verbleibenden vier Blocks zu meiner WG. Der alte Mann im Foyer schläft zusammengesunken in seinem Holzstuhl. So leise es geht, öffne ich das Aufzuggitter, steige ein und drücke die 7. Als ich oben in unsere blaue Neon-Küche trete, sitzt eine völlig aufgelöste Keks mit einer Zigarette am Tisch.

»Was ist los?«, frage ich, »ist was passiert?«

»Daxi is entlaufen!«

Taxi

ICH BRAUCHE EIN PAAR SEKUNDEN, um zu verstehen, was Keks meint.

»Wie? Taxi ist entlaufen?«, frage ich.

»Daxi. Bedros Kater. Er is net hier. Kann des sein, dass du des Balgongfenster aufgelassen hast?«

»Ich weiß nicht mal, dass der Balkon ein Fenster hat!«, erwidere ich und werde ein bisschen säuerlich, dass ich wie selbstverständlich schuld sein soll am Verschwinden des Katers. Aus dem Fernseher im Wohnzimmer dringen die mir inzwischen vertrauten Dialoge von *Ice Age 2*, offenbar hat auch Pedro seinen Feierabend eingeläutet. Hektisch drückt Keks ihre Zigarette aus und steckt sich sofort eine neue an.

»Jedenfalls is Daxi net da, und wenn *Ice Age* zu Ende is und Bedro das bemerkt, dann können wir uns beide a neue Wohnung suchen!«

»Aber ich bin doch gerade erst eingezogen!«, protestiere ich.

Doch Keks reagiert nicht auf meinen Einwand, offenbar ist die Lage ernster, als ich vermute. Ich ziehe mir einen Stuhl ran und setze mich zu ihr an den Tisch.

»Du hast überall geschaut?«

»Überall!«

»Mhhh . . . Wann ist *Ice Age* denn zu Ende?«, frage ich.

»Kommt auf die Stelle drauf an, wo er grad is!«

»Klar!«

Leise stehe ich auf und pirsche mich an die Wohnzimmertür heran. Pedro sitzt mit einer Dose Bier unter einer Decke und schaut grinsend auf den Fernseher. Ohne die Augen vom Bildschirm abzuwenden, begrüßt er mich.

»Hey, cleaning man! Everything okay?«

»Okay«, sage ich und spitze kurz auf den Bildschirm.

»Ice Age Two, you know? Good movie!«, erklärt mir Pedro.

»Yes«, sage ich, »but . . . I have never seen it!«

»Take beer. Come and see!«

»No . . . thank you, I have to search . . . my . . . my passport!«

»Good luck! Passport is important!«

Ich schließe die Tür und gehe zurück zu Keks in die Küche.

»Das Eichhörnchen klebt mit seiner Zunge am Eisberg fest und kriegt die Nuss nicht!«

Entschlossen drückt Keks ihre Zigarette aus.

»Dann haben wir noch genau eine Stunde! Kommste mit?«
»Natürlich komm' ich mit!«

Es gibt wahrlich einfachere Aufgaben, als um Mitternacht in Buenos Aires einen entlaufenen Kater zu suchen, der Taxi heißt. Die ersten Kommentare fangen wir uns schon im Gebäude, als wir laut »Taxi« in den Aufzugschacht rufen. »¡*No hay ningún taxi, es un edificio! ¡Idiota!*«, hallt es aus einem Apartment. »¡*Hey flaco, andate!*«, bellt es mir nach einem besonders lauten Taxiruf aus einem der unteren Stockwerke entgegen.

»Was hat er gesagt?«, frage ich Keks.
»Dass du dich verpissen sollst!«
»Und der davor?«
»Dass das hier ein Gebäude ist und dass es da keine Taxis drin gibt!«

Wir fahren in den Keller, suchen bei den Mülltonnen und im Hinterhof. Schließlich gehen wir sogar ganz hoch aufs Dach, welches sowohl durch ein größeres Sperrmülllager als auch durch eine sensationelle Aussicht beeindruckt.

»Taxi!«, ruft Keks und öffnet die Tür eines verrotteten Küchenschrankes, die sofort abfällt und krachend auf die Dachpappe fällt.

»Taaaaxxxiiiiii, verdammt noch mal«, brülle ich hinaus in die Nacht, doch es hilft alles nichts: Eine halbe Stunde vor dem Abspann von *Ice Age* haben wir noch immer keine Spur von Pedros Kater. Auf einem löchrigen, aber trockenen Sofa, das offenbar jemand zufällig auf dem Dach vergessen hat, rauchen wir eine Zigarette. Vor uns liegt das orangene Lichtermeer der Stadt, von unten dringt ein gedämpfter Lärmbrei aus Bussen, Sirenen und Musik herauf. Auch Keks schaut hinaus in die Nacht und zieht still an ihrer Zigarette. So unrealistisch und fremd wirkt diese Kulisse auf mich, als sei ich gefangen in einem seltsamen Traum. Es ist Keks, die meine Melancholie unterbricht.

»Weißt du, manchmal vermiss ich Bamberg scho arch!«

»Ach was . . .?!«

»Jetzt echt!«

»Und . . . was genau vermisst du da jetzt?«

»Mei Freunde, die Nadur, die Bierkeller. Ich mein, was gibt's Schöneres, als an einem lauen Sommerabend mit am kühlen Bier auf'm Keller zu sitzen und runter auf die Stadt zu schaun, wo langsam alle Lichter angehen.«

»Klingt gut«, muss ich zugeben. Keks schaut mich abwartend an.

»Sonst fragen immer alle, warum des *auf einem Bierkeller* heißt und net *in einem Biergarten.*«

Ich habe kurz Mühe, mich an meine eigene Lüge zu erinnern.

»Oh . . . ja«, sage ich, als mein Handy piepst. »Warum heißt das denn so?«

»Weil das früher Höhlen waren, wo ma des Bier gelagert hat. Und irgendwann is man halt draufgekommen, dass ma des Bier ja auch gleich dort drinken kann, wo man's lagert!«

»Pfiffig!«, sage ich anerkennend und zücke mein Handy.

Es ist eine SMS von Arne.

Pitschi! Du musst es Biene sagen. Dein Freund Arne.

Ich atme aus und stecke das Handy weg. Keks beobachtet mich interessiert.

»Vor einer Woche hab ich hier in einer Radiosendung was Tolles gehört, da hieß es: Zweimal eine halbe Heimat ist keine ganze. Stimmt irgendwie, oder?«

»Was?«

»Ich sagte, zweimal eine halbe Heimat ergibt keine ganze! Hörst du mir zu?«

»Jaja«, erwidere ich.

Vielleicht könnte ich mit Keks ein wenig Ehrlichkeit üben, ihr sagen, warum ich wirklich hier bin. Doch ganz bestimmt hätte mein

Geständnis ein weiteres Gespräch zur Folge, das ich noch nicht zu führen bereit bin. Und wahrscheinlich soll ich auch erst mal rausfinden, was ich selbst will. Keks gibt mir einen Knuff auf die Schulter.

»Dann sag doch wenigstens mal . . . wie is Berlin?«

»Eigentlich ziemlich klein!«

»Klein? Im Vergleich zu was?«

»Na zu hier!«

»Spinner!«, lacht Keks, »in einem Monat studier ich da und weiß überhaupt nix, nur weil du mir nix erzählst! Dann bist DU schuld!«

»Tut mir Leid!«, sage ich.

»Ich mach übrigens so a Art fränkischen Abend am Donnerstag, für meine argentinischen Freunde. Wenn du magst, kannste auch kommen. Oder bleiben. Weil du ja hier wohnst«, verbessert sich Keks kichernd.

»Du machst was?«

»An fränkischen Abend! Mit deutschem Bier und allem Drum und Dran!«

Na herrlich!

»Ich freu mich! Also, wenn Pedro uns bis dahin noch nicht rausgeworfen hat, weil er keine Katze mehr hat!«

Keks springt auf.

»Ach Gott! Daxi!«

Die geschätzte letzte Viertelstunde von *Ice Age* verbringen wir damit, die Blocks um unsere WG zu durchkämmen. Wir teilen uns auf: Ich gehe die *Santa Fe* links hoch und Keks die *Santa Fe* rechts runter.

»Taxi!«, rufe ich mehrfach laut und natürlich hält kurz darauf eines direkt neben mir. Der Fahrer, ein dünner Typ mit gegerbter Haut und Schnurrbart schaut mich fragend durch sein Fenster an.

»¿Querés un taxi?«

»No«, sage ich und erkläre auf Spanisch, dass ich kein Taxi will, sondern meine Katze suche, die so heißt:

»Estoy buscando mi gato que se llama taxi!«

»¡Y yo estoy buscando un pasajero que no esté loco!«

Irgendwas mit »verrückt« hat er gesagt, so viel habe ich verstanden. Es ist aber in jedem Fall eine Frechheit gewesen, sonst wäre er nicht lachend davongebraust. Als ich meinen spanischen Erklärsatz Minuten später bei einem zweiten Taxifahrer wieder aufsage und sich auch dieser kopfschüttelnd davonmacht, stelle ich die Taxi-Aktion ein und fahre mit dem Gitterlift hoch in unsere Wohnung.

Keks sitzt bereits am Küchentisch. Wie schon in der vorherigen Nacht läuft im Wohnzimmer die Audioschleife des DVD-Menus von *Ice Age 2*.

»Und?«, frage ich.

Keks schüttelt den Kopf.

»Mir ham Glück. Bedro schläft! Aber morgen is die Hölle los, des sag ich dir!«

»Aber . . . ich HAB das Fenster nicht aufgelassen!«, protestiere ich ein letztes Mal.

Mein Blick fällt auf die Küchenuhr, die mittlerweile halb drei zeigt.

»Ich muss jetzt echt mal ins Bett, glaube ich«, sage ich.

»Sag doch mal: Kommst du zum fränkischen Abend? »

»Warum nicht?«

Ich hätte mir doch schon am ersten Tag eine neue Wohnung besorgen sollen!

Als ich mich nach dem Zähneputzen ins Bett lege, höre ich ein leises und jämmerliches »Miau« unter meinem Bett. Erschrocken knipse ich das Licht wieder an und hebe die Matratze hoch. Neben einem komplett leer geschleckten Nutellaglas liegt ein bewegungsunfähiger grauer Katzensack mit braunen Schnurrhaaren in seinem eigenen Erbrochenen.

»Taxi!«, rufe ich erleichtert.

»¡Miau!«, klagt Taxi und schaut mich hilflos an.

Vorsichtig hebe ich die schlaffe Katze hoch und trage sie zu Keks in die Küche.

»Daxi! Wo warsde denn?«

»Er hat ein ganzes Glas Nutella gefressen und dann unter mein Bett gekotzt!«, erkläre ich und übergebe den Kater an Keks, die ihn sofort besorgt streichelt.

»Der arme Daxi! Des ganze Fell is voller Schokolade!«

»Es war nur Nutella. Er wird's überleben«, sage ich und gehe in Richtung Zimmer.

»Warum hast du denn Nutella unter deinem Bett?«

»Ist . . . mir drunter gerutscht, wahrscheinlich«, stottere ich und schleiche mich wieder aus der Küche.

Ich gehe in mein Zimmer und putze die einmal quer durch einen argentinischen Kater gepumpte Nutella weg. Schließlich lasse ich mich in mein *Boca-Juniors*-Bett fallen und schlafe innerhalb einer Sekunde ein. Ich träume, dass ich hilflos auf einem Leberkäsfloß in einem riesigen Meer schwimme und Biene mich rettet.

Nachtisch

NACH INSGESAMT FÜNF NUTELLATOASTS und drei Tassen argentinischem Instantkaffee ist mir so schlecht, dass ich am liebsten wieder ins Bett gehen würde. Zumal ich gegen fünf Uhr aufgewacht bin und all meine Gedanken um Bamberg und Biene herumwirbelten. Nach zwei Stunden des Hin- und Herwälzens habe ich dann beschlossen, dass Arne Recht hat und Biene es erfahren muss. Und nun sitze ich alleine mit meinem deutschen Handy in der Küche, bereit dazu, Biene mit der Wahrheit zu konfrontieren.

Ich drücke die grüne Taste.

Es vergehen einige lautlose Sekunden, dann tutet es an meinem Ohr.

»Mausbär!«, höre ich Bienes hocherfreute Stimme, »ich hab die ganze Zeit an dich gedacht. Wie geht's dir, alles klar?«

Es ist nur ein einziger Satz. Der Rest ergibt sich. Es wird hart sein und natürlich ist auch der Urlaub gelaufen für sie, aber besser als das Ungewisse.

»Hallo?«, fragt Biene, »bist du noch dran?«

»Äh ja, das . . . ist 'ne komische Verbindung manchmal!«, stammle ich.

»Hauptsache, ich kann deine Stimme hören. Du, ich vermiss dich ganz arg. Und deine Freunde auch, fast jeden Abend gibt's irgendwelche Geschichten von dir am Tisch und . . . Na ja, fehlst halt hier . . . und mir!«

»Du fehlst mir auch«, sage ich und erzähle irgendwelchen erfundenen Quatsch aus dem Seppelpeter's-Büro. Gegen Ende unseres Gesprächs bin ich nicht nur immer noch mit Biene zusammen, ich muss auch unseren Bambus auf dem Balkon festbinden wegen eines Sturms, der kommen soll.

»Mach ich, Schatz!«

»Bist auch ein Schatz, Mausbär!«

Dann lege ich auf.

Was soll ich groß sagen?

Ich hab's einfach nicht übers Herz gebracht.

Schwerfällig tapse ich ins Bad und stelle mich fast eine viertel Stunde unter die Dusche. Als ich mich auf den Weg in die Sprachschule machen will, sehe ich eine handgeschriebene Nachricht für mich an der Tür kleben. Sie ist von Keks.

Pitschi, wenn du Zeit hast, kannst du mir einen riesigen Gefallen tun und den Leberkäs und die Bratwürste abholen für unseren fränkischen

Abend. Ich schaffe es nicht, weil ich zwischen Institut und Theater
noch Therapie habe.
Adresse ist: Zum Gemütlichkeit, Humberto 1° 899 *in San Telmo.*
Ist alles bezahlt.

Un beso, Keks

»UNSEREN fränkischen Abend?«, sage ich laut. Dann stecke ich
ein wenig missmutig die 50 Pesos ein und kämpfe mich zu Fuß eine
gute halbe Stunde zu *Multilingua*. An der *Avenida 9 de Julio* passiere ich die drei Selbstmörderampeln in neuer Rekordzeit und als
ich um Punkt elf Uhr verschwitzt und mit rotem Kopf die Tür zur
Sprachschule öffne, stehe ich direkt vor der schönen Luna, die
mich, wenn ich sie richtig verstehe, fragt, wie mir der Film gestern
gefallen hat.

»*¡Hola! Qué tarde llegas! Te gustó la pelicula que viste?*«

Ich sage, dass mir der Film ausgezeichnet gefallen hat und dass
ich großen Spaß hatte im Kino. Dann führt mich Luna in mein
fensterloses Klassenzimmer. Dort warten insgesamt schon vier
Schüler: Heidi, die bunt bebluste Schwäbin, ihre ebenso grausam
angezogene Freundin, ein kompakter, aber sympathisch wirkender
Glatzkopf, der aussieht wie Meister Proper, und ein groß gewachse-
ner Schönling mit Sonnenbrille im gelockten Haar.

»Hallo!«, sage ich und setze mich.

»Der Bidschi!«, ruft Heidi und freut sich offenbar aufrichtig,
mich zu sehen.

»Woher kennst du denn meinen Spitznamen?«, frage ich erschrocken.

»D' Franzisca am Empfang hat'n ons verzählt, weil se den so
luschdich gfonna hat. Bitschi heißt uff spanisch nemmlich Nichtsnutz!«

»Im Ernst?«

»Gell, Elfi?«

Elfi nickt. Offenbar muss ich noch eifriger an meiner neuen Identität basteln. »Nichtsnutz, freut mich«, sage ich und gebe Heidis Freundin die Hand. »Wie war denn euer Abend mit den Argentiniern?«, frage ich.

»Du, voll subber! D' Leit senn ja voll nett dohanna, mir henn dr ganze Obend bloß spanisch gschwätzt, i hanns zom Schluss gar nemme gmerkt!«

»Die Argentinier wahrscheinlich auch nicht!«

»Wie moinsch des jetzt?«

Ein sportlicher junger Mann mit feinem, dünnem Haar betritt das Klassenzimmer, schreibt »Nicolas« an die Tafel und bittet uns, uns noch einmal vorzustellen auf Spanisch.

»Me llamo Peter y soy alemán«, sage ich.

»Me llamo Enrico y soy italiano, de Venecia!«, sagt Meister Proper.

»Me llamo Heidi y soy de Schduagard.« Das Stuttgarter Pummelchen bringt es fertig, sogar im Spanischen zu schwäbeln.

»Elfi de Alemania«, sagt ihre Freundin.

»Francesco de Venecia«, lacht Francesco aus Italien.

»Muy bien«, lacht Nico und deutet auf den Namen hinter sich auf der Tafel.

»Mi nombre es Nico, vivo en Buenos Aires pero nací en Cordoba.«

»Ein Nazi aus Cordoba?«, fragt Elfi ihre Nachbarin.

»*Nací* heisch *gebora*«, kichert Heidi.

Ich bemerke, dass ich überhaupt nicht auf den Kurs vorbereitet bin, und muss mir sogar Papier und Kugelschreiber leihen. Der Lehrer ist gut und in der ersten halben Stunde geht es darum, auf Spanisch Dinge mit anderen Dingen zu vergleichen. Als Heidi allen Ernstes behauptet, Stuttgart wäre *la mejor ciudad del mundo*, verdrücke ich mich aufs Klo. Ich schleiche gerade am letzten Klassenzimmer vor den Toilettentüren vorbei, da sehe ich, wie Luna die Verben *ser* und *estar* an die Tafel schreibt und dabei nicht gerade

entspannt aussieht. Wegen *ser* und *estar* tippe ich auf den Anfängerkurs. Als Luna mich vor dem Fenster stehen sieht, winkt sie mir
kurz zu. Ich winke zurück, gehe aufs Klo und beschließe noch beim
Pinkeln, meinen Kurs zu wechseln.

Den Rest des Unterrichts fahre ich meine »Pitschi kommt in den
absoluten Anfängerkurs und damit zu Luna«-Taktik. Meine große
Chance kommt, als Nico mich fragt, welche Musik ich am liebsten
mag.

»*Peter, ¿a vos qué tipo de música te gusta más?*«

Hilflos und vor allem schweigend schaue ich mich im Klassenzimmer um.

». . . el electro, hip hop, salsa, rock . . . ¿qué prefieres?«, ergänzt
Nico immer noch freundlich. Ich zucke mit den Schultern und versuche möglichst debil dabei zu wirken. Immerhin wird die Frage
schon einfacher.

»¿Te gusta la música, Peter?«

Mit offenem Mund starre ich Nico an.

»¿Música?«

»He meansa music, whata you like!« erklärt mir nun auch der
Lockenitaliener mit großer Geste und entsprechendem Akzent.

»Ahhh! Music!«, sage ich.

Nico schaut kurz durch die Scheibe ins Foyer, um sich dann direkt vor mich hinzustellen und mit ruhiger Stimme zu sagen:

»Peter, wenn du zu Luna in den Anfängerkurs willst, dann
kannst du das auch einfach sagen!«

Heidi und Elfi müssen lachen und ich bin so erschrocken,
Nico plötzlich Deutsch sprechen zu hören, dass ich mich sofort
entschuldige.

»Nein, nein, kein Problem, der Kurs hier ist gut, ich bin nur
müde!«

»Wia heißt die?«, fragt Heidi.

»Luna. Como la luna. Der Mond«, erklärt Nico.

»Also i würd net Mond heißa wella!«, dröhnt Heidi und lacht selbst am meisten über ihren Witz. Dafür siehst du aus wie einer, denke ich mir. Die beiden Italiener schauen sich an, als hätten sie gerade erfahren, dass ein Tsunami Venedig platt gemacht hat.

»¡Dale!«, beruhigt uns Nico und zur Belohnung erfahre ich zum Schluss der Stunde, dass die Einheimischen hier *porteños* heißen und nicht *Buenos Airesianer*, sowie ein paar praktische Redewendungen, die man im Taxi, beim Einkaufen und in Internetcafés gebrauchen kann. Ich schreibe mir sämtliche Redewendungen auf orangene Karteikarten.

Um Punkt eins ist der Unterricht zu Ende, die Türen öffnen sich und die Schüler strömen wieder in den Aufenthaltsraum. Noch bevor ich mich in Sicherheit bringen kann, kommt ein weiterer, sicherlich gut gemeinter Freizeitvorschlag von Heidi.

»Mir gangat ins Tortoni zom Middag essa, kommsch a mit?«

»Wirklich gerne, aber ich muss noch ein paar Sachen erledigen!«, lüge ich.

»On am Obend? Mir gangat was essa en San Telmo!«

Hektisch falte ich mein Papier mit den Unterrichtsnotizen und gebe Elfi den geliehenen Kugelschreiber zurück.

»Bin leider schon mit ein paar *porteños* verabredet, was trinken, vielleicht morgen?«

»Gell, du kennsch a scho Leit von dohanna?«, fragt mich Heidi beeindruckt.

»Na klar, gibt doch immerhin zwölf Millionen!«

Ich hasse mich für diese dummdreiste Lüge, aber wer immer auch nur eine einzige Sekunde einen Blick auf Heidis Kuhjeans geworfen hat, der wird mir verzeihen. Am schwarzen Brett entdecke ich dann die Rettung meines Abends:

Na also, denke ich mir, geht doch. Man muss nur ein wenig Geduld haben. Heute Abend ziehe ich dann endlich mit ein paar netten Leuten durch die Szene, und das auch noch schwabenfrei! Ich schreibe mir die Adresse der Bar auf und schleiche mich heimlich aus der Sprachschule.

An einem Kiosk entdecke ich eine deutschsprachige Zeitung, das *Argentinische Tageblatt*. Um ein klein wenig authentischer die *Avenida 9 de Julio* hinabzubummeln, umhülle ich es mit einem Exemplar der argentinischen Zeitung *Clarín*.

In einem großen Selbstbedienungsrestaurant nehme ich mir Pasta und Bratwürste vom Büfett. Der Vorteil dieser Art von Restaurants ist es, dass man den Schein des Nicht-Touristen über einen viel größeren Zeitraum erhalten kann. Nachdem ich die Frage »*¿Algo para beber?*« mit einem genuschelten »*una coca-cola, por favor*« bravourös gemeistert habe, schlage ich das *Argentinische Tageblatt* auf, das ich im *Clarín* versteckt habe. Ich muss nicht lange im *Tageblatt* blättern, um zu sehen, dass es keine Jobs für mich gibt.

Die *Pastelería Süßigkeit* sucht einen Konditor. Bin ich nicht. Das *Instituto Ballester* sucht einen Vertretungslehrer für das Fach Deutsch. Kann ich nicht. Und das *Altersheim Adolfo Kraft* sucht einen Vergnügungswart. Will ich nicht. Enttäuscht stecke ich meinen Textmarker weg, schlage die Zeitung zu und schaue in das halb leere Restaurant. Aus der Tiefe des Raumes nähert sich ein Kellner und steuert genau auf meinen Tisch zu. Ich schaffe es gerade noch, einen schnellen Blick auf meine orangene Restaurant-Vokabelkarten zu werfen.

»¿Un postre, señor?«

Das war irgendwas mit Nachtisch, da bin ich mir ziemlich sicher. Ich lasse die Karte im Ärmel verschwinden und frage, so souverän es geht, was es denn für Nachtische gäbe:

»¿Qué . . . hay de postre?«

Ein Fehler.

»*Helado, frutas frescas, arroz con leche, budín de pan y . . . flan!*«

Es ist wirklich zum Kotzen, wie schnell dieses Kellnerpack seine Nachspeisen herunterrattert!

»¿Flan?«

»¡Flan!«

»Un flan, por favor!«

»Muy bien! *Ya se lo traigo!*«

Dumm, dass ich die einzige Nachspeise, die ich verstanden habe, nicht wirklich gerne mag.

Ich schaue frustriert auf die Titelseite des *Argentinischen Tageblatts*, als mir die Idee kommt. Wenn schon kein Job IN der Zeitung steht, dann gibt es doch bestimmt einen Job BEI ihr! Ich könnte ab sofort einfach Augen und Ohren offen halten. Als Neuankömmling sieht man oft mehr als jemand, der schon Jahre in der Stadt wohnt. Und wenn ich eine Story habe, dann statte ich der Redaktion einen Besuch ab. Und noch während ich aufgeregt meinen *flan* auslöffle, male ich mir aus, wie ich als Journalist in Buenos Aires lebe und mir durch meine knallharte Recherche und außergewöhnliche Geschichten einen Namen mache. Vorher muss ich nur noch Arne bitten, den Bambus festzubinden, eine zehnjährige Beziehung beenden und den Leberkäse für Keks abholen.

Spitz!

DER CHEF DER *Gemütlichkeit* ist ein ziemlich netter Kerl. Als es vor der Gaststätte langsam dunkel wird, habe ich bereits das dritte eisgekühlte Gratis-Warsteiner, so nett ist er. Leider macht es mich fast wahnsinnig, dass auf fast jedem Gegenstand in der Gaststätte »Zum Gemütlichkeit« steht. Auf den Bierdeckeln, auf Schildern, auf der Karte. Die *Gemütlichkeit* selbst ist relativ schlicht eingerichtet. Die einfachen Holztische sind mit roten und grünen Tischdecken bezogen, auf denen sich jeweils ein Aschenbecher aus Holzimitat und ein Körbchen Erdnüsse sowie die Speisekarte befinden. Die Wände schmücken diverse Bierplakate und ein einziges Geweih. Aus den Lautsprechern über mir tönt das nicht mehr ganz taufrische »Nur geträumt« von Nena. Es ist seltsam, aber irgendwie fühle ich mich wie in Bamberg. Dort spielen sie auch immer Musik, die nicht mehr ganz taufrisch ist.

»Ich mache Leuchtschild an«, lächelt Stefano und drückt auf einen Schalter hinter einem Regal. Ich drehe mich um und sehe »Zum Gemütlichkeit« nun auch noch in bunten Lettern in der Scheibe gespiegelt.

»Spitz, oder?«, lächelt Stefano, der mit seinen schulterlangen, blonden Haaren und den feinen Gesichtszügen eher an einen schwedischen Buchhalter als an einen argentinischen Wirt erinnert.

»Spitze!«, sage ich und bekomme einen vierten Krug vor die Nase gestellt.

»Das war's dann aber«, protestiere ich, schließlich will ich nicht schon betrunken zu Lunas Kneipentour kommen. Nach drei Stunden an Stefanos selbst gezimmerter Bar, die einem Blockhaus nicht unähnlich ist, weiß ich schon einiges über ihn. Dass er für die Fachwerkfassade fast zwei Monate gebraucht hat, dass er erst seit einem

Jahr Deutsch lernt und dass der Leberkäse aus einer Metzgerei in *Belgrano* kommt und sich noch zwei Tage hält. »Es war eine ganz schöne Kampf zuerst, die Leberkäse zu bekommen«, stöhnt Stefano und setzt sich auf die andere Seite der Bar. »Die einen hatten Wurst, aber keinen Leberkäse, in Rosario sie hatten gute Kraut, aber keine Wurst. Jetzt kaufe ich alles in Belgrano bei eine große Metzgerhändler!«

Interessant! Vielleicht ja ein Ansatz für meine knallhart recherchierte Story im *Argentinischen Tageblatt*?

»Kann man vielleicht sagen, dass es so eine Art Leberkäsmafia gibt in Buenos Aires?«, frage ich.

Verdutzt schaut mich Stefano an.

»Absolut nein!«

»Eine Wurstmafia auch nicht?«

Stefano schüttelt den Kopf.

Schade!

Ich sollte Keks' Leberkäse packen und gehen. Aber wahrscheinlich liegt es an meinem vierten Bier, dass ich bei einem Lied von der *Spider Murphy Gang* ein Kasseler mit Kartoffelbrei bestelle und zu Stefano sage:

»Ich will hier bleiben, weißt du? In Argentinien!«

Stefano stellt ein frisch gespültes Glas in den Schrank und dreht die Musik leiser.

»Weißt du, was seltsam ist?«

Ich schüttle den Kopf.

»In Argentinien träumen wir immer von Europa und ihr Europäer träumt immer von Argentinien.«

»Kein Wunder«, sage ich, »bei uns ist ja auch alles scheiße!«

»Glaub ich nicht«, sagt Stefano, »wo genau wohnst du denn?«

»Bamberg!«

»Gibt ja nicht«, freut sich Stefano und stößt mit mir an, »meine Großmutter ist auch aus Bayern, aus Erding! Dann sind wir ja beide Bayern!«

»Nein«, protestiere ich. »DU bist Bayer, ICH bin Franke!«

Aus einer Holzschublade hinter der Bar zieht Stefan einen deutschen Reisepass und reicht ihn mir.

»Ein deutscher Pass!«, sage ich erstaunt und blättere die Seite mit dem Namen und dem Foto auf. *Stefano Branda Baya* steht dort, neben einem brandneuen Schwarzweißfoto.

»Warum hast du einen deutschen Pass?«

»Wegen meiner Großmutter. War eine harte Kampf hier in Konsulat, aber jetzt hab ich ihn!«

Ein harter Kampf im Konsulat? Vielleicht ist das ja ein Ansatz für eine Geschichte.

»Sicher sind das chaotische Zustände hier im deutschen Konsulat und nichts klappt, oder?«, frage ich.

»Nee. Klappt alles gut!«

Schade. Ich nehme einen Schluck Bier und gebe Stefano seinen Pass zurück. »Und? Was machst du jetzt damit?«

»Erst mal nichts. Jetzt bin ich halt nicht nur Argentinier, sondern auch Deutscher.«

»Sicher eine wahnsinnige Zerrissenheit, dass man nicht weiß, wohin man gehört oder? So mit zwei halben Heimaten . . .«

»Nein?!?«

Schade.

»Wie ist denn DER Argentinier so?«, frage ich, »also mal angenommen, es gäbe nur einen einzigen Argentinier, der dafür besonders typisch wäre. Wie wäre der dann?«

»Nur ein Argentinier?«

»Ja!«

»Der wäre einsam!«

»Nein! Ich mein das anders«, lache ich, »nur mal angenommen, es gäbe einen einzigen Argentinier, nur theoretisch. Wie wäre der denn dann?«

»Ach so. Verstehe ich jetzt. DER Argentinier ist eigentlich ein Europäer. Ein Europäer am Ende von die Welt. Er wohnt auf jeden

Fall in Buenos Aires. DER Argentinier ist eigentlich gar kein Argentinier, sondern ein Europäer, dem keiner mehr schreibt.«

Nachdenklich zünde ich mir eine Zigarette an.

»Warum schreibt ihm denn keiner mehr?«

»Weil man ihn vergessen hat.«

»Gibt es deswegen so viele Internetcafés hier?«, frage ich.

»Genau«, lacht Stefano, »die Argentinier schauen täglich ein paar Mal, ob sie nicht doch Post haben aus Europa!«

Ich nehme einen Schluck Bier und überlege mir, wer mir hier zum letzten Mal geschrieben hat. Es war Biene.

»Weißt du, welchen Spitznamen die Argentinier haben im Rest von Südamerika? ¡Damedos!«

»Gib mir zwei?«, frage ich.

»Genau. Weil vor der Wirtschaftskrise alle sind geflogen nach Brasilien und in die USA geflogen für *shopping*. Immer mit Kreditkarte und alles doppelt gekauft! Die Wahrheit ist: Argentinier kann keiner leiden.«

»Die Deutschen kann auch keiner leiden.«

»Siehst du«, grinst Stefano. »Eine deutsche Kneipe in Argentinien! Und jetzt frag mich mal, warum ich keine Gäste habe!«

Lachend stoßen wir an. Inzwischen gesellen sich die ersten bierbedingten Wahrnehmungsstörungen zu mir. Positiv zu bewerten ist allerdings, dass gegen zwei Liter Warsteiner nicht mal meine chronische Anspannung eine Chance hat. Als Stefano eine CD mit *Heidi* in den Spieler legt, singe ich so lange mit, bis ich bemerke, dass das peinlich ist. Und dann erzähle ich Stefano alles über Bamberg, ein wenig über Biene und meinen Job als PR-Mann bei einer Brauerei.

»Das ist gut!«, lobt er mich. »Ein Traumjob! In Brauerei, sehr gut!«

»Na ja«, sage ich.

»Und was willst du machen in Buenos Aires?«

»Ich werde mir was suchen. Was mit Bier. Oder mit Journalismus. Du hast nicht zufällig eine Idee, über was ich schreiben könnte?«

»Schreib über mich! Ist gute Werbung!«, lacht Stefano und zapft uns ein weiteres Bier.

»Dann musst du den Artikel auch bezahlen«, lache ich.

»Dann schreib über anderes, ich hab leider kein Geld mehr. Steckt alles hier in die *Gemütlichkeit*! Oder schreib über Taxi-Entführungen.«

»Sie entführen Taxis?«

»Nein«, lacht Stefano, »die Leute drin!«

»Ach so.« Zum ersten Mal sehe ich einen Ring an seiner linken Hand. »Du bist verheiratet?«

»Aber ja!«

Aus seinem Portemonnaie zieht er ein kleines Foto von einer hübschen, aber unscheinbaren Frau.

»Eva!«, sagt er stolz und als ich diese ganz normale Frau so betrachte und Stefans Stolz spüre, da wächst in mir ganz plötzlich das dringende Bedürfnis, Biene anzurufen. Doch natürlich wäre das ein sehr dummer Augenblick, zwölf Stunden, nachdem ich Schluss machen wollte. Stattdessen zeige ich Stefan ein Foto von ihr, das ich noch immer bei mir trage.

»Das ist Biene!«, sage ich.

»Du musst ziemlich stolz sein, sie ist sehr schön!«

»Ja«, sage ich und drehe das Foto in meine Richtung. Stimmt. Sie ist sehr schön. Und es ist auch kein Wunder, dass ich sentimental werde, nach all den Bieren, am zweiten Abend meines neuen Lebens. Ich stecke das Foto weg, blicke raus auf das Leuchtschild mit der Aufschrift »Zum Gemütlichkeit« und atme tief durch. Dann tippe ich Stefano auf die Schulter.

»Der Name von deiner Kneipe . . .«, beginne ich.

». . . ist altmodisch?«, fragt Stefano ein wenig verunsichert.

»Er ist falsch!«

Schockiert starrt mich Stefano an.

»Du erzählst mir im Spaß, oder?«

»Nein. Es heißt *Zur Gemütlichkeit*, nicht *Zum Gemütlichkeit*!«

Seufzend zieht er eine Zigarette aus einer Packung und zündet sie sich an.

»Aber in die Trinklied, das aus Bayern, da heißt es doch auch: ein Proooosit, ein Proooosit zum Gemüüüüüütlichkeiiiit!«

Ich runzle bedauernd die Stirn.

»Nicht mal da heißt es so. Tut mir Leid. Aber schön gesungen!«

Der ohnehin schon unscheinbare Stefano sackt nun noch mehr in sich zusammen.

»Aber das ist doch peinlich! Ich kann doch meine Bierhaus nicht falsch nennen!«

»Und Bierhaus sagt leider auch kein Mensch!«

»Oh weh!«

»Wenn du magst, dann helfe ich dir. Ich meine, ich hab sowieso nichts zu tun. Wir können uns Werbung ausdenken, Handzettel machen, eine Internetseite vielleicht!«

»Aber ich hab nicht keine Geld!«

»Das ist doch erst mal egal«, sage ich. »Ich hab noch ein bisschen. Wir kriegen deine *Gemütlichkeit* schon voll, verlass dich auf mich.«

»Ja?«

»Ja! Das ist mein Job, weißt du?«

»Das wäre spitz!«

»Spitze, verdammt noch mal!«

Manchmal verliert man halt einfach die Nerven. Ich will mir gerade ein finales Bier bestellen, als ich eine große gelbe Sonne auf der Straße sehe. Es sind Heidi und ihre Freundin, die soeben Stefanos Speisekarte studieren und jeden Augenblick in den Laden kommen können.

»Ach du Scheiße!«, sage ich laut. »Die darf mich hier auf keinen Fall sehen!«

»Wieso? Ist kein Kino mit Porno!«

»Trotzdem!«

»Kennst du?«

»Aus der Sprachschule, 'ne Schwäbin, die ist Horror!«

»Also Argentinier freuen sich, wenn sie im Ausland einen anderen sehen!«, wundert sich Stefano.

»Argentinierinnen tragen ja auch keine Plastikblusen mit Sonnenblumen auf dem Bauch! Habt ihr einen Hinterausgang?«

Mühsam quäle ich mich von meinem harten Holzhocker und taste mich an der Bar entlang nach hinten.

»Ja, aber was ist mit dem Kasseler, was du hast bestellt und die Wurst und Leberkäs für Keks?«

»Gib's mir doch mit!«

In der Küche bekomme ich die Tüte mit den fränkischen Spezialitäten und eine zweite mit meinem Kasseler und Kraut.

»Soll ich morgen so gegen 16 Uhr vorbeikommen?«, frage ich ihn.

»Das ist schlecht, da hab ich noch Therapie! Besser gegen sechs!«

»Wie? Du auch?«

»Du nicht?«

»Äh . . . nein!«

»In Buenos Aires jeder macht Therapie! Hast du keine Probleme?«

»Doch! Aber ich hab noch jemanden, der mir schreibt!«

Aus dem Gastraum höre ich bereits Heidis Stimme. Vorsichtshalber weiche ich einen weiteren Meter zurück von der Tür. Aus meinem Portemonnaie ziehe ich eine meiner frisch gedruckten Visitenkarten und reiche sie Stefano.

»Hier, für dich! Hab ich mir heute drucken lassen!«

»Danke. Spitz! Aber . . . warum BUENAS Aires?«

»Wie? Zeig!«

Erschrocken schaue ich auf die Karte.

»Stimmt. Buenas Aires. Scheiße!«

»Ich würde sagen . . . eins zu eins«, lacht Stefano und drückt mir ganz selbstverständlich einen Kuss auf die Wange. Hätte ich nicht soeben einen Hochzeitsring gesehen, ich würde glauben, er sei schwul. Und während ich mich mit meiner Leberkästüte und dem Kasseler über einen dunklen Hinterhof auf die Straße vortaste, frage ich mich, ob ich nicht doch eine Therapie machen sollte. Stattdessen kaufe ich mir an einem Kiosk fünf verschiedene Biere und wecke Arne drei Stunden vor dem Frühstück.

»Arne, du musst unbedingt unseren Bambus festbinden! Habt ihr den Schlüssel noch?«

»Sag mal, kann das sein, dass du langsam verrückt wirst?«

Piantao

EINE BEDRÜCKENDE SCHWERE liegt in der Luft, als ich kurz darauf in die nur spärlich beleuchtete Neonküche trete, um mein Kasseler zu essen und mich für die Kneipentour mit Luna umzuziehen. Aus dem Wohnzimmer dringt argentinische Musik, die sich so melancholisch anhört, als hätte sich in einem französischen Schwarzweißfilm ein liebeskranker Akkordeonspieler ein Messer ins Herz gejagt. Selbst Keks sitzt zusammengesunken am Küchentisch, während sie auf ihren Kopien Dialogstellen mit Textmarker anstreicht. Als sie mich sieht, springt sie auf und nimmt die Tüte mit den Besorgungen an sich.

»Bidschi! Wie war's in der *Gemütlichkeit*?«

»Äh, gut. Jemand gestorben?«, frage ich vorsichtig.

»Bedros Mutter«, antwortet Keks flüsternd.

»Noch mal?«

»Vor genau drei Jahren! Hab ich dir doch erzählt!«

»Oh«, sage ich, »der arme Bub!«

»Der arme Bub ist 39!«

»Trotzdem!«

Auch wenn ich Pedro gar nicht wirklich kenne, fühle ich mich betroffen. Behutsam ziehe ich mir einen Stuhl heran, setze mich und packe mein lauwarmes Kasseler aus.

»Hasde dir was mitgebracht?«

»Kasseler!«, sage ich und hab fast ein schlechtes Gewissen dabei. »Unglaublich, dass ich so was esse hier, oder?«

»Warum? Wenn man seit Jahren in einem fremden Land wohnt, dann kriegt man schon mal Appetit auf was Deutsches!«, lacht Keks.

»Haha!«, sage ich trocken und nehme einen Bissen. Es ist halb kalt, aber lecker.

Keks begutachtet den Inhalt der von Stefano gepackten Tüte und verstaut alles im Kühlschrank. Da ich nach meinem Kasseler noch eine gute Stunde Zeit habe bis zum Luna-Treff, beschließe ich, mal nach Pedro zu schauen.

»Pedro ist im Wohnzimmer?«, frage ich Keks, die noch immer an ihren Texten herumstreicht.

»Ja!«

»Und was ist das für Musik, die er hört?«

»Die Lieblingsplatte seiner Mutter. *Piazolla*, glaube ich.«

Wer auch immer dieser *Piazolla* ist oder war: Er hat das beeindruckende Kunststück vollbracht, dass sich jeder bei seiner Musik sofort so fühlt, als sei die eigene Mutter gleich mitgestorben. Vorsichtig erhebe ich mich aus meinem Küchenstuhl. Das Orchester der freudlosen Akkordeonspieler dringt inzwischen so laut aus dem Wohnzimmer, ich hätte den Stuhl ebenso unbemerkt gegen die Wand donnern können.

»Ich schau mal nach ihm!«

»Okay«, flüstert Keks, »und danke für die Besorgungen! Ich bin übrigens später mit einer Freundin was trinken in Las Cañitas, wenn du mit willst?«

»Danke«, sage ich, »später ist so eine Kneipentour mit der Schule, da hab ich mich eingetragen!«

»Nicht schlimm. Wie sehen uns ja morgen zum fränkischen Abend!«

Für den ich auf alle Fälle noch eine wunderprächtige Ausrede brauche. Ich nehme meine Biereinkäufe aus der Tüte und schleiche mich unter den anklagenden Klängen eines verzweifelten Akkordeonspielers ins abgedunkelte Wohnzimmer.

Pedro liegt mit ausdrucksloser Miene auf der grünen Couch, in der Hand eine Dose Bier, und starrt an die Decke. Das einzige Licht des Raumes entstammt einer Tischlampe auf der Kommode und einigen Kerzen auf dem Wohnzimmertisch neben dem Bild von Pedros Mutter. Behutsam stelle ich meine Bierdosen auf den Couchtisch und setze mich auf den Sessel neben Pedro. Das Lied steigert sich in Lautstärke und Dramatik, als wolle das Orchester meinem Erscheinen einen besonderen Ausdruck verleihen. Dann ist Stille für einen Augenblick.

»Hello«, sage ich, nachdem sich der letzte Akkordeonspieler vor lauter Schwermut in den Orchestergraben gestürzt hat. Pedro zuckt trotzdem zusammen, als meine Stimme die schwere Stille durchschneidet. Als er sich zu mir umdreht, hellt sich seine Miene ein wenig auf.

»Ahh . . . Peter, the cleaning man«, begrüßt er mich schwach. »Too loud the music?«

»No, it's okay«, sage ich und schiebe ihm die Bierdosen zu. »Want to make a beer test with me?«

Vorsichtig setzt Pedro sich auf, dreht die Musik leiser und schaut mich mit seinen ebenso traurigen wie runden Augen an.

»Yes! Beer test, why not«, sagt er und öffnet sich eine Dose Isenbeck. Als wir anstoßen, bemüht er sich um ein Lächeln, um direkt nach dem ersten Schluck wieder in seiner grünen Couch zusammenzusacken.

»Three years ago«, setzt er an und nippt ein weiteres Mal an der Dose, »three years ago, I came home from the pub and found my mother dead!«

»Oh!«, sage ich und schlucke. »Where?«

»In the *sofá* you sit!«

Zögerlich lasse ich meine Augen über den Sessel wandern, in dem Pedro vor drei Jahren seine Mutter fand und in dem ich nun sitze. Ich frage ihn, ob ich mich woanders hinsetzen soll.

»No, no . . . it's okay!«

Für einige Minuten sitzen wir nur so da und lauschen dem schwermütigen *Piazolla*. Ich hätte so etwas Altmodisches früher freiwillig nie gehört und dennoch gefällt es mir in diesem Augenblick auf seine Art. Ein neues Stück eröffnet mit einer ebenso erotischen wie ausdrucksstarken Frauenstimme. Sie erzählt eine Geschichte, von der ich leider nur erahnen kann, wovon sie handelt. Pedro, mit seinen feuchten Augen und seinem Kugelbauch, versteht jedes einzelne Wort und kennt das Lied womöglich auswendig. Ich beneide ihn dafür. Ein Piano gesellt sich zur Geschichte der Frau und schließlich das gesamte Orchester. Obwohl ich nichts verstehe, berührt mich das Lied.

Ya sé que estoy piantao, piantao, piantao beginnt der Refrain.

Ich frage Pedro, was das bedeutet.

»It means: you know that I'm crazy!«

Du weißt, dass ich verrückt bin. Dann weiß ich ja, warum mich das Lied berührt. Mein Blick fällt auf meine Armbanduhr: Es ist halb zehn. Ich erschrecke, weil ich vor lauter Piazolla die Kneipentour vergessen habe. Halb zehn, das heißt, dass ich in spätestens einer halben Stunde aus dem Haus muss. Gerade als ich aufstehen will, springt Taxi auf meinen Schoß.

»Taxi also does not feel good today!«, seufzt Pedro, öffnet das zweite Bier und beginnt, mir von seiner Jugend in *Caballito* zu erzählen und wie schlecht seine Mutter behandelt wurde von seiner Großmutter, der alten Hexe. Als Pedro gegen zehn Uhr zwei komplette Fotoalben aus seinem Zimmer anschleppt, mache ich mir ernsthafte Sorgen um meine Kneipentour. Es sind Bilder einer Patagonienreise mit seiner Mutter, der letzten Reise mit ihr. Ich sehe

Fotos der beiden vor dem Hotel, neben dem Hotel und im Hotel. Ich sehe die beiden Arm in Arm vor riesigen Felsen, die *Torres del Paine* heißen, sie stehen lachend vor dem *Lago del Toro* und als Pedros Mutter ängstlich eine Art Minikamel streichelt, das man *Guanaco* nennt, ist es kurz nach elf. Pedros Laune bessert sich mit jedem Foto und jedem seltenen Tier.

Während mir ein trauernder Tierfriseur ein Foto nach dem anderen von irgendwelchen Steinlandschaften zeigt, zieht die halbe Sprachschule mit Luna durch die Kneipen und Clubs der Hauptstadt.

»Peter, look! This is a very rare stone!«
»Is it?«

Um kurz nach elf schleiche ich mich kurz in mein Zimmer, setze mich auf den Rand meines Bettes und atme dreimal tief durch. Biene sagt immer, dass man das machen soll, wenn man nicht mehr weiter weiß. Ich ziehe mein argentinisches Handy aus der Hose, um nachzusehen, ob einer der Vorbenutzer Lunas Nummer eingespeichert hat, damit ich mich melden und nachkommen kann. Als ich mich durch all die unbekannten Namen und Telefonnummern klicke, bin ich regelrecht fasziniert von dem Gedanken, wem diese ganzen Nummern wohl gehören mögen. Eingetippt wurden sie vermutlich rotweintrunken von meinen Vormietern und ehemaligen Sprachstudenten in irgendwelchen Kneipen. Das Telefonverzeichnis ist der digitalisierte Beweis dafür, dass man in Buenos Aires sehr wohl Leute kennen lernen und sich mit ihnen verabreden kann. Ein Ziffernschatz von unermesslichem Wert, den ich da in meinen Händen halte. Was wäre, wenn ich einfach mal bei einer Nummer anriefe? Doch was soll ich schon groß sagen, mit meinem Spanisch? Vielleicht drücke ich deswegen auf *mensajes* und frage den allerersten Frauennamen im Speicher, wie es mit einem Gläschen Wein wäre:

¡Hola Abuela! Me llamo Peter y estoy nuevo en Buenos Aires. Qué te gusta un vino y hablar un poco? Escribeme!

Ich lege das Handy zurück in den Nachtschrank und ziehe mit dem Finger ein wenig Nutella aus einem Glas. Ich nehme einen zweiten Finger und schließlich esse ich das ganze Glas auf. Es ist meine Art zu sagen: Ich weiß nicht weiter. Denn wenn ich Pedro alleine lasse, wird er wieder seine Selbstmördermusik einschalten und bei einem besonders dramatischen Akkordeonsolo vom Balkon springen, so wie Taxi vor ein paar Jahren. Und wenn ich bleibe, verpasse ich meinen ersten richtigen Ausgehabend in Buenos Aires.

Schweren Herzens und mit noch schwererem Magen kehre ich schließlich zurück ins Wohnzimmer, in dem mittlerweile der Fernseher läuft. Auf dem Bildschirm ist ein junger Mann zu sehen, der angezogen ist wie ein englischer Billardspieler und vor Publikum auf einer schwarzen Bühne einen kleinen, weißen Hund frisiert. Pedro deutet aufgeregt auf den Bildschirm.

»I want to show you about my job!«

Ich frage Pedro, wer der Typ mit dem Hund ist.

»José Villareal! World Champion in Animal Hairdressing, he is the best! You know him? He's from Mexiko!«

»Interesting!«

Was der gut angezogene Mexikaner mit dem bedauernswerten Pudel auf der Bühne veranstaltet, erinnert mich eher an Heckeschneiden, als an Tiere frisieren. Wie bei einer TV-Verkaufsshow zeigt der schwitzende »Künstler« zum Schluss das bearbeitete Tier stolz von allen Seiten und bekommt auch noch Applaus dafür.

»Fantastic!«, klatscht Pedro, »como una princesita!«

Für mich sieht der hochgradig verwirrte Pudel eher aus, als sei er in eine kanadische Schneefräse geraten und danach noch in einen Eimer Haarlack gestolpert.

»Villareal! He's the best!«, nickt Pedro begeistert, während ich noch immer fassungslos auf den Bildschirm starre. Pedro spult vor und ich werde Zeuge weiterer stilistischer Verbrechen an wehrlosen Tieren. Währenddessen erzählt mir Pedro, dass die Tierfrisier-Weltmeisterschaften im kommenden Jahr nach Buenos Aires kommen und dass es sein Traum ist, so gut zu sein wie Villareal. Ich sage nichts dazu, weil ich der festen Überzeugung bin, dass auch ich jeden handelsüblichen Pudel in ein paar Minuten so zurichten kann.

Das habe ich nun davon, dass ich so ein Weichei bin: sitze in einem Apartment und schaue mit einem deprimierten Tierfriseur verwirrte Pudel auf DVD an, statt mit der edlen Luna in einer coolen Lounge an einem Martini zu nippen.

»So what you do for job in Germany?«, reißt mich Pedro aus meinen Gedanken. Erleichtert stelle ich fest, dass inzwischen sämtliche Trauer aus seinem Gesicht gewichen ist.

»It's got to do with beer!«, sage ich und erkläre ihm, dass ich für eine Brauerei gearbeitet habe und dies auch sehr gerne hier tun würde, aber dass es ohne Spanisch ja vermutlich schwer werden würde. Und dann weiß ich plötzlich, dass es die beste Entscheidung meines Lebens war, den Abend mit Pedro im Wohnzimmer zu verbringen.

»My uncle is manager at *Isenbeck*! You want me to ask for a job?«
»That . . .«, stottere ich, »that would be fantastic!«

bienchensumm@yahoo.de

»DAS KANNST DU NICHT MACHEN!«, sage ich zu Arne, der mit seinem Jagdgewehr neben mir im Bamberger Stadtpark liegt und mindestens genauso besoffen ist wie ich. Es ist kurz vor Mitternacht und ein jeder von uns hatte mindestens sieben Bier im Seppelpeter's.

»Wieso kann ich das nicht machen?«, fragt mich Arne seelenruhig, ohne sein Ziel aus den Augen zu lassen.

»Weil das nicht geht!«, insistiere ich. »Du kannst keine Ente im Stadtpark abknallen, nur weil der McDonald's schon zu hat!«

Ein wenig genervt senkt Arne sein Gewehr.

»Willst DU schießen?«

»Natürlich nicht!«

»Na also! Abgesehen davon hat der Checko den Grill schon angeworfen.«

»Aber . . .«, protestiere ich, »muss man die arme Ente denn gleich erschießen? Ich meine, kann man die nicht fangen?«

Ein wenig ratlos schaut Arne mich an.

»Und dann?«

Ich zucke mit den Schultern.

»Erwürgen vielleicht?«

»Die abgepackten Steaks aus dem Supermarkt, die du so gerne in dich reinschaufelst . . . meinst du, DIE wurden erwürgt?«

»Vermutlich nicht«, sage ich kleinlaut. Dann drückt Arne ab. Ein paar Federn fliegen und die anderen Enten fliegen schnatternd davon. Ich höre Motorgeräusche von irgendwoher, vielleicht die Bamberger Wasserschutzpolizei und ich will Arne noch sagen, dass wir abhauen sollen, doch Arne ist weg, da ist nur noch das Brummen eines Motors, das immer lauter wird und sich immer weniger nach Bamberger Wasserschutzpolizei anhört, und dann wache ich schweißgebadet auf und knipse das Licht an.

Ich liege in meinem pinken Zimmer in Buenos Aires. Die Geräusche der Wasserschutzpolizei kommen von der Waschmaschine im Nebenraum. Erleichtert lasse ich mich wieder in mein *Boca-Juniors*-Kissen fallen.

Der Entenabend mit Arne ist gut zwei Jahre her. Arne hatte uns leckere Burger aus der Ente gemacht und wir saßen auf Jasons Balkon, bis es hell wurde. Drei Tage später stand in einer kurzen Notiz im *Fränkischen Tag*, russische Wilderer seien in der Stadt. Erwischt hat man sie nie. Es war ein toller Abend.

Da es im Zimmer weder ein Fenster noch eine Uhr gibt, schalte ich mein Handy ein, um zu sehen, wie spät es ist. Es ist kurz vor neun und höchste Zeit zum Aufstehen. Erst als ich unter der Dusche stehe, fällt mir Pedros großzügiger Vorschlag von gestern Abend wieder ein. Mit shampooniertem Kopf stehe ich reglos unter dem prasselnden Duschstrahl und stelle mir vor, wie ich bei *Isenbeck* als PR-Manager arbeite. Ich könnte mir ein Häuschen bauen und irgendwann sogar Arne, Checko und Jason einladen zum Grillen. Und Biene, wenn sie mir verziehen hat. Mit eiskaltem Wasser spüle ich meine Träume in den Abfluss, ziehe mich an und gehe in die Küche. »Ich muss realistisch bleiben«, sage ich laut zu mir selbst. Denn noch habe ich nur einen unbezahlten Aushilfs-Mini-Gelegenheitsjob in der *Gemütlichkeit*, keine Idee fürs *Argentinische Tageblatt* und einen Riesenhunger.

Ich mache mir einen Instantkaffee und klaue Pedro zwei Scheiben *Fargo*-Toast, die ich mit Nutella beschmiere. Dann packe ich meine Sachen und mache mich durch den Smog der Rushhour auf den Weg in die Sprachschule.

»Eh, Peter . . . lasta night you miss a lot!«, begrüßt mich der italienische Meister Proper. Und sein gelockter Kumpel Francesco ergänzt, wie sie gestern Nacht mit Luna ganz Palermo durchkämmt haben und zum Schluss noch in einem tollen Club waren, der *Podesta* heißt. Ich will mich gerade ärgern, da piept mein argentinisches Handy. Neugierig ziehe ich es aus meinem Seppelpeter's-Rucksack und klicke auf Posteingang. Es ist eine Kurzmitteilung von *Abuela*, die sehr gerne am Abend einen *vinito* mit mir trinken würde. Unglaublich, denke ich mir, das hat doch tatsächlich geklappt! Ich antworte, dass ich gerne komme, und setze mich in den fensterlosen Unterrichtsraum. Ich ergattere einige neue Redewendungen für meine Vokabelkarten, darunter für mich so wichtige Sätze wie *¿Tenés un talle más?* – Haben Sie das eine Nummer größer?

Als ich mir in der Pause einen Kaffee in der Küche holen will, treffe ich auf Luna.

»¡Hola!«, sage ich in fließendem Spanisch und werde mit einem Lächeln belohnt.

»¡Hola! ¿Como andás?«

»Bien, bien . . .«

Luna sieht fantastisch aus in einem knallengen, gelb-grünen Top, über das ihre langen, schwarzen Haare fallen, und ihrer winzigen Jeans. Nach einer einigermaßen sinnvollen Frage suchend, fällt mir nichts Besseres ein als:

»¿Tenés un talle más?«

Ein echter Volltreffer. Zum ersten Mal fällt Luna aus ihrer Lehrerinnen-Rolle und streicht mir sogar kurz über den Rücken.

»Ganz schön frech, mein Lieber. ¿Porqué no viniste ayer? Fue una noche estupenda!«

Ich frage, ob wir nicht zumindest in der Küche deutsch sprechen können, weil mir noch so viele Wörter fehlen. Die Antwort ist ein Lächeln und ein »No! Deutsch nur privat!«

Frustriert schalte ich den Wasserkocher ein und antworte in akuter Ermangelung der notwendigen spanischen Verben, dass ich mich um einen *amigo muy triste* kümmern musste. Dann kocht mein Wasser und Luna verlässt mit wehendem Haar die Küche, vermutlich geht sie zurück in ihren L'Oréal-Werbespot.

Im zweiten Teil meines Kurses streite ich mich mit Heidi, die behauptet, dass es in Deutschland eine so schlimme Wirtschaftskrise wie in Argentinien niemals geben könne, weil die Deutschen so tüchtig sind. Ich schäme mich und sage, dass wir so eine Krise schon seit zehn Jahren haben in Deutschland und dass das nur keiner merkt. Lehrer Nico versucht inzwischen, ein Lachen zu unterdrücken, offenbar ist irgendetwas komisch daran, wenn sich zwei Deutsche mit einem spanischen Wortschatz von neun Wörtern über gesamtwirtschaftliche Zusammenhänge streiten. Irgendwann ist die Stunde dann zu Ende und wir packen zusammen.

Ich gehe nach draußen und trage mich an Lunas schwarzem Brett für einen Bootsausflug ins Tigre-Delta ein. Als Lunas Tür

167

über eine viertel Stunde verschlossen bleibt, verlasse ich die Schule und gehe wieder in mein Büfettrestaurant. Ich schaufle mir mehrere Lagen Fleischscheiben und Pommes auf einen Teller und setze mich ans Fenster, um die Leute zu beobachten. Vielleicht komme ich ja auf eine schöne Geschichte für das *Argentinische Tageblatt*? Leider ist das, was an meinem Fenster vorbeiläuft, erschreckend unspektakulär. Als ich meine Aufmerksamkeit wieder auf das Innere des Restaurants richte, sehe ich den schnell sprechenden Nachtischkellner lächelnd auf mich zukommen. Er hat mich bereits erkannt. Es ist zu spät zum Aufstehen.

»¿Un postre, señor?«
  Ich starre ihn an.
  »¿Qué . . . hay de postre?«
  »*Helado, arroz con leche, frutas frescas, budín de pan* y flan!«
  »Un flan, por favor!«
  »Muy bien!«

Während ich auf meinen flan warte, schlage ich meinen Notizblock auf und ersetze »Strand suchen« durch »Nico nach argentinischen Nachtischen fragen«.

Der neue Pitschi!

TO DO
1. Spanisch lernen
2. Andere Wohnung suchen
3. Freunde finden zum Ausgehen
4. Nico nach argentinischen Nachtischen fragen
5. Job suchen

Nach meinem flan gehe ich in ein Internetcafé. Dank eines stotterfreien und halbwegs souveränen »¿Se puede usar internet?« be-

168

komme ich einen kleinen Zettel mit der Zahl 17 gereicht. Der Typ, ein dünner Student mit schwarzem Wuschelhaar, schaut nicht mal hoch dabei. Klasse Übung!

Ich logge mich bei gmx ein und erstarre augenblicklich. Neben dem Pixum Sommerschnäppchen und dem Tchibo-Newsletter sehe ich Bienes Pseudonym. Wie versteinert sitze ich vor dem 45 KB großen Geheimnis, unfähig, es durch einen kleinen Klick zu lüften. Schließlich tue ich es doch.

Von: bienchensumm@yahoo.de
Betreff: **Alles gut?**
Datum: 25. Juli 10:20:48 MESZ
An: pitschi67@gmx.de

Mein lieber Mausbär,

Bin gerade mit Miri hier am Internetcafé vorbeigekommen und hab gedacht, ich schreib dir mal. Was macht der Sturm in Bamberg und unser Balkonbambus? Ich denk viel an dich und es tut mir alles so leid mit dem Überfall am Flughafen und dass die dir so eine dumme Kuh ins Büro gesetzt haben. Manchmal kommt halt alles zusammen, aber bestimmt wird alles gut.

War schön, deine Stimme zu hören am Telefon gestern und ohne dich ist der Urlaub eh nur so lala, immer die gleichen Schlager und die gleichen Leute aus dem letzten Jahr (Uwe und seine Clique und die Düsseldorfer). Nächstes Jahr sollten wir vielleicht tatsächlich irgendwo anders hinfahren, mal ein bisschen weiter weg. Sonst ist das Wetter hier nicht so toll, im Hotel sagen sie, das gab es noch nie so viel Regen und nur 24 Grad im Juli, bin auch noch gar nicht braun. Dann hat sich Jasons Fuß entzündet wegen dem See-Igel, er läuft jetzt mit Krücken am Strand herum und wir machen alle Witze. Vielleicht schreibst du ihm ja auch mal . . .? Hab 15 Minuten bezahlt im Internetcafé, die sind gleich um, freue mich riesig, dich bald wiederzusehen und nicht nur sehen ...

1000 Küsse und viel mehr
Deine Biene (summ summ ☺)

PS: Checkos Mutter hat im Obi Heizpilze für die Terrasse gekauft, die sind da noch im Angebot für nur 129 Euro. Besorgst du uns auch einen? Dann könnten wir im Herbst länger draußen sitzen!

Gute fünf Minuten starre ich regungslos auf die weißen Deckenplatten des Internetcafés. So weit bin ich geflogen und dennoch ist Biene mir ganz nah. Die ganze Mail hindurch habe ich ihre Stimme im Kopf gehabt und ihr Gesicht. Hab sie vor mir gesehen, wie sie sich beim Nachdenken auf die Unterlippe beißt, ihre langen Haare wieder hinters rechte Ohr streicht und dann weitertippt mit ihrem Dreieinhalbfingersystem. Bienes fast schon grenzenloses Vertrauen lastet schwer auf mir.

Erst als sich eine füllige Touristin an meinem Stuhl vorbeiquetscht, um sich an den Computer neben mir zu setzen, baut sich die Realität um mich wieder auf. Ich klicke *gmx* weg und tippe www.fraenkischer-tag.de in die Adresszeile. Noch drei Wochen seien es bis zur *Sandkerwa* heißt es auf der Startseite. Es folgt ein Bericht über eine Aktion gegen betrunkene Wildpinkler, die »Piss nix in the city« heißt. Ich muss schmunzeln, weil mir einfällt, dass ausgerechnet Checko vor zwei Jahren gegen einen Polizeiwagen gepinkelt hat und prompt fünfzig Euro loswurde. Das war das Jahr, in dem ich das Bratwurst-Wettessen gewonnen habe, von dem Jason die tollen Bilder gemacht hat, die sogar im Internet zu sehen waren. Ich tippe www.sandkerwa.de in die Adresszeile des Browsers und klicke das Bilderarchiv an. Und tatsächlich: Da bin ich zu sehen, wie ich gerade Bratwurst Nummer neun in mich hineinstopfe und

Arne und Checko mich anfeuern. Direkt daneben steht Biene, die Tränen in den Augen hat vor Lachen. Ich muss schlucken.

»Na, hasch Heimweh?«

Ich reiße meinen Kopf nach links. Die füllige Touristin, die die ganze Zeit neben mir saß, ist Heidi aus meinem Kurs. Auf ihrem Bildschirm sehe ich die Startseite der *Stuttgarter Nachrichten*.

»Gar nicht! Hab nur was nachgeguckt«, sage ich. »Eigentlich suche ich nach einer Wohnung!«

»Ach so!«

Schnell klicke ich auf Google, gebe »Accomodation« und »Buenos Aires« ins Suchfenster ein und durchstöbere mehrere Seiten nach einer passenderen Bleibe. Ich finde zwei in San Telmo, die ganz nett aussehen und unter 750 Dollar im Monat kosten, und schreibe eine Mail. Als sich Heidi mit einer schwäbischen Verabschiedung an mir vorbeiquetscht, klicke ich zurück zu Bienes Mail.

Ich schreibe Biene, dass sie sich keine Sorgen machen soll. Es ginge mir gut und ich bekäme die aufsässige Kollegin langsam in den Griff. Außerdem würde ich gleich jetzt losfahren, um den Heizpilz zu kaufen, damit wir im Herbst länger draußen sitzen könnten.

Ich klicke auf »Senden«, schließe die Augen und versuche alles zu vergessen, was ich eben gelesen und geschrieben habe. Denn eigentlich hatte ich nicht vor, im Herbst mit Biene länger draußen zu sitzen.

Abuela

ES GIBT FALSCHE CAFÉS und richtige Cafés. In falschen Cafés z. B. ist der Gratis-Keks immer eingeschweißt, man wird von schnoddrigen Studentinnen bedient und im Hintergrund läuft irgendeine Radiostation. Nicht so in richtigen Cafés. Dort bekommt man seinen Kaffee so serviert wie in den Zeiten, in denen es noch etwas Besonderes war, Kaffee zu trinken: auf einem ovalen Silbertablettchen mit einem Kännchen Milch, einer Schale Kandiszucker und einem kleinen Glas Wasser. In richtigen Cafés arbeiten zudem richtige Kellner, mit einem weißen Tuch über dem linken Arm, und niemals würde man in einem richtigen Café auf die Idee kommen, die Gäste mit einer banalen Radiostation zu beschallen.

Das *Tortoni* in der *Avenida de Mayo* ist ein richtiges Café. Ich sitze an einem runden Marmortisch neben einer roten Steinsäule und lasse zu wehmütiger Tangomusik die Atmosphäre dieses ehrwürdigen Raumes auf mich wirken. Offenbar hatte man bereits im 19. Jahrhundert keine wirkliche Vorliebe für Tageslicht, das Verhältnis Menschen zu Fenstern liegt bei geschätzten 100 zu 1. Ich entdecke viele Touristen, ein französisches Ehepaar schaut schon seit einer Weile abwechselnd in seinen Stadtführer und ins Café, als wolle es sich vergewissern, dass es wirklich in Buenos Aires sitzt und nicht in Paris. Auch ich habe meinen Stadtführer dabei, aber natürlich denke ich nicht im Traum daran, ihn herauszunehmen, denn dann wäre ich ja mit einem Schlag und für alle erkenntlich Tourist. Da ich die von Abuela angekündigte rote Bluse nirgendwo entdecken kann, bestelle ich mir eine heiße Schokolade und blättere in der Speisekarte. Ich bin ein wenig aufgeregt, wen ich mir da aus meinem argentinischen Handyspeicher ins Café gesimst habe. Abuela, der Name gefällt mir und mit ein wenig Glück gehört er einer hübschen jungen Frau, die mich ein wenig herumführt in der neuen Stadt.

Das Einzige, was mir ein wenig Sorgen macht, ist die übrige Klientel des Cafés. Die Gäste sind entweder argentinische Senioren oder schlecht gekleidete Touristen. Bei einer älteren Dame am Nachbartisch bin ich mir nicht so sicher, ob sie Touristin ist oder eine *porteña*: Ihr gegerbtes, von einem goldfarbenen Hut umrandetes Gesicht und die große Brille gehen eindeutig in Richtung Argentinierin. Die mit roten Melonenscheiben bedruckte Bluse könnte dann allerdings wieder ein Hinweis auf eine Verwandtschaft mit Schwaben-Heidi sein. Als die Goldhut-Seniorin bemerkt, dass ich sie anschaue, lächelt sie und ich lächle kurz zurück. Ich denke mir nichts Großes dabei. Doch nur einen Augenblick später erhebt sie sich, nimmt ihre Jacke in die linke und ihr Kaffeetablettchen in die rechte Hand und nähert sich augenzwinkernd meinem Tisch.

Oh Gott! Nicht, dass ich aus Versehen in eine argentinische 70plus-Single-Party geraten bin und soeben ein unmissverständliches Signal in den Raum gesendet habe! Und dann bemerke ich, dass man bei all den roten Melonenaufdrucken durchaus von einer roten Bluse sprechen könnte, dem Erkennungszeichen von Abuela!

Panik steigt in mir auf. Dennoch gelingt es mir irgendwie zu lächeln.

»¿Tu eres Peter?«, fragte mich der Melonen-Goldhut.

»Sí«, kiekse ich. »Peter Greulich!«

»Pues gracias por su mensaje! Me llamo Susanna, soy la abuela de Pedro. Puedo sentarme?«

»Abuela?«

»Si, abuela. En inglés seria . . . *Grandmother*!?!«

Abuela. Grandmother. Oma.

Abuela ist kein Mädchenname.

Abuela ist spanisch und heißt Oma.

Und während sich die dreißig Melonenscheiben mit Hut neben mich setzen, fällt nicht nur ein Groschen, sondern so viele, als würde man gleichzeitig zehn einarmige Banditen in Las Vegas leer räumen.

Ich habe mich mit Pedros Oma verabredet!

»¿No tenías la menor idea con quien te ibas a encontrar?«, lacht der Melonen-Goldhut und ich brauche ein paar Sekunden, um den Satz zu entschlüsseln. Ob ich gewusst hätte, mit wem ich mich verabredet habe. Höchst irritiert schüttele ich den Kopf und schaue dabei ungefähr so paralysiert wie eine Katze, auf die ein wohnblockgroßes Wollknäuel zurollt.

Der Abend wird zur längsten Spanischstunde meines Lebens. Pedros Oma erzählt und erzählt und erzählt. Am Anfang frage ich noch nach, wenn ich etwas nicht verstehe, dann lasse ich Goldhütchen einfach weiterplaudern über das *Café Tortoni* und wer hier nicht schon alles war, über Buenos Aires und ihre Tochter, zu der sie den Kontakt abgebrochen hatte. Pedros Vater war nämlich ein Gewerkschafter, ein echter Sauhund und gar kein guter Mensch. Erst jetzt, mit 73, wisse sie, dass es ein Fehler war, Pedros Mutter dafür zu verteufeln.

Um alleine diesen Teil ihrer Geschichte mit meinem Vamos a la playa-Spanisch zu begreifen, brauche ich eine gute Stunde. Ich glaube auch, dass ich nur deswegen fast alles verstehe, weil Susanna einige Teile mehrfach wiederholt und sich dabei regelrecht in Rage redet. Die mitleidigen Blicke der Nachbartische könnte ich als Bestätigung deuten. Und während Pedros Abuela plaudert und erzählt, trinke ich *té* in den unglaublichsten Geschmacksrichtungen, esse *tablas de queso, churros* und schließlich sogar ein *bife de chorizo*. Noch während der *tarta de limón* schalte ich gesprächstechnisch auf Durchzug. Erst als der Goldhut sich mir gefährlich nähert und Abuela mir zuflüstert, dass Pedro sie hasst und dass er mich umbringen würde, wenn er erfährt, dass ich mich mit ihr getroffen habe, komme ich wieder zu mir.

»Jetzt echt? Ähh . . . ¿De verdad?«

»Sí!«

Und dann, nach mehreren Stunden argentinischer Gewerkschaftsgeschichte, zwei Militärputschen, sieben Käsesandwiches und vier Gästewechseln am Nachbartisch verrät Abuela mir, warum sie sich mit mir getroffen hat. Einsamkeit ist es leider nicht. Vielmehr soll ich etwas für sie tun:

»Me gustaria tener una fotografía de Pedro!«

Ein Foto will sie also von ihrem Enkel. Nach zehn Jahren wisse sie gar nicht mehr, wie er aussieht. Ich sage, dass ich zufällig gerade kein aktuelles Foto von Pedro dabei habe und dass ich auch keines mitgehen lassen werde. Susanna zeigt sich verständnisvoll und reicht mir eine bunte Einwegkamera aus Pappe und einen frankierten Umschlag mit ihrer Adresse.

»¡Toma! Es tuya.«

»No!«, entgegne ich, weil ich nun wirklich keine Lust habe, heimlich Fotos von Tierfriseuren zu machen, um sie dann Omas mit Melonenpullover zu schicken. Tut mir Leid!

»Lo siento, abuela!«

An den Nachbartisch setzen sich zwei junge Frauen, beide sehr hübsch und mit modernen Klamotten. Vielleicht sind das ja Ariana und Baneza aus dem Handyspeicher? Ich hätte statt des ersten einfach den zweiten und den dritten Namen im Telefon nehmen können! Als ich das nächste Mal auf Susanna gucke, sehe ich, dass sie sich mit einer Serviette eine Träne aus dem Auge tupft. Es ist aber auch immer das Gleiche!

»¡Okay!«, sage ich. »Aber solo one photo!«

Und dann zieht mich Abuela zu sich und umarmt mich, was sich anfühlt, als würde ich in einen großen, weichen und warmen Leberkäse gedrückt werden.

»¡¡¡Muchísimas gracias!!!«

Mühsam winde ich mich aus der Umklammerung der glücklichen Oma, versuche zu lächeln und nehme Kamera und Umschlag an mich. Dabei ärgere ich mich schon jetzt, dass ich zugesagt habe. Pedros Oma besteht darauf, die Rechnung zu übernehmen, ich bedanke mich und frage, ob wir uns ein Taxi nehmen sollen. Doch zu meinem großen Entsetzen folgt weder ein *sí* noch ein *no,* sondern ein äußerst schockiertes Gesicht.

»¿Que dices?«

Ich wiederhole meine Frage, was nur zur Folge hat, dass Pedros Abuela noch entsetzter auf ihrem Stuhl herumwackelt.

»¿En taxi?«

Ich nicke und dann bekomme ich die saftigste Ohrfeige meines Lebens. Und noch während ich mir verwirrt die Wange reibe, steht der Melonen-Goldhut zeternd auf, verlässt das Restaurant und lässt mich unter den erstaunten Blicken der übrigen Touristen sitzen. Ich hab nicht den geringsten Schimmer, was falsch sein soll an *¿Porqué no cogemos en taxi?* Erst eine Stunde später bei Stefano am Tresen erfahre ich die wahre Bedeutung meiner kleinen spanischen Frage.

Gabelmann

»SPITZ, PEDRO, echt spitz! Und dann noch so alt die Frau! Du musst dein Spanisch besser machen!« Stefano wischt sich japsend die Tränen aus den Augen, so sehr muss er lachen. Es ist nicht gerade ein Highlight im Leben, wenn man erfährt, dass man dank eines linguistischen Blackouts eine 73-jährige Oma gefragt hat, ob sie mit einem im Taxi vögeln will.

»Aber *coger* heißt doch *nehmen*, ich meine, ich hab das doch tausend Mal gesagt auf Mallorca!«

»*Nehmen* in Spanien, *vögeln* in Südamerika. Und *en taxi* heißt *im Taxi* und nicht *ein Taxi*! *Coger en taxi* – vögeln in die Taxi!«

Super! Vielleicht gibt es ja noch ein paar dieser Sprachfallen und *Vamos a la playa* heißt in Argentinien nicht *Lass uns zum Strand gehen*, sondern *Lass uns die Regierung stürzen*. Es dauert noch ein halbes Bierchen, dann kann auch ich drüber lachen. Gegen ein Uhr schließlich verabschiede ich mich von Stefano, in der sicheren Annahme, Keks' Frankenabend in Pedros Katzen-WG sei beendet.

»Warum willst du nicht feiern mit deinen Deutschen?«

»Weil ich vor ein paar Tagen aus diesem Land geflohen bin!«

»Und warum sitzt du dann hier bei mir im deutschen Bierhaus?«

»Weil ich kein Spanisch kann, siehst ja, was passiert!«

»Bist du sicher, du willst nicht mal probieren mit Therapie?«

»Nette Idee, aber nein! Hast du dir eigentlich was überlegt, wie ich dir helfen könnte mit deiner *Gemütlichkeit*?«

»Ja, ich sage dir Montagmorgen. Ich hab viel nachgedacht über die falsche Name vom Bierhaus und alles!«

Ich nicke Stefano anerkennend zu.

»Das ist ein Anfang!«

»Hast du Zeit am Montag, sagen wir neun Uhr früh?«

»Da hab ich eigentlich Sprachschule!«

»Aber wäre spitz, wenn einmal du gehst nicht hin!«

»Okay«, sage ich und rutsche von meinem Hocker. »Dann sehen wir uns Montag! Was immer du vorhast . . .«

»Bis Montag, ja!«, lacht Stefano, »und nicht im Taxi vögeln!«

Ich nehme ein Radiotaxi, sage dem Fahrer, ich sei aus England, und muss auf halber Strecke aussteigen, weil er im Falklandkrieg gegen Thatchers Truppen gekämpft hat.

Gegen zwei Uhr schließlich tapse ich in das Foyer meines Apartmentblocks.

Zwei junge, ziemlich gut aussehende Frauen stolpern kichernd aus dem Lift und grüßen mich.

»¡Hola guapo!«, sagt die eine und wird von der anderen sofort geschubst dafür.

»¡Hola«, sage auch ich und steige in den Lift.

Als ich in unsere Neonküche trete, spült Keks im bunten T-Shirt und Jogginghose gerade die letzten Teller ab. Aus dem Wohnzimmer tönt das bekannte DVD-Menu von *Ice Age*.

»Beder, du hast was verbasst, der war subber, der Abend! Subberdubbersubber!«

»Na ja, ich wäre ja gerne gekommen, aber . . . ich hatte ja dieses Jobgespräch!«

»Was denn für ein Job?«

»Das erfahre ich Montag. Irgendwas mit PR!«

»Subber! Haste grad eigentlich noch Nancy und Lea getroffen? Weil die sind gerade gegangen!«

»So eine schlanke mit schwarzen Haaren und eine große Blonde?«

»Genau!«

»Hab ich gesehen, kamen gerade aus dem Lift!«

»Des is echt Bech, weil . . . die hätten dich gerne kennen gelernt!«

»Echt?«

»Echt!«

Vielleicht hätte Keks im Vorfeld ein wenig mehr von Nancy und Lea erzählen sollen, statt von Leberkäs, Würsten und Kraut. Dann wäre mir auch die Goldhut-Melonen-Begegnung erspart geblieben. Mir fällt die Einweggkamera der Abuela wieder ein und mit einem »Gleich wieder da!« schleiche ich ins Wohnzimmer, wo Pedro und Taxi eingerollt auf der Couch schlafen. Ich mache drei Fotos von den beiden, dann gehe ich wieder zurück in die Küche zu Keks und stecke die Kamera in den Abuela-Umschlag.

Einige der leeren Bierflaschen auf dem Tisch sind wohl der Grund dafür, dass Keks etwas wackelig steht und bessere Laune hat als ich. Ich tippe auf mindestens fünf Bier.

»Schade, echt. Wir war'n zu siebt, Nancy und Lea, die haste ja gesehen, Steve aus Neuseeland und vier Franken! Da häddest du mal was erfahren über mei Heimat! So als Berliner.«

Vier Franken! Also doch alles richtig gemacht. Im Vergleich zu einer Horde heimwehkranker Landsleute auf Alkohol war mein Abuela-Abend womöglich sogar noch die bessere Wahl.

»Ja schade«, sage ich und öffne mir ein *Quilmes*, »hab ich gar nichts erfahren über deine Heimat!«

»Komm, wir gehen ins Wohnzimmer! Ich zeig dir was!«

An der Hand zieht mich Keks ins Wohnzimmer, legt eine DVD in den Spieler und deckt den schnarchenden Pedro mit einer weißen Decke zu. Ich lasse mich auf die Couch gleiten und bin gespannt darauf, was Keks mir zeigen will.

Ich habe Pech.

Großes Pech sogar.

Die DVD, die Keks mir zeigen will, heißt *Vom Gabelmann bis zum Kaiserdom – Ein Spaziergang durch das Tausendjährige Bamberg.*

»Damit du als Hauptstädter mal siehst, wo ich herkomm!«, lacht Keks.

»Aber es ist zwei Uhr durch!«, stöhne ich und hebe das Cover hoch, »wie lange geht die denn?«

»Stunde, glaub ich! Bass auf! Geht los!«

Keks schnappt sich die Fernbedienung und setzt sich neben mich auf die Couch. Und dann sehe ich zu klassischer Musik wunderschöne Bilder aus der Stadt, aus der ich gerade gekommen bin.

»Des alde Rathaus!«, ruft Keks und deutet auf den Fernseher. Stimmt. Das alte Rathaus. Ich bin vor ein paar Tagen noch dran vorbeigelaufen. Mit wahrscheinlich ziemlich schlecht gespielter Bewunderung sage ich: »Wirklich schön und wie das da mitten im Fluss steht! Unglaublich!«

»Weil die Kirche keinen Baugrund rausrücken wollte für das Rathaus!«

»Ist ja interessant!«

Vielleicht gibt es ja irgendeine höfliche Möglichkeit, die DVD zu stoppen oder aus dem Zimmer zu kommen. Einschlafen vielleicht, Nasenbluten oder noch mal ein vorgetäuschter Überfall? Als ich mich kurz zur Tür umdrehe, tippt Keks mich an.

»Schau. Die hübschen Häuser am Fluss, das ist Klein-Venedig, da haben früher Kaufleute drin gewohnt.«

»Fischer«, sage ich.

»Was?«

»Da haben Fischer drin gewohnt, keine Kaufleute!«

»Woher weißt du das denn?«

»Denk ich mir nur so, weil die Häuser am Fluss stehen«, rede ich mich raus.

»Wenn *Sandkerwa* ist, dann sind da die ganzen Bierstände und die Häuschen beleuchtet, des ist echt schön!«

Ich schlucke, weil ich an Biene denken muss und an den Abend, an dem Arne und ich rotzbesoffen an ihren Bierstand kamen, um sie auf Knien anzuflehen, noch zwei Krüge rauszurücken.

»Willst du gar nicht wissen, was die *Sandkerwa* ist?«

»Was?«

Keks schubst mich von der Seite.

»Ob du gar nicht wissen willst, was die *Sandkerwa* ist?«

»Was ist die *Sandkerwa*?«

»Des schönste Bierfest von ganz Deutschland! Im August geht's wieder los und . . . na ja . . . zum ersten Mal ohne mich!«

»Very beautiful the town!«

Ich drehe mich zu Pedro, der inzwischen aufgewacht ist und unter seiner Decke mit einem Auge zum Fernseher schielt.

»¡En absoluto!« stimmt Keks ihm zu. Sogar Taxi scheint auf den Fernseher zu schielen.

Pedro zieht sich langsam in eine aufrechtere Position und zupft seine Decke zurecht. Mit einem empörten Miau springt Taxi vom Schoß und verlässt schmollend das Wohnzimmer.

»The little town . . . is it nicer than Berlin?«

»No«, sage ich.

»¡¡¡Síííííííííí!!!«, protestiert Keks und knufft mich in die Seite.

Pedro kapituliert.

»I go to bed! I have three *tigres* to cut tomorrow!«

Pedro steht auf, faltet die Decke zusammen und schlurft energielos zu seiner Zimmertür. Er ist schon fast drinnen, da dreht er sich im Columbo-Stil noch einmal kurz um.

»The *Ice Age* DVD, you can watch if you want . . .«

»No, thank you!«, sagen wir gleichzeitig und müssen lachen.

»It's a good movie!«, entgegnet Pedro ein wenig angefasst und verschwindet mit einem genuschelten »Buenas noches« in seinem Zimmer.

»Ich glaube, ich geh auch mal«, sage ich und stelle meine leere Bierdose auf den Tisch. Keks hält meinen Arm fest.

»Nein, bleib da! Du musst mir noch was über Berlin erzählen!«

»Morgen erzähl ich dir was!«, lache ich und schiele auf die Uhr, »ist ja schon fast drei!«

»Es ist Freitag. Wir sind in Buenos Aires. Drei Uhr ist doch keine Zeit!«

»Na ja . . . trotzdem . . . ich muss ja morgen auch früh raus . . .«

Kichernd krabbelt Keks auf meinen Schoß und nimmt meine Hände. Nicht gerade die Position, in der sich normale WG-Bewohner über den Putzplan unterhalten. Ich fühle mich ein wenig in die Enge getrieben.

»Erzähl was von Berlin«, lacht Keks und zieht an meinen Händen. »Wie isses da so? Die Leute, die Kneipen, Clubs . . .«

»Berlin«, sage ich, »ist ziemlich groß und . . . ziemlich weit weg!«

»Spinner!«, lacht Keks und kommt mir so nahe, dass ich ihren Atem spüren kann. Und als der Sprecher der Bamberg-Doku gerade die besondere Symmetrie des herrlichen Rosengartens erwähnt, berühren sich unsere Lippen. Es ist kein Gutenachtkuss, den Keks mir da geben will, doch ein lauter Schmatz meinerseits macht ihn zu einem.

»Ich, also . . .« stottere ich, »ich hab eine Freundin!«

»Oh«, sagt Keks und steigt ernüchtert von meinem Schoß.

»Ich dachte, weil du gesagt hast, das war deine Ex am Telefon!«

»Tut mir Leid«, sage ich, »da hab ich mich . . . das war, ich hab mich blöd ausgedrückt.«

»Okay!« Und mit einem betont gleichgültigen »Dann schlafen wir mal« verschwindet Keks in ihrem Zimmer.

Ich liege noch lange wach auf meinem *Boca-Juniors*-Bezug und fast bin ich ein wenig stolz, dass ich Keks nicht geküsst habe. Ich schreibe eine Kurzmitteilung an Arne und bitte ihn, den Heizpilz

bei Obi für Biene und mich zu besorgen. Ich bin schon fast eingeschlafen, da beginnt ein schmerzhafter Zweifel an meinem Stolz zu
nagen. Ich hätte Keks ruhig küssen dürfen. Wir hätten sogar miteinander schlafen können. Die ganze Nacht. Heute und morgen
wieder. Weil ich eigentlich gar keine Freundin mehr habe.

Scheißerei

DASS BUENOS AIRES keinen Strand hat, wusste ich ja bereits. Doch
nun muss ich ausgerechnet von Luna erfahren, dass es nicht mal am
Meer liegt! Das braune Etwas, durch das unser Touristendampfer
gerade tuckert, sei nämlich lediglich das Mündungsdelta des Rio de
la Plata und das erstrecke sich von San Clemente del Tuyú bis hoch
nach Uruguay. Danach beginne das Meer.

Ich bin gespannt, was ich noch alles erfahre über diese seltsame
Stadt. Was soll's! Ich stehe bei für den argentinischen Winter unge-
wöhnlichen 20 Grad und strahlendem Sonnenschein an der Reling
eines romantischen Ausflugsdampfers und lasse kleine, bunte Holz-
häuschen an mir vorbeiziehen. Neben mir sonnt sich die wunderbare Luna, diesmal ganz entspannt und mit einem zufriedenen Lächeln. Jetzt mal ehrlich: Es gibt Schlimmeres. Als wir an einer Art
Clubhaus mit Steg zum Fluss vorbeituckern, verrät mir Luna, dass
hier die *porteños* mit ein bisschen mehr Schotter ihre Wochenenden
verbringen. Man glaubt es sofort, denn sowohl die Häuser als auch
die Gärten sind enorm gepflegt. Teakholz statt Plastik, englischer
Rasen statt Gestrüpp. Das Einzige, was an diesem harmonischen
Bild stört, ist das kackbraune Flusswasser. Und Heidi.

»Do kriegsch bestemmt Pickl, wenn de do nei sprengsch in die
Brüh!« Angewidert drehe ich mich nach links. Nicht wegen der
Brühe, sondern wegen Heidi. Pickel kriege ich nämlich erst recht,

wenn sich dicke Schwäbinnen in zu enge, pinkblaue Pullover zwängen und mich stundenlang zuplärren.

»Spring doch, dann wissen wir's«, antworte ich und sogar Luna muss ein Grinsen unterdrücken.

»I ben doch net bleed!«, lacht Heidi so laut, dass zwei junge Sportler neben unserem Boot fast aus ihrem Kajak fallen. Noch so ein Lacher, denke ich mir, und ich schubse den Schwabenklops direkt über Bord. Heidi nervt! Was immer ich in den letzten zwei Stunden zu Luna gesagt habe, hat sie schwäbelnd kommentiert. Was immer ich Lustiges erlebt und Luna mit meinem gebrochenen Spanisch erzählt habe, Heidi ist »was viel Besseres passiert«. Und das alles nur, weil sich Heidis beste Freundin den Magen verdorben hat und nicht mit auf den Ausflug kommen konnte. Oder wie Heidi es dezent formuliert hat: »Die hat d' Scheißerei!«

Zu Beginn unseres Ausflugs waren wir eine lustige kleine Gruppe, bestehend aus meinen beiden Kursitalienern Meister Proper und Schönlocke, einem schüchternen Brasilianer, einer moppeligen Belgierin, Luna und mir. Doch wie das Leben so spielt, kam es schon im Zug zum Tigre-Delta zu einer höchst unglücklichen Gruppenbildung: Die anderen – und Heidi, Luna und ich.

Wenigstens, und das ist bisher der einzig positive Aspekt des Tages, ist Luna etwas aufgetaut und wir haben ein wenig über Belanglosigkeiten geplaudert. Wie mir Buenos Aires gefällt: gut. Ob sie schon mal in Europa war: ja, mehrmals mit ihrem Schweizer Ex-Mann. Leider unterhalten wir uns immer noch auf Spanisch, was kein gutes Zeichen ist bei einer Frau, die sagt, dass sie nur privat deutsch spricht. So distanziert Luna auch sein mag, ich genieße es, in ihrer Nähe zu stehen und wenn es irgendeinen Grund gibt, Spanisch zu lernen auf dieser Welt, dann ist sie es. Als sich Heidi kurz von uns abwendet, fragt mich Luna, was ich vorhabe, hier in Buenos Aires.

»Y vos, Peter, que vas a hacer acá?«

Ich sage ihr, dass ich nichts mehr machen muss, weil ich meine PR-Firma mit großem Gewinn verkauft habe. Ich weiß nicht mal, warum ich das sage. Womöglich will ich sie einfach nur beeindrucken.

Luna ist, gelinde gesagt, schwer beeindruckt. Heidi nicht.

»Bah! Die schdingt, die Brüh!«

Ich werfe Heidi einen nicht gerade liebevollen Blick zu. Jeden halbwegs vernünftigen Ansatz eines Gesprächs zwischen Luna und mir hat Heidi mir schon in Grund und Boden geschwäbelt! Und in einer knappen halben Stunde werden wir am Hafen anlegen und mit dem Zug zurück nach Buenos Aires fahren. Und dann? Das Abendessen, die Tango-Veranstaltung, eines ist sicher: Heidi wird keinen Millimeter von meiner Seite weichen. Aber was soll ich machen? Ich kann sie ja nicht einfach über Bord schubsen. Als Luna sich fröstelnd ihre Jacke überzieht und auf die Uhr schaut, bin ich mir sicher, dass der Abend gelaufen ist.

»¿Querés tomar algo? ¿Peter? ¿Heidi?«

Da ich jede heidifreie Minute genieße, biete ich an, allen etwas zu trinken mitzubringen.

»¡Dale! Me traes un agua, por favor!«, sagt Luna.

»Für mi au! Aber ohne Blubber!«, droht Heidi.

Reichlich verspannt steige ich die Treppe hinab zum kleinen Kiosk mit den Schokoriegeln und Getränken. Vielleicht kippt der Schwabenklops ja in der Zwischenzeit von alleine über die Reling, oder Luna fällt irgendetwas ein, wie sie sie loswird. Als ich mit meiner Cola und meinen zwei Wasserflaschen an einem kleinen schmutzigen Waschbecken mit einem durchgestrichenen Trinkwassersymbol vorbeilaufe, habe ich eine Idee.

Ich leere den Inhalt einer Evian-Flasche, treibe eine Kakerlake zurück in ihre stählerne Wohnritze und fülle Heidis Flasche mit dem Wasser aus dem Schiffshahn. Das Schiffswasser ist ein klein wenig trüber als das aus den französischen Alpen, das fällt aber nur auf, wenn man es gegen das Licht hält.

So richtig wohl fühle ich mich nicht in meiner Haut, als ich der lachenden Heidi ihre Wasserflasche reiche, aber was soll ich machen? Ich bin neu in diesem riesigen Land und neben mir steht eine umwerfende Frau, deren Gesellschaft ich nicht noch weitere sieben Stunden mit dem Stuttgarter Charmewunder teilen will. Mit jedem Schluck, den Heidi nimmt, entspanne ich mich ein bisschen mehr. Das Lachen, der Akzent, der Pullover: Ich ertrage alles leichter in der Gewissheit, dass dieser gesellschaftliche Totalausfall schon sehr bald schweigend und grün im Gesicht auf einer argentinischen Kloschüssel sitzen wird.

Im *Lomo*, einem feinen Design-Restaurant, das Luna für den Abschluss des Ausfluges vorgeschlagen hat, geschieht es dann. Ich habe mich an unserem Sechsertisch gerade geschickt gegenüber Luna platziert und Heidi ans andere Ende neben die Italiener, da verschwindet Luna unauffällig auf der Toilette. Als sie nach einer viertel Stunde immer noch nicht zurück ist, bitte ich Heidi nachzuschauen. Meine schlimmsten Ahnungen werden bestätigt, als Heidi kurz darauf zurückkehrt und in lautem Schwäbisch amüsiert vermeldet:

»'S Mondgsicht hat voll d' Scheißerei! Die kommt gar nemme von d'r Schüssl runner! Du sollsch a Taxi für se bstella, hat se gsa!«

Während die beiden Kursitaliener kichern, fragt ein erschrockener Brasilianer, was das für eine Sprache wäre.

»I would not call it a language!«, sage ich und erhebe mich. Mir ist unerklärlich, wie ich die Flaschen vertauschen konnte.

Ich warte noch eine Weile an den Toiletten, bis eine leichenblasse Luna erscheint. Ich begleite sie zum Ausgang.

So schwach ist sie, dass selbst ihr Widerstand gegen Deutsch gebrochen ist.

»Normalerweise passiert das nach dem Essen, oder?«, lächelt sie schwach.

»En español?«, scherze ich und sterbe fast vor Gewissensbissen.

»Normalmente estas cosas pasan después de la comida!«

»Sehr sehr gut«, sage ich. »Mindestens Mittelstufe zwei!«

»Tut mir Leid, aber ich muss wirklich nach Hause. Es geht nicht mehr.«

»Natürlich«, sage ich und überlege mir, Luna nach Hause zu begleiten. Noch bevor ich auch nur daran denken kann, meine Jacke zu holen und mich bei den anderen zu entschuldigen, drückt mir Luna einen Zettel in die Hand.

»Das hier ist die Adresse von *La Catedral*, wo die Milonga ist. Kannst du mit der Gruppe da hinfahren und ein bisschen auf die anderen aufpassen?«

Ich nicke.

»Und sag allen, dass sie Radiotaxis nach Hause nehmen sollen – ist keine gute Gegend, okay?«

»Ich kümmere mich drum! Ist das hier die Nummer von *La Catedral?*«

»Nein, meine. Falls irgendetwas ist . . .«

Das Taxi kommt und ich muss den Fahrer hinhalten, weil Luna ein weiteres Mal auf die Toilette muss. Dann schließlich braust sie kusslos und blass davon und als das Taxi außer Sichtweite ist, setze ich mich auf den Bordstein und betrachte mir den Zettel mit Lunas Telefonnummer. Nach einer Weile stehe ich auf und trinke ein Isenbeck allein an der Bar. Erst dann gehe ich zurück zu den anderen. Schließlich bin ich jetzt der Kinderbetreuer.

»Ischs Mondgsicht gfahra?«

»Ja, Heidi.«

»Pasch du jetzt uff ons uff?«

»Ja, Heidi!«

»You're right.« Der Brasilianer nickt. »It's definetely not a language!«

Milonga

MAN KANN DIE *Catedral* nur als enorm beeindruckend beschreiben. Nach einer viertelstündigen Taxifahrt durch zwielichtige Viertel mit dunklen Gestalten, die vor mehr oder weniger verkommenen Häusern herumlungern, hat uns der Taxifahrer schließlich vor einem besonders abgeranzten Gebäude abgesetzt. Und nie würde man erraten, was sich hinter der steilen, wohnhausartigen Holztreppe verbirgt, die man neugierig erklimmt, immer den melancholischen Klängen der zunächst noch dumpf tönenden Musik folgend: ein ausladend dekorierter, wunderschöner Veranstaltungssaal, der so groß ist wie ein halbes Fußballfeld, angefüllt mit einer unglaublichen Zahl von tanzenden, trinkenden und lachenden Menschen. Die bestimmt zehn Meter hohen Wände sind bestückt mit den bizarrsten Gegenständen und Kunstwerken. Fast scheint es so, als habe man den Krempel aus über zwanzig Speichern einfach an die Wand getackert. Ein großes, von der Decke hängendes Stahlgeflecht aus bunten Glühlampen streut eine schummrig-heimelige Atmosphäre auf das Publikum. Die beiden Italiener und der Brasilianer aus meiner Gruppe sind ebenso beeindruckt wie ich. Wir finden einen kleinen Tisch in der Nähe der Bühne. Sogar Heidi hält für ein paar Minuten die Klappe, als eine achtköpfige Musikgruppe aus herausgeputzten Rentnern auf die Bühne tritt und unter dem tosenden Applaus des jungen Publikums zu musizieren beginnt. Ich schätze keinen der Musiker auf jünger als siebzig, es scheint, als sei der gesamte Buena Vista Social Club nach Argentinien geflohen, um hier noch einmal ganz von vorne anzufangen.

La catedral, dieser Ort ist wahrlich eine seltsame Mischung aus linksalternativem Zirkus, Seniorenheim und Punkdisko. Das Faszinierendste für mich ist allerdings, dass all die jungen Paare tatsächlich Tango tanzen. Sie tanzen ihn in abgewetzten Jeans, schmutzigen Turnschuhen und mit zerzausten MTV-Frisuren. Und wie sie tanzen! Mit einer glühenden Leidenschaft, gegen die das ibizanische Techno-Gezappel wirkt wie eine lächerliche Kinderanimation in einem Zwei-Sterne-Ferienclub. Es ist Tango unplugged: keine Anzüge, keine Pomade, keine Lichteffekte. So voll von Eindrücken bin ich, dass ich für eine Weile selbst meine Heidi-Aggression vergessen habe.

»Kannsch Dango danza?«, fragt sie mich.

»Leider nicht«, gebe ich zu.

»Mir kennat jo amol en Kurs beim Mondgsicht macha! Du stehsch do eh uff se!«

»Sie heißt Luna!«, entgegne ich verärgert, »außerdem bin ich Grobmotoriker und kann nicht tanzen!«

»Schad!«

Ich bahne mir meinen Weg zu einer improvisierten Bar am anderen Ende der Halle und kaufe eine Literflasche *Quilmes* für unseren Tisch und mich. Noch immer ärgere ich mich über meine bescheuerte Wasseraktion. Immerhin ist es nur meiner eigenen Dämlichkeit zu verdanken, dass Luna nicht hier ist. Michel aus Lönneberga müsste für so einen Bockmist mindestens hundert Figuren schnitzen! Wie es Luna wohl geht? Ich verkrieche mich in ein etwas ruhigeres Eck der Halle, fische Lunas Zettel aus meiner Tasche und wähle ihre Nummer. Ich bin ein wenig aufgeregt, als es klingelt.

»¿Hola?«, höre ich Lunas Stimme.

»Ich bin's, Peter.«

»Hola, Peter!«

»Ich wollte fragen, wie's dir geht. Wenn ich auf Deutsch darf . . .?!?«

»Jaja . . . mach dir keine Sorgen, schon viel besser. Ihr seid schon da oder? Puedo oír música.«

»Alle da, keiner entführt oder ermordet worden bis jetzt«, sage ich und kann Luna lachen hören.

»Die Schule wird mich also nicht verklagen?«

»Glaube nicht. Es sei denn, ich geb Heidi noch ein paar XTC.«

»Bitte nicht!«, lacht Luna und dann schweigen wir für einen kleinen Moment.

»Okay«, sage ich. »Dann gute Besserung. Was heißt das auf Spanisch?«

»¡Que te mejores!«

»¡Que te mejores, Luna!«

Und wieder höre ich nur ein leises Knacken in der Leitung.

»Gracias. Muy amable. Y . . . quiero preguntarte . . . hast du eigentlich morgen schon was vor, am Tag?«

Ich schlucke und taste nach der Mauer hinter mir, um mich anzulehnen.

»Morgen? Nein! Nix vor. Warum?«

»Wir können frühstücken gehen, wenn du magst, und ein bisschen durch die Stadt spazieren. Also wenn ich bis dahin wieder essen kann . . .«

»Wahnsinnig gerne! Ich meine . . . sehr gerne! Also ziemlich gerne, also, wenn du wieder essen kannst!«

»¡Dale! Sagen wir elf?«

»Elf ist gut!«

»Magst du amerikanisches Frühstück, Sandwiches, Muffins und so?«

Ich würde auch einen Eimer indische Reisbrühe frühstücken, wenn Luna neben mir säße.

»Ja, mag ich!«

»Dann lass uns im *Mark's Deli* treffen, das ist *El Salvador* Ecke *Armenia* in *Palermo*, siehst du schon, hat so orangene Markisen.«

»El Salvador und . . . was?«

»*El Salvador y Armenia.* Um elf. Okay?«

»Sehr okay! In Palermo. Orangene Markisen.«

»Buenas noches, Peter!«

»Buneas noches, Luna. Y . . . ¡que te mejores!«

189

Wie betäubt bleibe ich in meinem kleinen Eckchen stehen und genieße den Augenblick. Luna hat deutsch mit mir gesprochen. Luna, die deutsch nur privat spricht!

Ich bemerke, dass ich schon die ganze Zeit die große Flasche Bier im Arm halte, und nehme einen großen Schluck. Als die Musik endet, klemme ich meine Flasche ein und klatsche begeistert mit. Ein wohliges Gefühl bahnt sich seinen Weg durch meinen ganzen Körper. Die gesamte Anspannung der letzten Tage weicht von mir, ich fühle mich leicht und zufrieden. Endlich bin ich angekommen. Angekommen in der Stadt der Therapeuten, Augenringe und gestörten Katzen. Und in der Stadt der schönen Frauen. »Luna«, sage ich lautlos zu mir selbst, »¡que te mejores!« Langsam trinke ich das Bier leer, dann kaufe ich zwei neue Flaschen und kehre zurück an unseren Tisch neben der Bühne. Als ich mich setze, bemerke ich ein kleines Glas mit einem grünen Getränk vor mir.

»Absintho! For you«, lächelt mir der beglatzte Enrico aus meinem Kurs zu und brennt ein Zuckerstück an, das er auf einer Gabel über dem Glas platziert hat. Ich mache es ihm nach, fülle ein wenig Mineralwasser dazu und trinke auf Ex. Es ist warm und schmeckt nach Anis. Und es scheint ziemlich stark.

»Where's Heidi?«, frage ich, als ich das leere Glas abstelle.

»Shesa dancing. Overa there!«

Enrico deutet grinsend auf ein pinkblaues, pumpendes Etwas, das von einem schlanken jungen Mann herumgewirbelt wird. Nur der liebe Gott weiß, wie Schwaben-Heidi zu so einem Tanzpartner gekommen ist. Was soll's!? Durch meine Hose hindurch taste ich nach meinem argentinischen Handy, als wolle ich sichergehen, dass es das Gespräch mit Luna eben wirklich gegeben hat. Enricos Kumpel Francesco, der gleich eine ganze Flasche Absinth besorgt hat, fragt mich, ob ich noch einen trinken will.

Ich will.

Mein erster richtiger Abend in Buenos Aires und mein Luna-Date muss schließlich begossen werden! Nach dem zweiten Absinth fühle ich mich bereits wie nach vier Seppelpeter's Spezial's. Den dritten brenne ich kichernd und einäugig an und nach dem vierten tanze ich, es ist wirklich wahr, mit Heidi. Ich habe keine Ahnung, was wir da tanzen und wie es auf die Umstehenden wirkt, weil ich die Umstehenden gar nicht mehr wirklich sehen kann. Sie vermischen sich auf eine geheimnisvolle Art und Weise mit den seltsamen Gemälden an der Wand, verschwimmen in ihren Bewegungen mit dem Tango.

»Du kannsch ja doch danza!«, lacht Heidi und ich lache auch nur noch, denn das mit dem Reden bringt jetzt wirklich nichts mehr. Nach einem weiteren Absinth stolpere ich zur Toilette. Im Spiegel gafft mich eine einäugige Schildkröte an. Erst nach ein paar Grimassen merke ich, dass ich die Schildkröte bin. Ich kaufe ein Wasser und wanke zurück zur Bühne. Die eben noch so mitreißende Musik erscheint mir nun düster und bedrohlich. Und was diesen einen, steinalten Musiker auf der Bühne angeht, bin ich mir ganz sicher: Das ist mein Chef, der junge Seppelpeter!

»S' my boss!«, schreie ich Enrico an.

»No. It's a musician!«, lacht dieser.

»Nononono«, insistiere ich, »looks like a musician but in reality he is my boss!«

Ich kneife meine Augen zusammen und fixiere die Bühne. Die Sache ist klar für mich: Der junge Seppelpeter ist mir nachgereist, weil er davon Wind bekommen hat, dass ich nicht wieder auftauche an meinem Schreibtisch und nun spioniert er mich hier aus, lässt mich nicht aus den Augen, weil er Angst hat, dass ich heimlich alkoholfreies Bier braue in Argentinien und Kontakte zur Leberkäsmafia habe. Ich nehme einen letzten Schluck Absinth, stehe auf und reiße dabei den halben Tisch mit.

»Geh heim, Seppelpeter!«, schreie ich nach vorne, »des is kei Bamberch net, du . . . du Schnitzelnazi!«

Enrico signalisiert mir, dass ich meine Klappe halten soll, doch ich denke gar nicht dran, den jungen Seppelpeter so leicht davonkommen zu lassen, und werfe eine Zitrone in Richtung Bühne.

»Schnitzelnazi, Schnitzelnazi, Schnitzelnazi!«

Dann packen mich Enrico und Francesco und setzen mich wieder hin.

»Coole downe, stronzo!«

Und dann spüre ich nicht nur das eine oder andere Augenpaar auf mich gerichtet, sondern auch eine Frauenhand auf meinem Rücken. Und ich höre, engelgleich, Heidis wundervolle Stimme.

»Pitschi, i glau mir solldad bessr gea!«

Heidi und ich teilen uns ein Taxi und ich sage dem Fahrer, dass ich Brasilianer bin. Wie ich am nächsten Tag erfahre, zahlen wir exakt deswegen den doppelten Preis. Offenbar ist das Verhältnis zwischen Brasilien und Argentinien nicht gerade von der größten Sympathie geprägt. So wie das zwischen mir und Heidi. Deswegen bin ich auch nicht allzu erfreut, als ich am Morgen bei ihr aufwache.

Gäschdezahnbürschdle

»ISCH DR ARG SCHLECHT?«

Das Entsetzen muss sich wohl recht eindrucksvoll in mein Gesicht gefräst haben, als ich die Augen öffne und Heidi in einem riesigen gelben T-Shirt mit Bärchenaufdruck sehe. Mit einer Tasse Kaffee sitzt sie am Rande einer mir unbekannten Couch.

»Ja«, sage ich, »arg schlecht«, und quäle mich in eine aufrechte Position. Dann plötzlich passiert etwas mit meinem Magen und als ich würgend aus dem mir unbekannten Wohnzimmer taumle, bin ich sehr dankbar für Heidis Hinweis: »Erschde Tür links!«

Ich kotze in einen Eimer in der Abstellkammer, denn wie sich herausstellt, zählt Heidi die »kleine Tür« nie mit und das Klo wäre doch die zweite Tür links gewesen. Als ich den Eimer säubere, muss ich mich noch einmal übergeben, diesmal ins Waschbecken. Ich putze auch dieses, als Heidi ins Bad kommt.

»Tut mir Leid«, entschuldige ich mich.

»Halb so wild! Kaffee?«

Ich schüttle angewidert den Kopf und ein fieser, dumpfer Schmerz schwappt von einem Ohr zum anderen. Ich hab nicht den geringsten Schimmer, warum ich hier bin. Klassischer Filmriss. Wenigstens bin ich nicht im Bett von Heidi aufgewacht.

»Du warsch geschdern gar nemme asprechbar, do hanne denkt, i nemm de lieber mit!«

»Das ist nett. War ich denn schlimm?«, frage ich schüchtern.

»Eigentlich warsch eher charmant! Do, i hab a Gäschdezahnbürschdle!«

Heidi reicht mir eine eingeschweißte Zahnbürste und öffnet sie sogar für mich, da ich sie nicht aufkriege. Ich will gar nicht wissen, wie charmant ich war. Nicht auszudenken, wenn da was passiert wäre!

»Danke!«

Und dann fällt mein Blick auf einen Plastikwecker, ein Werbegeschenk der *Stuttgarter Nachrichten*.

Es ist halb elf.

Luna!

Um elf bin ich mit ihr verabredet. Mit wirrem Blick und schäumender Zahnbürste starre ich auf Heidi.

»Ich muss los!«

Heidi zuckt mit den Schultern.

»Ja, i halt de net uff! I wollt bloß helfa!«

Weil mein Tangohemd nach Absinth und Kippen stinkt und zwei Brandlöcher hat, leiht mir Heidi einen ihrer Pullover. Zunächst weigere ich mich, doch ich merke schnell, dass ich keine Wahl habe. Immerhin sehe ich nun nicht mehr aus wie ein versoffener Penner, sondern wie eine Schinkenwurst mit Masern: Mein Leihpullover besticht durch dezente rote Punkte auf einem beigen

Untergrund. Nach einem weiteren Liter Wasser und zwei Aspirin schnappe ich mir ein Taxi und rase nach Palermo. Wie ich mir die Adresse *El Salvador y Armenia* gemerkt habe, wird wohl eines der ungelösten Rätsel meines Gehirns bleiben.

Eine halbe Stunde später sitze ich im *Mark's Deli* vor einem Latte Macchiato wie ein Lurch vor einem Stapel Winterreifen. Um mich herum nur die schicksten Leute: Die Herren stecken in lässigen Anzügen mit italienischem Schnitt, die Damen sind perfekt geschminkt, tragen teure Designerfummel und nippen an kalorienreduzierter Zitronenlimonade. *Mark's Deli* selbst könnte sich ebenso gut in einem New Yorker Modeviertel befinden, es würde nicht mal auffallen: minimalistisch, edel, hip. Ich hingegen bin schon aufgefallen, da habe ich mich noch nicht einmal gesetzt. Offenbar sieht man schon von weitem, dass in meinem geliehenen Fleischwurst-Masern-Pullover kein Etikett von *Armani* kleben kann.

Luna ist auch eine Viertelstunde nach elf noch nicht da und ich bin nicht mal sauer deswegen, weil ich so in meinem orangenen Plastikstuhl neben der geöffneten Eingangstür jede Sekunde der Rekonvaleszenz genießen kann. Mir schräg gegenüber, auf einem Ledersofa, sitzt ein gestylter Typ Mitte vierzig und liest in einer Architekturzeitschrift. Nach einer Weile betritt eine übertrieben gut gelaunte Blondine in einer Designerjeans das Café und nachdem sich beide hoch erfreut und für alle ersichtlich begrüßt und geküsst haben, setzen sie sich auf die Couch und lesen, ohne sich eines weiteren Blickes zu würdigen, er in seiner Architekturzeitschrift, sie in der *Caras*, offenbar eine Art argentinische *Gala*. Was für eine kalte Welt!

Und dann kommt Luna.

Sie trägt einen eng anliegenden, weißen Hosenanzug, der mit ihrer samtig braunen Hautfarbe kontrastiert. Ihre Haare hat sie zum Zopf gebunden, was sie etwas strenger wirken lässt, der Reißverschluss am Ausschnitt ist so weit nach unten gezogen, dass selbst der Snob auf der Ledercouch kurz über seinen *Architectural Digest* herüberschielt. Auch ich halte den Atem an. Einen Vorteil hat mein Kater von gestern: Mir ist viel zu schlecht, als dass ich aufgeregt sein könnte. Als Luna mich sieht, legt sich eine Mischung aus Freude und Irritation über ihr Gesicht. Woher die Irritation kommt, ahne ich. Es ist der Pullover . . .

»Peter?!«

Ich stehe auf und gebe ihr einen Kuss auf die Wange.

»Luna! Was macht der Magen, alles wieder gut?«

Statt ›Alles wieder gut‹ oder ›Schön dich zu sehen‹ sagt Luna »Was um alles in der Welt hast du da an?« Von der Seite höre ich noch das Designerpärchen giggeln, da werde ich schon aus dem Café geführt.

Der Verkäufer im *Félix* ist sehr zuvorkommend und spricht Englisch. Ich kaufe das teuerste Hemd. Es ist grün gestreift, macht mich sehr schlank und ich denke, dass ich damit sogar Polo spielen dürfte. Heidis Schinkenwurst-Masern-Pullover verstecke ich unauffällig in der Felixtüte.

Eine Viertelstunde später sitze ich mit einer entspannteren Luna wieder im *Mark's Deli.*

»JETZT können wir frühstücken! Steht dir wirklich gut!«

Entspannt nimmt Luna die kleine Menukarte.

»Danke!« Ich schaue an meinem 200-Peso-Hemd herunter.

»Tut mir Leid, dass ich am Anfang so distanziert war. Ich lerne so viele Leute kennen in der Schule, aber . . . na ja . . . nach zwei bis vier Wochen fahren alle wieder.«

»Nach Europa . . .«

»Nach Europa, in die USA . . . keiner bleibt. Manchmal kommt noch eine Mail oder zwei, das war's. Keiner schreibt mehr. Argentinien ist weit weg, weißt du?«

Ich weiß.

Eine kleine, ziemlich genervte Kellnerin stellt sich neben uns und wartet mit einem Notizblock darauf, dass wir sagen, was wir wollen. Luna streift mit ihrem Finger über die Karte. Ihre Nägel sind im gleichen Weiß wie ihr Hosenanzug.

»Por favor, nos trae dos muffins, también dos jugos de frutilla y dos cortados.«

»Para mí . . .«, beginne ich hochkonzentriert, als Luna amüsiert ihre Hand auf meine legt.

»Ich hab schon mitbestellt für dich.«

»Oh!«

»Ich wollte einfach keine Vier-Wochen-Freunde mehr, verstehst du?«

»Verstehe ich!«

»Wo wohnst du eigentlich im Augenblick?«

»Im *Hilton*!«

Ich weiß nicht, warum ich *Hilton* sage. Wahrscheinlich, weil es besser klingt als: ›Ich wohne bei einem Tierfriseur mit Mutterkomplex in einem pinken Zimmer ohne Fenster.‹

»Toll! Dem Neuen am *Puerto Madero*?«

»Also, so lange, bis ich was Richtiges gefunden habe!«

»Nicht schlecht. Dann sehen wir uns bestimmt mal beim Sport. Du machst doch Sport, oder?«

»Ja, super gerne. Aber wieso sehen wir uns dann?«

»Ich bin im Hilton-Fitnessclub. Der Beste von ganz Buenos Aires, aber das wirst du ja selbst schon rausbekommen haben.«

»Ja«, nicke ich und beiße verschüchtert in meinen Muffin, »ist schon ein starkes Stück, was die da gebaut haben im Hilton!«

Die genervte Kellnerin rettet mich mit den frisch gepressten Orangensäften und ich kann das Gespräch auf das Thema Sprachschule lenken. Luna erzählt mir, dass die Schule schlecht bezahlt und dass die Ausländer ganz schön ausgenommen werden.

»Wie? Ich auch?«

»Ups«, lacht Luna, »für eine Sekunde hab ich vergessen, dass du ja Schüler bei uns bist!«

»Bei Nico!«

»Wie ist der so?«

»Klasse! Nur Heidi . . .«

»Heidi!!!«, lacht Luna und zwinkert mir zu: »Du bist doch nicht verliebt, oder?«

»Das«, sage ich trocken und mit gespielter Betroffenheit, »wollte ich dir eigentlich noch vor unserem Treffen erzählen . . .«

Für einen kurzen Augenblick sehe ich Luna irritiert. Ich muss zugeben, dass ich es genieße.

»Was?«

»Heidi und ich, wir sind . . . wir sind ein Paar!«

Lange kann ich mein ernstes Gesicht leider nicht halten und wir müssen beide so laut losprusten, dass uns sogar das Designerpärchen milde zulächelt. Dann beginnt der relaxte Teil des Frühstücks. Und noch während ich unsere Rechnung über 37 Pesos bezahle, nimmt Luna zum ersten Mal kurz meine Hand.

Wer hat an der Uhr gedreht?

ES WAR LUNAS IDEE, zum Friedhof von Recoleta zu fahren und vermutlich hätte ich diese Sehenswürdigkeit erst sehr viel später besichtigt, wäre ich allein gewesen. Schließlich treibt es einen nicht automatisch an einen Ort des Todes, wenn man gerade dabei ist, ein neues Leben zu beginnen. Der *Cementerio de la Recoleta* ist ein gemauerter Irrgarten aus mehr oder weniger prächtigen Mausoleen, die sich dicht aneinanderreihen. Ausgerechnet im Zentrum eines der quirligsten und touristischsten Viertel der Stadt befindet sich diese Totenstätte und so kommt es, dass die ehemalige Elite des

Landes nun in unmittelbarer Nähe von Fastfood-Ketten, Sports-bars und Sex-Lokalen ruht.

Es ist bereits später Nachmittag und unter dem Schatten von Zy-pressen und Palmen schlendern Luna und ich an den unzähligen Grabstätten der Reichen und Berühmten vorbei. Ein herrlicher Winter sei das bisher, wie Luna mir erzählt, normal wären Nieselregen und zehn Grad. Dafür, dass unsere Beziehung reichlich ungeklärt ist, sind wir beide überraschend entspannt. Dennoch: Seit Luna im Café kurz meine Hand berührt hat, herrscht zwischen uns so etwas wie haptische Funkstille. Womöglich wissen wir beide noch nicht so recht, wohin mit dem anderen.

»Hier«, sagt Luna und bleibt vor einem Mausoleum aus dunklem Marmor stehen, »hier liegt die Familie Duarte und Evita Perón.«

»Die aus dem Film mit Madonna?«

»Die Echte!«

»Oh!«, sage ich und betrachte die blumengeschmückte Tür mit den verschiedenen Inschriften.

»Sie LIEGT da drin?«, möchte ich wissen.

»Genau«, erklärt mir Luna, »in so einer Art Schublade.«

Verwundert blicke ich zu Luna.

»Die Nationalheldin Argentiniens, die berühmte und verehrte Evita liegt in einer Schublade, zwanzig Meter neben einem Strip-Club?«

»Ja!«

»Hut ab! Argentinien geht ja nett mit seinen Helden um!«

»Na ja . . .« lacht Luna, ». . . irgendwie passt es ja auch wieder, schließlich war sie selbst mal Nachtclubtänzerin.«

Mitten in unser Lachen fiept mein Handy. Was mich besonders irritiert ist, dass es die »Wer hat an der Uhr gedreht, ist es wirklich schon so spät?«-Melodie meines deutschen Handys ist, von dem ich dachte, dass ich es in der Wohnung gelassen hätte. Unter Lunas amüsierten Blicken taste ich hastig alle Taschen meiner Jacke ab, bis ich das Handy irgendwo zwischen Reißverschluss und Seitennaht im Jackenfutter fühlen kann. Ich kann es nicht herausnehmen, also drücke ich durch den Stoff auf die Tasten und sage »Ja, hallo?« zu meiner Jacke.

»Mein Mausbär! Schön, dass ich dich erwische!«

»Bei was?«

Ich bin so erschrocken über Bienes Anruf, dass ich völlig vergesse, dass sie mich nicht sehen kann.

»Ich meine, ich finde es auch schön, dass du mich erwischst«, sage ich erschrocken und ziehe hastig meine Jacke aus, um das Telefon näher ans Ohr zu bekommen. Dann schleiche ich mit entschuldigender Miene, pochendem Herzen und Winterjacke am Ohr zum Mausoleum eines gewissen José Hernández. Es wird von zwei in Stein gehauenen Engeln bewacht.

»Geht's gut, mein Mausbär?«

Nervös klopfe ich auf den Flügel des Engels. »Ja, alles wunderbar in Bamberg, super Wetter, Sonne scheint, alles top! Bei euch?«

»Die Sonne scheint?«

»Ja, warum denn nicht?«

»Weil es zehn Uhr abends ist!«

Ahh!

Erschrocken poche ich auf den Engelsflügel, als sei er schuld an der Zeitverschiebung.

»Das weiß ich!«, stottere ich souverän, »Ich . . . ich meinte nur, also, ich wollte sagen, dass die Sonne immer dann scheint, wenn du anrufst!«

»Quatschkopf!«

»Erzähl! Wie isses denn bei euch?«

»Nicht so toll. Das Wetter will einfach nicht besser werden, sind halt viel im Hotel. Jasons Fuß geht's aber ganz gut, er läuft schon wieder.«

»Is nicht wahr?!? Läuft er schon wieder, der Jason!«, spreche ich in meine Jacke, wovon drei japanische Touristen Fotos machen.

»Du, weswegen ich anrufe, Schatz. Die LTU bringt morgen dein Gepäck zurück und jetzt wollen die wissen, wann du da bist!«

Ich verscheuche die Japaner mit einer nicht besonders freundlichen Geste.

»Die bringen das zurück?«

»Ja, hast du gedacht, dass die das verbrennen?«

»Nein, aber, na ja . . . dass die das dann gleich vorbeibringen . . .«

Vorsichtig gehe ich einen Schritt nach vorne, um die aktuelle Position von Luna zu erspähen. Sie ist sichere zehn Gräber von mir entfernt und telefoniert ebenfalls.

»Was ist denn mit dir los, Mausbär? Kannst du nicht sprechen? Bist du im Büro?«

»Genau!«, sage ich und kralle meine Finger in den Engelsflügel.

»Ist dir neun Uhr morgens recht, vor der Arbeit?«

»Super recht!«

»Mausbär, willst du gar nicht wissen, wie's mir geht?«

»Ich? Doch! Wie geht's dir denn?«

»Gut!«

Als Luna um die Ecke kommt und keine zwei Meter vor mir steht, breche ich den Flügel ab. Er fällt krachend zu Boden.

»Mir geht's auch gut. Akku leer! Tschüss!«

Panisch drücke ich durch den Jackenstoff hindurch auf das Handy, doch das laute »Mausbär!?«, das da aus dem Futter dringt, zeigt, dass ich noch nicht aufgelegt habe. Mir bleibt nichts anderes übrig, als die Jacke vor Lunas Augen so weit wie möglich wegzuwerfen.

»Alles klar?«, fragt sie mich reichlich irritiert.

»Ja, mir war nur heiß!«

Fassungslos starrt Luna mich, die Jacke und den in drei Teile zerbrochenen Flügel an.

»Den . . . den kleb ich wieder dran!«, stammle ich.

»Das ist das Grab von José Hernández!«, stößt Luna bestürzt hervor und geht in die Knie, um die Bruchstücke zu untersuchen.

»Netter Kerl?«, frage ich verkrampft grinsend.

»Argentinischer Literaturheld!«

»Da gibt's bestimmt Spezialkleber für im Supermarkt, also für Engel von argentinischen Literaturhelden?«

»Ich glaube nicht!«

In aller Eile sammeln wir die Bruchstücke argentinischer Literatur auf. Dann gehen wir zu meiner Jacke, die neben dem Grab eines gewissen Luis Ángel Firpo auf dem Boden liegt.

»Psssst!«, sage ich zu Luna, dann lausche ich vorsichtig am Innenfutter.

Keine Mausbär-Rufe mehr. Luna schaut mich besorgt an.

»Wenn du willst, dann gebe ich dir die Nummer meines Therapeuten.«

Ich deute auf einen Sicherheitsbeamten, der keine zehn Meter hinter uns steht und sich verwundert den halben Engel am Grab von José Hernández betrachtet.

»Vielleicht wäre die Nummer deines Anwalts erst mal wichtiger!«

Und noch während wir vom Friedhof flüchten, müssen wir beide lachen.

Zwei Blocks vom Friedhof entfernt setzen wir uns auf eine Bank und holen prustend Luft.

»Wer war das denn am Telefon?«, fragt Luna mich, als wir beide uns einigermaßen erholt haben.

»Am Telefon, das war . . . Heidi. Wollte wissen, wie's mir geht.«

»Und? Wie geht's dir?«

Ich wische mir eine letzte Lachträne aus dem Auge und blicke in Lunas Augen.

»Mir geht es eigentlich ziemlich gut«, sage ich.

»Mir auch!«, antwortet Luna mit einem Blick, den Frauen nur dann haben, wenn man sie küssen darf.

Bauchgeweih

DAS SCHÖNE AN SEXPHANTASIEN IST, dass sie meist dort bleiben, wo sie entstanden sind: in den Köpfen geschlechtsreifer Männer mit oder ohne Kiesauffahrt. Bietet sich nämlich überraschend die Möglichkeit, dass eine oder gleich mehrere solcher Phantasien Realität werden, führt dies bei handelsüblichen Männern der Güteklasse 2 in der Regel nicht zu sexuellen Höchstleistungen, sondern zu kompletter Hilflosigkeit, verbunden mit sofortigem Atemstillstand und Verlust der Muttersprache. Lunas Vorschlag, den Tag mit einem guten Rotwein in ihrem Apartment zu beenden, habe ich noch selbstbewusst angenommen.

Doch als ich nach einem kurzen Besuch im Bad zurück ins Wohnzimmer komme und sich mir eine nackte Luna auf der Ledercouch präsentiert, da verschlägt es mir doch die Sprache. In ihren kniehohen schwarzen Lederstiefeln und einem schwarzen Spitzen-BH lächelt sie mich an, als wäre es die normalste Sache der Welt, sich sämtliche Klamotten vom Leib zu reißen, sobald der Besuch für einen Moment den Raum verlässt.

»Dir war doch vorhin auch heiß, oder?«, fragt sie ruhig und fixiert mich mit selbstbewusstem Blick. Ich nicke, schlucke und kann die Augen nicht abwenden von Lunas makellosem, durchtrainiertem Körper: der winzige schwarze Spitzenslip mit einer handgroßen Tätowierung und einem funkelnden Nabelpiercing darüber; all das ist ein bisschen zu viel für den kleinen Pitschi.

»Gefall ich dir?«, fragt mich Luna sanft, während ich, noch immer regungslos, gute zwei Schritte vor ihr verharre.

»Ja«, sage ich, »sehr!«

Luna lächelt und schließt für einen Augenblick die Augen.

»Wenn du magst, darfst du meinen BH aufmachen!«

Ich schlucke. Nicht auszudenken, was ich danach noch alles darf! Ich fühle mich wie ein zahnbespangter Achtklässler kurz vor dem ersten Petting. Schließlich gebe ich mir einen Ruck und wage mich zur nackten Luna auf die Couch.

»Du musst nicht . . .«, haucht mir Luna ins Ohr, was auf mich ungefähr so wirkt, als hielte mir jemand zehntausend Euro in kleinen Scheinen vor die Nase mit der Bemerkung, er könne das Geld auch jemand anderem schenken.

»Doch, doch«, sage ich und langsam öffne ich Lunas BH. Ich habe nichts anderes erwartet: Es kommen zwei perfekt geformte Brüste zum Vorschein. Als Luna meine Hand nimmt und sie langsam zwischen ihre Schenkel führt, falle ich fast in Ohnmacht.

»*¡Me encandilaste!*«, haucht sie mir ins Ohr und fast will ich mein Wörterbuch holen, um das Wort nachzuschlagen.

»Was . . .?«

»Genieß mich!«, übersetzt Luna für mich und schon spüre ich ihre Zunge in meinem Ohr.

»Des geht aber net . . .«, stottere ich.

»¿Porqué no?«

»Weil . . . des geht echt . . . echt net!«

Das plötzliche Auftreten meines fränkischen Akzentes markiert das Ende eines ohnehin jämmerlichen Widerstandes. Ein Angebot von einer solchen Frau kann man nicht ablehnen. Ich bin mir sicher, sogar der liebe Gott würde einem höchstpersönlich eine scheuern, ginge man mit einem »Tut mir Leid, ich kann nicht« aus der Wohnung.

Also höre ich auf zu denken und gebe mich dem hin, was inzwischen auf mir sitzt und sich mit beiden Händen auf meiner nackten Brust aufstützt: der erotischsten Frau von Buenos Aires. Wir sprechen nicht, während wir miteinander schlafen. So erregt bin ich, dass ich die Augen schließen muss, während Luna ihr Becken auf meinem vormals kleinen Pitschi kreisen lässt. Fast schmerzhaft wird mir bewusst, wie lange ich schon keinen Sex mehr hatte: Statt Lunas feurigen Blick zu genießen und ihre Brüste zu streicheln, kralle ich mich mit geschlossenen Augen in das kalte Leder der

Couch. Um nicht zu kommen, denke ich an Arne, wie er nachts auf Enten schießt, an Heidi, wie sie ihren Safari-Pullover auszieht, ja, ich stelle mir sogar den jungen Seppelpeter vor, wie er mich in Badehose zurechtweist:

»Erst zwei Wochen Resturlaub bis in den Juli schlebb und dann im Bedd versaachen. Mensch, Greulich!«

Es hilft alles nichts. Es kommt der Punkt, an dem es mich fast zerreißt. Der Punkt, an dem Luna mich noch tiefer in die Couch drückt und mein ganzes Ich mit geschlossenen Augen in gleißendes Licht taucht.

»Na?«, schmunzelt Luna und streift sich eine Strähne aus dem Gesicht, »wie war ich?«

Ich sehe immer noch Sternchen, als ich Minuten später nackt aufs Klo tapse und mein Kondom in einen kleinen Abfalleimer werfe. Das war, da bin ich mir sicher, mit Abstand der beste Sex meines Lebens. Ich setze mich auf die Toilette und nehme mir eine Modezeitschrift von einem Stapel. Beim Umblättern fällt ein Brief mit dem Firmenlogo eines Alfa-Händlers heraus, der an Luna adressiert ist. Unter der Adresszeile ist ein großbuchstabiges *reclamación* aufgedruckt, darunter steht die Summe von 10 788 Pesos. Ich lege den Brief wieder an die richtige Stelle der Zeitschrift und drücke auf die Spülung. *Reclamación.* Das hätte ich Luna auch sagen können, dass man bei einem italienischen Auto mehr reklamiert als fährt. Ich will das Bad schon verlassen, da drehe ich mich noch einmal um und greife nach der Zeitschrift. Es ist eine *Vogue* aus dem Jahr 2001 und zunächst kann ich es gar nicht glauben: Die Frau, die mir von der Titelseite zulächelt, ist Luna.

Mit der Zeitschrift in der Hand komme ich zurück ins Wohnzimmer. Luna, inzwischen in einem weißen Morgenmantel, sitzt auf der Couch und zappt mit einem Glas Wein in der Hand durch die Titel einer Robbie-Williams-CD. Irgendwie passt das, denke ich mir, wie ich mit der *Vogue* nackt vor Luna stehe. Exakt so muss sich ein 20-jähriges Mädchen fühlen, das eine Nacht mit Robbie Williams verbracht hat.

»Ahh . . . hast die *Vogue* entdeckt!«, lächelt Luna und reicht mir ihre Hand, »komm zu mir!«

»Bist DU das?«, frage ich neugierig und deute auf das Cover.

»Ja. Ich hab gemodelt bis 2001. Danach ging meine Agentur pleite. Überhaupt alles ging pleite 2001. Sogar meine Ehe.«

Ich ziehe ein T-Shirt über, nehme mir mein Rotweinglas und setze mich zu Luna.

»Das tut mir Leid!«

»Macht nichts«, sagt Luna und gibt mir einen sanften Kuss auf den Mund, »mir ist es lieber so. So wie jetzt. Mir dir!«

Der erste Schluck Wein nach dem besten Sex meines Lebens ist mir leider nicht vergönnt. Ich habe meine Lippen fast am Glas, als Luna es mir wegnimmt und mir mein T-Shirt auszieht, das ich gerade mal eine halbe Minute tragen durfte.

›Schon wieder?‹, denke ich mir. Sagen tue ich jedoch:

»Hui!«

An der Hand führt Luna mich in ihr Schlafzimmer, wo ich sie an ihr Stahlbett binden darf, um mit ihr zu machen, was immer ich will. Ich bin selbst überrascht herauszufinden, was ich alles will. Ich möchte nicht ins Detail gehen, aber was Luna mit mir anstellt oder ich mit ihr, würde selbst in einer Pornovideothek nicht direkt am Eingang stehen.

Das zweite Mal ist anders, viel bewusster und ich komme sogar ohne Gedanken an Heidi oder den jungen Seppelpeter aus.

Nach einer halben Stunde sehe ich ein zweites Mal Sternchen und falle halbtot neben Luna aufs Bett. Mein Atem geht so schnell, als wäre ich einmal quer durch den Rio de la Plata geschwommen. Ich muss sogar kurz lachen, vielleicht ja vor Glück oder Aufregung, ich weiß es nicht, es kommt einfach so aus mir.

»Kannst . . . kannst du mich wieder losmachen?«, höre ich Luna, die noch immer auf den Knien und mit verbundenen Augen am Bett hängt.

»Oh! Entschuldigung. Natürlich.«

Ich binde Luna los, geb ihr einen Kuss und zusammen liegen wir eine Weile einfach nur so da und hören die Musik, die aus dem Wohnzimmer leise zu uns dringt.

»Bist du . . . ich meine . . . hattest du . . .?«, frage ich Luna nach einer Weile schüchtern. Sie schüttelt den Kopf.

»Nein?«

Ich bekomme einen tröstenden Kuss.

»Nicht schlimm. Wir haben ja noch die ganze Nacht. Und vielleicht noch mehr!«

»Wie? Die ganze Nacht?«

Ein dünner Film des Entsetzens legt sich über meine eben noch so entspannte Gesichtsmuskulatur. Luna bemerkt es.

»Wie viel Pause brauchst du denn?«

Es ist nicht so, dass sie wirklich eine Antwort haben will, denn zwei Minuten später liege ICH gefesselt und geknebelt auf ihrem Metallbett. Moment mal, denke ich mir noch, während Luna meine Brustwarzen küsst: ICH hab IHR NICHT gesagt, dass sie machen kann, was sie will. Denn wenn ich irgendetwas hasse beim Sex, dann ist es das Küssen meiner Brustwarzen. Es ist nicht nur unerotisch, es bringt auch nichts, denn das Einzige, was in diesem Fall bei mir wächst, ist der Wunsch, dass es sofort aufhört. Und Knebel finde ich auch eher ein Mittel für den Geheimdienst als für Geschlechtsverkehr. Offenbar deutet Luna meine »Ahhs« und »Ohhs« wegen des Tuchs über meinem Mund etwas anders und verstärkt ihre Aktivitäten im Brustbereich noch. Erst als sich bei mir auch nach zehn Minuten nichts rührt, bindet sie mich los und schaut mich fragend an.

»Findest du mich nicht attraktiv?«

»Sehr attraktiv. Wahnsinnig attraktiv.«

»Danke!«

Mit einem Mal kommt die Angst, Luna zu enttäuschen. Ganz kläglich zu versagen in der ersten, gemeinsamen Nacht.

»Es ist nur so, dass . . .«

»Was?«

»Bin gleich wieder da!«

Splitterfasernackt und mit meinem Handy verschanze ich mich auf Lunas Klo. Nach dem dritten Klingeln geht ein wütender Arne ran.

»Mann, Mann, Mann! Sag mal, du kapierst das nicht, oder? Wir haben DREI UHR nachts!«

»Arne! Tut mir echt Leid, aber ich brauch deine Hilfe.«

»Das ist ja was ganz Neues!«

»Ich hab jemanden kennen gelernt, eine ganz tolle Frau, Model und so, die ist . . . wie soll ich sagen, ich bin jetzt bei ihr und sie kriegt nicht genug!«

»Okay, toll für dich, aber: Deswegen rufst du mich nachts um drei an? Und kannst du lauter sprechen?«

»Nein! Ich rufe an, weil . . .«

»Was? Pitschi, ich würde echt gerne weiterschlafen, wir fliegen morgen in die Flitterwochen!«

»Arne, ich krieg keinen mehr hoch!«

»Was?«

»Ich sage, ich krieg keinen mehr hoch! Wir haben es schon zwei Mal gemacht, alles wunderbar und das dritte Mal ging gar nichts mehr.«

»Ja . . . was weiß ich . . . musste Viagra nehmen oder so was.«

»Du wirst es nicht glauben, aber ich hab gerade keines da.«

»Mannmannmann . . . okay . . . da gibt's noch so was, aber ich weiß nicht, ob das funktioniert, ich hab das mal im Fernsehen gesehen.«

»Egal. Erzähl!«

»Nee, vergiss es, das ist echt zu albern und wird sowieso nicht klappen!«

»Arne! WAS ist es?«

»Also der Typ in dem Film, der hat sich Tabasco auf den Finger . . .«

»Er hat Tabasco gegessen?«

»Äh, nein! Er hat sich den Finger in den Hintern gesteckt.«

»Tabasco?«

»Wie gesagt. War nur ein Film.«

»In den Hintern?«

»Ja!«

»Danke, bist ein echter Freund. Tut mir Leid wegen der Störung. Ach und . . . um zehn Uhr kommt jemand von der LTU und bringt mein Mallorca-Gepäck. Meinst du, du kannst zu der Zeit bei uns in der Wohnung sein? Und hast du den Heizpilz?«

Ich höre ein Knacken in der Leitung.

»Arne?«

Ich sage Luna, dass ich Wein holen gehe im Wohnzimmer. Dann verschwinde ich in der Küche und durchsuche jeden einzelnen Küchenschrank. Ich finde so ziemlich alles außer Tabasco: Fertigsaucen, Reis, Ketchup und einen ganzen Packen *reclamaciónes* hinter einer abgelaufenen Lasagne-Packung. Scheint sich ja über Gott und die Welt zu beschweren, die Gute!

»Alles klar?«, höre ich Luna aus dem Schlafzimmer.

»Alles klar!«, rufe ich und entdecke eine Flasche mit einer roten Steaksauce, auf der eine brennende Chili abgebildet ist. *Chimichurri* steht auf dem Etikett.

»Gleich bei dir!«, rufe ich in Richtung Schlafzimmer und öffne den Verschluss.

Als ich einen Tropfen von der Sauce probiere, brennt es mir fast die Zunge weg.

Okay, denke ich mir. Ich hab diese eine Chance bei Luna. Ich muss sie nutzen. Sonst gibt's eine dicke *reclamación*!

Eine solche Frau hat das Recht auf einen Orgasmus. Und ich

werde sie zu einem bringen. Ich lasse eine ordentliche Portion Chimichurri über meinen rechten Mittelfinger laufen. Dann atme ich dreimal tief aus, hebe mein rechtes Bein an und tue das, was Arne mir gesagt hat. Es ist der Moment, in dem mir die ersten Tränen aus den Augen schießen, mein Kopf knallrot anläuft und es mir fast meinen Darm zerreißt, als ich Luna mit ihrem Morgenmantel in der Tür stehen sehe.

Schockgefrostet verharre ich in meiner Stellung und starre auf Luna. Und Luna starrt auf mich.

»Was machst du da?«

Es gibt Situationen, in denen sagt man besser gar nichts und geht. Ich hab die reelle Chance, der Freund eines *Vogue*-Models zu werden, und was mache ich nach nur einer Stunde in ihrer Wohnung? Gehe in die Küche und stecke mir einen Finger mit Steaksauce in den Hintern! Unnötig zu erwähnen, dass ich am liebsten im Erdboden versunken wäre.

»Ich . . . wollte nur dein Chimichurri mal probieren!«
    »Und, wie isses?«
    »Lecker!«
    »Und ich dachte immer, ich sei versaut! Ich geb dir jetzt doch mal die Nummer von meinem Therapeuten!«

Erst jetzt bemerke ich, dass ich mit dem Finger noch immer feststecke. So durcheinander bin ich, dass ich nicht registriere, was genau Luna in diesem Augenblick anstarrt. Es ist nicht mein knallrotes Gesicht, es ist auch nicht mein Finger, den ich inzwischen mit jeder Menge Spülmittel schrubbe: es ist mein, wie hieß es damals im Biologieunterricht, erigiertes Glied.

»Oh!«, sage ich.
    »Ah!«, sagt Luna.

Eine halbe Stunde später hat Luna ihren ersten Orgasmus und ich meinen zweiten Wein. Es ist ein Abend, den man eigentlich so hätte beenden können. Oder einfach so stehen lassen, was in diesem speziellen Fall besser passen würde. Immerhin bin ich keine 25 mehr. Doch als Luna sich gegen Mitternacht langsam fürs Ausgehen fertig macht, keimt in mir zum ersten Mal im Leben der Wunsch, im Herbst länger draußen zu sitzen.

Dance with me, baby!

»ABER DU HAST DOCH GESAGT, dass wir den Tag ausklingen lassen bei einem Glas Wein!«, protestiere ich in einer fast kindischen Tonlage. Wir stehen beide im Bad; Luna in Jeans und Spitzenbluse, ich noch immer in Unterhose.

»Den Tag ja, den Abend nicht!«, lächelt Luna und sprüht sich scharf riechenden Lack aus einer teuer anmutenden Designersprühdose in die Haare.

»Aber . . . es ist Mitternacht!«, protestiere ich.

»Stell' dich nicht so an«, lacht Luna und gibt mir einen Kuss auf den Mund, »schlafen können wir immer noch, wenn wir tot sind!«

»Na ja«, sage ich, vermutlich, weil ich mich bereits ziemlich tot fühle. Dann schlurfe ich ins Schlafzimmer und schlüpfe widerwillig in meine Klamotten.

»Wo willst du denn hin mit mir?«, rufe ich ins Bad.

»In die *Gran Bar Danzón*!«

»Hier im Viertel?«

»So eine halbe Stunde von hier!«

»Eine HALBE Stunde?«

Irgendwie kann ich mir in diesem Augenblick vorstellen, warum Lunas Ehe mit dem Schweizer in die Brüche ging, denn wenn ein

Schweizer eine halbe Stunde fährt, ist er in der Regel schon außer Landes.

»Ich fahr dich noch schnell am *Hilton* vorbei, wenn du neue Sachen brauchst!«, ruft Luna aus dem Bad.

»Wieso *Hilton*?«

»Weil du da wohnst!«

Top gestylt kommt Luna aus dem Bad und ich kann mir kaum mehr vorstellen, dass ich soeben dreimal mit dieser Frau geschlafen habe.

»Das *Hilton*. Puerto Madero, hast du doch gesagt!«, bemerkt sie verwundert.

»Stimmt! Ist aber . . . ich denke, für heute Abend geht's noch, also mit dem Hemd!«

»Sicher?«

»Sicher!«

»Ich frage nicht wegen mir, sondern wegen der anderen.«

»Welche . . . anderen?«

»Meine Freunde. Die ich dir gerne vorstellen würde!«

»Jetzt? Am Sonntag? Um Mitternacht?«

Lunas Antwort ist ein Kuss. Wie könnte ich widersprechen?

Mit Lunas zitronengelbem Alfa Spider brausen wir in Richtung *Microcentro* und stehen kurz darauf an der kühl glitzernden Theke einer edel eingerichteten und erstaunlich gut gefüllten Bar. Ein kurzer Rundblick genügt, um zu bemerken, dass sich hier nicht gerade die Müllabfuhr von San Telmo auf ein *Quilmes* trifft, sondern betuchte *porteños* in Nadelstreifen. Lunas Freunde heißen Yannes, Stefanie und Roberta und stehen in maßgefertigten Anzügen und französischen Edelkleidchen an der Bar. Als ich mit Luna an der Hand vor ihnen stehe, werde ich zunächst von Kopf bis Fuß gemustert und danach derart überschwänglich begrüßt, als würde man mich schon seit zehn Jahren kennen. Dass Luna mich ihren Freunden ausgerechnet mit meiner Lügengeschichte vorstellt, ich wäre mit meiner PR-Firma so reich geworden, dass ich nie mehr arbeiten müsste, trägt nicht dazu bei, dass ich mich wohler fühle. Roberta, eine geliftete Enddreißigerin mit übergroßer Prada-Brille, reicht mir respektvoll ein Glas Champagner.

»Wow! So you spend your time spending money?«

Ich nicke schüchtern.

»Yes. It's like this!«

»Spending money all the time!«, feixt Yannes, ein aufgedrehter, dürrer Snob mit langen, blonden und vor allem gegelten Haaren, »Lucky Luna! This man is a dream, isn't he?«

Ich habe keine Ahnung, ob Lunas Freunde mich tatsächlich so toll finden. Ich glaube ihnen nämlich kein einziges Wort. Nervös lasse ich meinen Blick durch den Raum schweifen und reduziere den Kontakt mit Lunas Freunden auf das Nötigste. Dann kommen glatte, schwarze Steinplatten, von denen wir Sushi und Surimi naschen, selbstverständlich die Besten der Welt, wie Stefanie, eine filigrane Frau mit Püppchengesicht und Szenefrisur, mehrfach betont. Als die Gespräche nach einer halben Stunde immer noch um Polo und die besten Clubs in *Punta del Este* kreisen, entschuldige ich mich kurz, um auf die Toilette zu gehen. Luna folgt mir und »stellt« mich kurz hinter dem Sichtschutz.

»¡No te vayas! Alles klar mit dir, Süßer?«

»Alles klar«, lüge ich.

»Bisschen anstrengend die drei, oder?«

Ich zucke mit den Schultern.

»Vielleicht?«

»Du Süßer«, lächelt Luna und umarmt mich liebevoll. »Sie finden dich jedenfalls toll!«

»Gut!«

»Hier«, zwinkert mir Luna zu und schiebt mir ein kleines Briefchen in die Hosentasche, »vielleicht macht das meine Freunde ein bisschen erträglicher.«

Der Inhalt des Briefchens, den ich in der Kabine des dezent beleuchteten Herrenklos auspacke, ist weiß und pulvrig. Ich schmecke kurz daran, weil ich das oft im Fernsehen gesehen habe, aber natürlich bringt es mir nichts, weil ich ja gar nicht weiß, wie Koks schmeckt. Ich fühle mich ein wenig seltsam, wie ich mit meinem Pulverbriefchen auf der Marmortoilette sitze, den fremden Stimmen und dem wellenartig von der Bar hereinschwappenden Klangbrei lausche. Mein argentinisches Handy piept zweimal, es ist eine Kurzmitteilung von Pedro.

Hey, cleaning man, thought you here tonight. I spoke to my uncle from Isenbeck and he wants to meet you Tuesday. Pedro.

Eine Einladung zu einem Bewerbungsgespräch bei *Isenbeck*!
Das ist ja Weltklasse!
Ich sollte mich freuen. Aber ich kann nicht. Warum?

Ich bin in Buenos Aires, nachweislich ziemlich groß und ziemlich weit weg!
Ich bin in coolen Clubs unterwegs mit schicken Leuten!
Ich habe sensationellen Sex mit einem echten Model!
Ich hab womöglich bald einen Job hier!
Ich hab sogar Drogen in der Hand!

Ich streue das Pulver auf meinen Handrücken, halte mir das linke Nasenloch zu und ziehe die Hälfte davon in meine Nase. Es fühlt sich exakt so an, wie das Chimichurri in meinem Hintern, nur dass mein Hintern nun auf dem Hals sitzt. Ich schließe kurz die Augen, dann halte ich mir das andere Nasenloch zu und sauge den gesamten Rest weg.
So.
Wollen wir doch mal sehen, ob ich nicht gleich glücklich werde.
Einundzwanzig, zweiundzwanzig . . .
Viel passiert nicht.

Oder doch?

Dreiundzwanzig, vierundzwanzig . . .

Nee.

Ist ja auch erst fünfundzwanzig Sekunden her!

Ich stehe auf und öffne die Klotür.

Mein Gaumen fühlt sich ein wenig pelzig an, als ich mir die Hände wasche, außerdem wird mir warm. Als ich mir die Hände abtrockne, fällt ein winziger Tropfen Blut auf den weißen Marmor. Hastig ziehe ich einen Packen Papierhandtücher aus dem Spender und halte sie vor meine Nase, um die Blutung zu stoppen. Schon toll, dass die einzige Wirkung von Kokain darin besteht, dass man sich Papier vors Gesicht halten muss, denke ich mir, und reiße eine Extraportion Papier aus dem Spender. Eine Extraportion Papier für den besten Typen hier. Ich sollte die ganze Scheißbar kaufen und das widerwärtige Polopack vor die vergoldete Tür setzen. Warum? Weil ich's kann! Und das Nasenbluten interessiert auch keine Sau! Ich stecke mir zwei Papiertücher in die Nase, rücke meinen Hemdkragen zurecht und schwebe lächelnd zurück zu meinem *Vogue*-Model, das mit seinem geleckten Schmockgesindel schon wieder an der Bar klebt.

»Ladies and gentlemen«, rufe ich lautstark und mit großer Geste durch meine blutigen Taschentücher hindurch, »coming all the way from the toilets . . . this iiiiiiiiiiiiiissssss Pitschiiiiiiiii Greulich!«

Zehn Minuten später legt Luna vor dem *Hilton* am Puerto Madero eine Vollbremsung hin. Inzwischen ist mir richtiggehend heiß, mein Herz rast und ein bisschen schwindelig ist mir auch. Das Schöne ist: All das ist mir scheißegal, weil ich Pitschi Greulich bin, der geilste Typ in Südamerika. Trotzdem kapier ich nicht, warum meine Schnecke mich ausgerechnet vors Hilton fährt. Ich schaue erst auf Luna, dann auf den roten Teppich, auf dem wir gehalten haben, und schließlich auf einen verschlafenen Pförtner, der sich daranmacht, meine Tür zu öffnen.

»Was zum Teufel soll ich hier?«, frage ich Luna.

»Du wolltest nach Hause, dein Hemd wechseln und dann durch alle Clubs der Stadt ziehen!«

Ich starre wieder auf das *Hilton*-Schild, dann zu Luna.

»Natürlich! Bin gleich wieder da, Puppe!«

Luna schaut mich an, als wäre soeben ein grüner Dosen-Alien auf ihren Beifahrersitz gefallen. Sie wirkt – und das erkenne ich trotz der Synapsenparty in meinem Kopf – gar nicht glücklich. Aber warum? Ich bin's doch auch!

»Du hast alles genommen, oder?«, fragt sie mich.

Der Pförtner weicht diskret einen Schritt zurück.

»Aber hallo!«, antworte ich. »¡Pero hola! Verstehste? Gleich zurück!«

Nach einem leidenschaftlichen Kuss schwinge ich mich elegant aus dem Wagen und schreie mit nach oben gerissenen Armen »Finger in Po, Mexiko!«

Dann breche ich auf dem roten Teppich zusammen.

Entsetzt eilen sowohl der Pförtner als auch Luna zu Hilfe und nach wenigen Sekunden stehe ich wieder. Lunas Ton ist inzwischen einen Tacken bestimmter geworden.

»Okay, wir lassen die Sache mit den Clubs weg. Du holst dir frische Sachen und schläfst bei mir!«

»Frische Sachen. Bei dir schlafen. Alles klar, Puppe! Warte hier!«

»Und nenn mich nicht Puppe!

»Alles klar, Zuckermäuschen!«

Irgendwas stimmt nicht so ganz, als ich wie ein Hollywoodstar ins Foyer schreite und mich souverän lächelnd der Rezeption nähere. Der Rezeptionist ist so nett, es mir zu erklären.

»You do not have a room here, Mr. Greulich.«

»No?«

»No, I'm afraid! I'm sorry.«

»Not even a little one?«

»Not even a little one, Mr. Greulich.«

Okay.

Langsam macht alles Sinn.

Ich bin vielleicht auf Koks, aber deswegen muss mein kleines, aber geniales Lügengebäude ja noch lange nicht auseinander bröckeln. Ich brauche genau zwei Minuten und fünfzig Dollar, um den Rezeptionisten zu überreden, mir zwei Calvin-Klein-Unterhosen, ein Boss-Hemd und eine *Best-of-Billy-Ocean*-CD aus der Boutique zu verkaufen. Währenddessen erkläre ich der politisch durchaus interessierten Putzfrau die Deutsche Einheit. Auf Spanisch. Ich bezahle 678 Dollar mit meiner Kreditkarte, setze mich wieder zu Luna in den Wagen und lege die Billy-Ocean-CD ein.

»Das sind deine Sachen?«, fragt sie mich.

»Yap! Meine Sachen. Wieso fragst du?«

»Weil sie . . . verpackt sind!«

Mit quietschenden Reifen und zu Billy Oceans »Dance with me, baby« fahren Luna und ich los. Ich bewege mich ziemlich gut zu Billy Ocean und das, obwohl ich sitze.

Den Rest der Nacht werde ich vergessen.

Und ich wache nur deswegen nicht bei Luna auf, weil ich gar nicht erst einschlafe.

Choreographie

IM ARGENTINISCHEN FERNSEHEN laufen nachts die gleichen beschissenen Quizshows wie bei uns. Und natürlich habe ich noch keinen einzigen *centavo* gewonnen, obwohl ich die richtige Lösung schon mindestens 100 Mal aufs Band gequatscht habe: 2,6 Kilo dulce de leche!

Und während ich mit meinem blutigen Hemd und weit aufgerissenen Augen noch immer auf Lunas Couch sitze und Bier trinke, fallen die ersten Sonnenstrahlen auf die Dächer der Gebäude gegenüber. Eine neue Woche will sich in mein zerbrechliches, neues südamerikanisches Leben schleichen und noch habe ich keine Ahnung, was ich davon halten soll. Mühsam stehe ich auf und schleiche in Lunas Schlafzimmer: umhüllt von einem weißen Laken schlummert die geheimnisvolle Schönheit vor sich hin. Ich kenne sie überhaupt nicht, denke ich mir, und je länger ich ihre kühle Makellosigkeit mit meinem warmen Bier in der Hand betrachte, desto mehr wird Luna Teil eines bizarren Traumes. Es ist kurz nach sechs, als ich die Tür leise hinter mir zuziehe und in einen klaren, bitterkalten Morgen trete.

Mit mir erwacht die Stadt. Die ersten Sonnenstrahlen spiegeln sich schüchtern in den anonymen, verglasten Bürotürmen, als ich mich frierend auf den Weg mache. Die Rushhour hat längst begonnen und so ist die ganze Stadt ein einziges verwaschenes und blinkendes Gehupe, ein dampfender, pumpender Moloch, der an den Nerven nagt. Auf einer großen, blauen Digitalanzeige blinken mir abwechselnd 3 Grad und 6:24 Uhr entgegen, aus den warmen U-Bahn-Schächten steigt weißer Dampf auf. Scharen von blassen, in Gedanken versunkenen Pendlern bahnen sich bibbernd ihren trostlosen Weg ins Büro oder zur Therapie. An einem kleinen Platz steht ein alter Mann mit einem Wägelchen voller Thermoskannen. Ich gehe zu ihm und kaufe einen dampfenden Becher Matetee. Er fragt mich freundlich, wo ich herkomme und ob mir Buenos Aires gefällt, die Mädchen und alles . . .

»¿Y, te gusta Buenos Aires? ¿Las chicas, el tango, fútbol, todo?«
»No!«

Mit meinem Tee gehe ich weiter. Und langsam aber sicher nimmt sich das weiße Pulver das zurück, was es mir am Abend gegeben hat: Mit jedem Schritt, den ich gehe, mit jedem Atemzug fühle ich mich beschissener. Ich wühle in meinen Hosentaschen, doch leider ist nichts mehr drin in Lunas Gute-Laune-Briefchen. Koks ist offenbar nicht wirklich eine Partydroge, sondern ein Selbstbewusstseinskredit mit 50 Prozent Zinsen.

Ich muss ewig gelaufen sein, denn als ich vor Stefanos Kneipe in San Telmo ankomme, ist es bereits kurz vor neun. Ich klopfe gegen die Scheiben, doch niemand öffnet. So fest poche ich an der Eingangstür, dass mir die Hände schmerzen. Und noch während ich dagegen hämmere, blicke ich hoch zu einem frisch angebrachten Kneipenschild. Ich trete einige Meter zurück und erstarre augenblicklich. Stefano hat tatsächlich auf meinen Rat gehört und sein Bierhaus umbenannt. Stefanos Bierhaus, so steht es auf großen, goldenen Buchstaben unter einem Geweih, heißt nun »Zur Hirsch«.

Erst als ich von einem Taxifahrer angehupt werde, bemerke ich, dass ich mitten auf der Straße stehe. Ich gehe zurück, zünde mir eine Zigarette an und setze mich in den Hauseingang. Ich nutze die Zeit, um eine Zigarette zu rauchen und mein ins Jackenfutter gerutschtes deutsches Handy zu befreien. Ich drücke und ziehe, finde aber keine Öffnung. Schließlich beiße ich das Futter auf und ziehe es heraus.

Kurz darauf kommt ein gut gelaunter Hirsch um die Ecke, der in der einen Hand eine Sporttasche und in der anderen seinen eigenen Kopf trägt: Stefano. Erschrocken bleibt er stehen, als er mich mit meinem blutigen Hemd auf seinen Stufen sitzen sieht.

»Für Himmels willen!«

»ZUR Hirsch?«, frage ich.

»Komm, gehen wir erst mal rein und trinken eine Tee!«, sagt der Hirsch und schließt die Kneipentür auf. Ich folge ihm.

»Warum geht nicht *Zur Hirsch*? Bedeutet schlimm das Tier?«, fragt Stefano, während er fast ein wenig ängstlich hinter dem Tresen heißes Wasser in zwei große Tassen gießt. Ich kann nicht glauben, dass er seine Kneipe umbenannt hat, ohne auch nur einen einzigen Deutschen zu fragen. »*Zur Hirsch* geht nicht!«

»Warum denn nicht?«

»Weil es genauso falsch ist wie *Zum Gemütlichkeit*! Frag mich doch vorher, ich bin doch Deutscher!«

»Franke!«, verbessert mich Stefano im Scherz, doch ich kann nicht drüber lachen. »Für Argentinier ist nicht so wichtig, der Buchstabe.«

»Und vielleicht sagst du mir einfach mal, warum du ein Hirschkostüm anhast. Okay, wegen des Namens, aber . . . willst du darin bedienen?«

Bei einer weiteren Tasse Tee erklärt mir Stefano seinen Plan. Als Hirsche verkleidet, werden wir die dreißigsekündigen Rotphasen auf der *Avenida 9 de Julio* nutzen, um den wartenden Autofahrern Stefanos Werbebotschaften näher zu bringen: *¿estrés por el tránsito?* auf dem Hintern und *¡tomate un chopp alemán en el zur hirsch, San Telmo!* auf dem Bauch. Normalerweise wäre ich ausgeflippt, aber jetzt sitze ich nur da, starre Stefano an und trommle mit den Fingern auf den Holztresen.

»Und was heißt das genau, *por el tránsito?*«, frage ich Stefano.

»Das auf Hintern heißt: *hast du viel Stress im Verkehr?* Und auf dem Bauch *trink einen Krug deutsches Bier im Zur Hirsch!* Gut, oder?«

»Klingt auf Spanisch besser«, sage ich, doch Stefano lässt sich nicht beirren.

»Wichtig ist Choreographie!«, erklärt er mir begeistert.

»Welche Choreographie?.

Aufgeregt kommt Stefano hinter seinem Tresen hervor, schiebt zwei Tische zur Seite und mich mitsamt Stuhl in die Mitte des Raumes.

»Okay, du bist jetzt Autofahrer!«, erläutert er und deutet auf meinen Stuhl. »Ich habe gestern die Zeit genommen auf der *Avenida*.

Die Ampel an der breitesten Stelle ist 30 Sekunden rot. Das heißt, wir haben 25 Sekunden Zeit, wegen Sicherheit. Ich mache vor den Hirschtanz, du musst bis 25 zählen! Hast du verstanden?«

Es ist schon ein bizarres Schauspiel, wie ich in der Mitte einer verlassenen Kneipe sitze und so tue, als sei ich ein Autofahrer, während mir ein Argentinier im Hirschkostüm Werbekonzepte erklärt.

»Ob du hast verstanden?«

»Bis 25 zähle ich! Du machst den Hirschtanz.«

Stefano platziert sich mit seinem Hirschkostüm an der Seite seines Restaurants und setzt sogar seinen Kopf auf.

»Okay?«, fragt er und es klingt etwas dumpf, wegen des Hirschkopfes.

»Ja!«

»Du kannst zählen!«

»Eins, zwei, drei . . .«, beginne ich stoisch zu zählen und Stefano kommt in einem angedeuteten Joggingschritt winkend vor meinen Stuhl gerannt, als hätte er einen Clown-Auftritt in einer Kindershow. Auf drei dreht er sich um und wackelt mir seine auf den Hintern getackerte Botschaft *¿estrés por el tránsito?* entgegen.

»Vier, fünf, sechs . . .«

»Erst wackeln mit die Po, dann stillhalten, damit man lesen kann!«, tönt es aus dem Hirschkopf.

»Okay . . . Sieben, acht, neun, zehn . . .«

Stefano dreht sich herum, deutet mit der einen Hand auf das Brustschild mit der Aufschrift *¡tomate un chopp alemán en el zur hirsch, San Telmo!* und hält den Daumen der anderen Hand nach oben. Als ich bei 20 angelangt bin, läuft er winkend und mit herausgestrecktem Po zurück zur Wand. Bei der 25 nimmt er seinen Hirschkopf ab und ringt nach Luft.

»Was meinste du?«

Ich starre Stefano an.

»Das war ziemlich beeindruckend vom Timing her, aber trotzdem hab ich noch die eine oder andere Frage . . .«

Immer noch Feuer und Flamme für seine Hirschnummer, schnappt sich Stefano einen Stuhl und setzt sich vor mich.

»Frag nur!«

»Hast du sie noch alle?«

Für einen Augenblick starrt Stefano mich entgeistert an.

»War ich zu schnell? Nochmal?«

»Nein!«

»Wie, nein?«

»Was ich dir sagen will: Ich mach das nicht!«

»Nein, du musst, wir müssen die Woche durchmachen, die Kneipe muss voll sein und die neue Name bekannt!«

»Ich . . . hab morgen ein Vorstellungsgespräch bei Isenbeck«, sage ich, worauf Stefano seinen Hirschkopf abnimmt und sich erschrocken seine schwedischen Buchhalterhaare zurechtstreicht.

»Bei Isenbeck?«, fragt er fast weinerlich, »morgen? Aber . . . ich dachte, du wolltest mir helfen.«

»Ja, aber doch nicht als Hirsch!«

»Nächste Woche muss ich die Rechnung bezahlen für die Brauerei. Wenn nicht ein paar Gäste kommen bald, na ja . . . vielleicht muss ich wieder machen zu!«

Ich atme dreimal tief aus.

»Mann!«

»Was meinst du mit Mann?«

Ich atme noch einmal tief durch.

»Okay. EIN einziges Mal!«

»Spitz!«

»Und es heißt Spitze!!«

»Okay!«

»Aber ich wackle nicht mit dem Hintern!«

Einige wenige gute Aspekte hat Stefanos Plan ja, was den heutigen Morgen betrifft: Ich darf ein warmes Fell tragen und muss weder schlafen noch über mein Leben nachdenken.

Spiderwoman

DIE BREITESTE STRASSE der Welt wirkt aus der Hirschperspektive noch viel breiter. Ich lasse das ganz bewusst für indische Leser nicht unerwähnt, die vielleicht als Hirsch wiedergeboren werden und mit ihren Angehörigen schon frühzeitig sichere Routen durch ihre Heimatstadt ausarbeiten wollen.

Da stehe ich nun in meinem Hirschkostüm, auf einer winzigen Fußgängerinsel inmitten des tobenden Verkehrs der *Avenida 9 de Julio*. Die Zahl der vorbeirasenden Autos schätze ich auf eintausend pro Minute, die Anzahl der Spuren, die mich von Stefano auf der anderen Seite trennen, muss ich nicht schätzen, ich habe sie gezählt: Es sind einundzwanzig. Ein kalter Winterwind bläst mir durchs Fell hindurch und das heitere »Ich kann alles« meiner kleinen Pulverparty hat sich längst in einen düsteren Nebel verwandelt, der mein Gemüt umhüllt.

»Bist du bereit?«, höre ich Stefano von der gegenüberliegenden Seite brüllen. Auf seiner kleinen Fußgängerinsel wirkt er wie ein Floh auf einer Briefmarke im Bamberger Stadionbad. Ich hebe meinen Hirschdaumen, setze den Kopf auf und stelle mich direkt neben die Ampel. Die Fußgängerampel springt auf Grün, Stefano ruft »¡Y hop!« und ich jogge los bis zur zehnten Spur, wo ich den mir entgegenkommenden Stefanohirsch abklatsche. Synchron drehen wir unsere Hintern in Richtung der wartenden Autos und wackeln damit wie Shakira in ihrem *Whenever-wherever*-Video.

Offenbar kommt unsere Show gut an, denn trotz des Lärms meine ich einige Autofahrer lachen zu hören.

Sieben, acht, neun, zehn ...

»¡Y hop!«, ruft Stefano und mit Schwung drehen wir uns beide mit der Brust zu den Motorhauben, halten den Daumen nach oben und deuten auf unsere Botschaft. Und tatsächlich, durch den Sehschlitz blicke ich in das äußerst amüsierte Gesicht einer jungen

Frau, deren kleines Kind auf dem Rücksitz vor Vergnügen schreit. Länger kann ich nicht schauen, denn auf das dritte »¡Y hop!« joggen wir entengleich arschwackelnd zurück auf unsere Fußgängerinseln, von denen wir losgelaufen sind. Ich habe meinen Fuß keine Sekunde auf dem sicheren Bürgersteig, da röhrt die Blechkolonne den halben Kilometer bis zum nächsten Stopp. Stefano hält von der anderen Seite den Daumen nach oben und noch bevor ich darüber nachdenken kann, ob ich mich mit dieser PR-Aktion wirklich beruflich verbessert habe, muss ich wieder losjoggen und gestressten Autofahrern meinen wackelnden Hintern präsentieren.

Unsere Aktion läuft perfekt, nur einmal bin ich ein bisschen spät und werde von einem bärtigen Lieferwagenfahrer angehupt. Eigentlich geht alles so lange gut, bis irgendwann kurz vor der Grünphase meine »Wer hat an der Uhr gedreht?«-Melodie ertönt. Irgendwie schaffe ich es, das Handy trotz Handschuhen und Hirschkopf an mein Ohr zu halten. Vielleicht hätte ich vorher aufs Display schauen sollen.

»Mausbär!«
»Bienchen!«

Die Ampel springt auf Grün und durch den Schlitz sehe ich Stefano auf der anderen Seite winkend loswackeln. Dass auch ich in dieser Sekunde meine sichere Fußgängerinsel verlasse, kann ich mir nicht wirklich erklären. Offenbar bin ich durch die hundertfache Wiederholung unserer Hirsch-Aktion so konditioniert, dass ich gar keine andere Wahl habe, als ebenfalls in Richtung Spur zehn zu joggen und meinen Hintern in Richtung Pendler zu halten. Mein Handy halte ich dabei fest ans Ohr gepresst.

»Alles klar, Mausbär? Du wirkst so außer Atem?«

»Bin unterwegs, Bienchen, alles klar. Wie geht's?«, keuche ich hinein.

»¡Y hop!«, ruft Stefano und mit einem Schwung springe ich um.

Da ich das Telefon halte, kann ich leider nur auf mein Brustschild deuten und muss auf den Daumen nach oben verzichten.

»Mausbär, das war nicht nett, wie du mich weggedrückt hast gestern. Ich hab mir Sorgen gemacht!«

»Der Akku war leer, ich hab dich nicht weggedrückt!«

»Ich wollte dir auch sagen, dass wir früher zurückfliegen, wegen dem Wetter!«

Fassungslos und wie in Zeitlupe nehme ich meinen Hirschkopf ab. Die Straße, die Autos, alles um mich herum taucht in eine dumpf pochende Unschärfe.

»Wie, ich meine, warum, also wann kommt ihr denn dann an?«

»Am Mittwoch um 21 Uhr 10. Die haben uns umbuchen lassen. Hört hier einfach nicht auf zu regnen, da haben wir beschlossen, bringt nix mehr. Bist du noch dran?«

»Ja, ja!«

»Mausbär, dafür bin ich dann früher bei dir!«

»Das ist schön!«, höre ich mich noch sagen, während der ahnungslose Stefano »¡Y hop!« ruft und zu seiner Seite hoppelt.

Ich finde, dass es ziemlich egal ist, wann und wie einem klar wird, was man will. Einige erlangen ihre persönliche Erleuchtung vielleicht bei einem langen Spaziergang, wieder andere durch Gott, Allah oder Pfarrer Fliege, und manch einer strickt sein Leben auch am Strand irgendeines 5-Sterne-All-Inclusive-Clubs um. Nur ich, Pitschi Greulich, stehe in diesem bemerkenswerten Augenblick mit einem Hirschkostüm vor geschätzten vierhundert Autos auf der breitesten Straße Südamerikas.

Bisher war alles ein gigantischer Streich.

Doch wenn Biene den Brief liest, wird alles real, ist alles aus.

Sie darf ihn nicht lesen.

Weil nichts darin stimmt.

Weil ich nach Hause will.

Zu uns nach Hause.

Um mit Biene länger draußen zu sitzen.

»Denk mal, dass wir dann so gegen elf wieder in Bamberg sind!«

»Gegen elf!« Und dann wird mein Umfeld wieder scharf. So scharf, dass ich Luna am Steuer ihres zitronengelben Spiders vor mir sofort erkenne. In ihren grünen Augen funkelt eine gefährliche Mischung aus Enttäuschung und blankem Hass. Hilfe suchend schaue ich zu Stefano, doch der steht längst auf seiner sicheren Briefmarkeninsel und winkt mir panisch, dass ich von der Straße soll. Minus zwei Sekunden steht auf dem Fußgängerdisplay.

»Mausbär?«, fragt Biene, während ich regungslos mit dem Handy am Ohr vor der wutschäumenden Luna und all den anderen nervösen Autofahrern mit dem Fuß am Gas stehe.

»Akku leer, meld mich!«, kann ich noch sagen, dann heulen die Motoren auf, ich sehe Lunas Reifen durchdrehen und den Spider beschleunigen, ganz langsam, so wie in einem amerikanischen Spielfilm, und dann hechtet der grimmige Zitronen-Alfa auf mich zu. Mit einem verzweifelten Sprung gelingt es mir noch, mich über den Wagen zu rollen. Scheiben klirren, aus der Ferne höre ich Stefano rufen und dann lande ich krachend auf der Motorhaube eines japanischen Kleinwagens mit dem Kennzeichen DNQ-486.

Was dann geschieht, nehme ich nur noch bruchstückhaft wahr, es fehlen ganze Teile meiner Erinnerung. Alles, was ich noch weiß, ist, dass Stefano sich über mich beugt, dass ganz viele Leute hupen und dass mehrere Ärzte von der Karte meiner privaten Krankenkasse so begeistert sind, dass sie mich nicht nur dreimal röntgen, sondern auch noch in so ein ratterndes Kernspin-Dings schieben, was fast so viel Lärm macht wie die *Avenida 9 de Julio*.

Und so wird es Abend, als ich mit einer Rechnung über 1845 Dollar und mehreren, postergroßen Aufnahmen meiner geprellten

225

Rippe vor das Krankenhaus trete, wo Stefano noch immer wartet. So zerknittert und schuldbewusst kommt er auf mich zu, als wäre er allein verantwortlich für beide Weltkriege, Krebs und die Sperrstunde bei der Bamberger *Sandkerwa.*

»Das war keine gute Idee mit dem Hirsch!«, entschuldigt er sich, »oder?«

Ich schüttle den Kopf, was ganz schön weh tut.

»Stefano, was ich mich die ganze Zeit gefragt habe in all den Wartezimmern: Was heißt eigentlich *reclamación?*«

»*Reclamación?* Das ist eine Mahnung. Wenn du Rechnungen nicht bezahlst, weißt du?«

»Okay!«

»Aber sag, warum sie hat dich umgefahren?«

»Sie hat mich verwechselt, Stefano.«

»Oh. Mit wem denn?«

»Mit jemandem, der ziemlich viel Geld hat.«

»Oh . . .«

»Stefano, wie viel Uhr haben wir?«

»*Son las seis y* . . . Kurz nach sechs!«

»Dann hab ich noch genau zwei Tage!«

»Wozu?«, fragt Stefano verwundert.

»Mein Lieber«, sage ich und umarme ihn vorsichtig, »es war toll, dich kennen gelernt zu haben. Aber ich fahre jetzt nach Hause.«

Erschrocken schaut mich Stefano an.

»Aber . . . warum???«

»Weil ich ausgerechnet am Ende der Welt nach den Dingen gesucht habe, die ich zu Hause längst hatte.«

Stefano presst die Lippen aufeinander, dann trifft sich unser Blick und wir geben uns ein letztes Mal die Hand.

»Schreibst du mir mal aus Europa?«

»Ganz bestimmt«, grinse ich.

Kick it like Beckham

DEUTSCHE FRAUEN wären bestimmt begeistert von argentinischen Taxifahrern, denn sie können etwas, was man uns Männern gerne abspricht: mehrere Dinge gleichzeitig. Der Fahrer meines Radiotaxis zum Beispiel kann gleichzeitig Auto fahren, rauchen, Kaffee trinken und sich per Handy nach den nächsten Madridflügen der Iberia erkundigen.

»¿A que hora sale, decís? A las nueve y media! La ultima del día. ¡Dale! Gracias.«

Bedächtig lässt mein Taxifahrer sein Handy in die Halterung rasten.

»The last plane is at half past ten. It's Iberia and you have to be there at eight!«

»Gracias, thank you!« antworte ich gehetzt und beginne sofort wild zu rechnen. Halb zehn, das heißt nicht mehr und nicht weniger, als dass ich noch genau dreieinhalb Stunden habe, bis die letzte Maschine Richtung Europa Buenos Aires verlässt. Wenn ich überhaupt noch einen Platz bekomme. Geschätzte zwanzig Blocks sind es noch bis zur WG: zehn Minuten. Packen und verabschieden: zwanzig Minuten. Taxi zum Flughafen in der Rushhour: eine Stunde. Ticket kaufen, Einchecken, Sicherheitskontrollen, Passkontrollen: halbe Stunde.

Knapp. Sehr knapp sogar!

Nervös rutsche ich auf der Rückbank hin und her, denn obwohl vor uns alles frei ist, schwankt die weiße Tachonadel des Renaults noch immer zwischen vierzig und fünfzig Kilometern pro Stunde. Jeder andere Taxifahrer der Welt hätte aus der Kombination ›Flug geht bald‹ und ›Fahrgast ist nervös‹ den passenden Schluss gezogen. Nicht so mein Taxifahrer, ein älterer Herr mit Baskenmütze und einem in den neunziger Jahren erloschenen Zigarillo. In Ermangelung jeglicher sozialen Kompetenz zieht dieser es nämlich vor, mich mit einer fast schon bösartigen Ruhe und Kaffee trinkend meinem Ziel entgegenzuschaukeln.

»A las nueve y media!? Puhhh!!!«, stöhne ich laut, in der Hoffnung, dass der alte Mann und sein Zigarillo es irgendwie mitbekommen. Sie bekommen es mit, ich sehe es an einem kurzen Nicken. Aber das war's dann auch.

An der neunten roten Ampel komme ich auf die Idee, Arne anzurufen, um ihn zu bitten, meinen Abschiedsbrief aus dem Kasten zu nehmen. Zitternd wähle ich die Nummer. Mir fällt ein ziemlich großer Stein vom Herzen, als ich Arnes »Hallo? Hallo?« höre.

»Ich bin's, der Pitschi, ich weiß es ist wieder irgendwie fünf Uhr oder so was, aber du musst mir jetzt den wichtigsten Gefallen überhaupt tun . . .«

Und dann piept es. Der gute alte Anrufbeantworter-Scherz! Ich könnte kotzen.

»Scheiße!«, zische ich und knalle die Faust gegen die Kopfstütze vor mir.

»¡Hey!«, zischt der Taxifahrer zurück und blickt mit gerunzelter Stirn in seinen Rückspiegel.

»Arne. Wenn du das irgendwann hörst«, spreche ich auf den Anrufbeantworter, »du hattest Recht mit allem. Ich komme jetzt nach Hause. Wir sehen uns nach euren Flitterwochen.«

Dann wähle ich Arnes Handynummer und werde darüber informiert, dass die *person I called temporarily not available* ist. Ich schalte das Handy aus und lasse mich in den Rücksitz fallen. Arne wäre meine letzte Chance gewesen, meinen Brief aus der Post zu fischen und unwiederbringlich zu vernichten. Andererseits: was bringt ein leerer Briefkasten, wenn ICH nicht zu Hause bin? Ich muss auf alle Fälle früher zu Hause sein als Biene, doch leider wissen nur der liebe Gott und Iberia, ob das klappt.

Wir fahren an *Dr. Ahorro* vorbei, der Apotheke, in der ich vor einer Woche mein Nasenspray gekauft habe. Das heißt, dass wir noch immer mehr als zehn Blocks entfernt sind.

»Maaannn!«, rufe ich, als mein Taxifahrer wegen seiner Schleicherei das zehnte Mal an einer gelben Ampel halten muss.

»¿Qué?«

»¡Me bajo acá!«

Ich drücke dem alten Mann mit Zigarillo einen Zehn-Peso-Schein in die Hand und renne die verbleibenden elf Blocks bis zu meiner WG.

Als ich die Tür zur Küche öffne, treffen mich die vorwurfsvollen Blicke von Keks und Pedro. Pedro, der ein Handy ans Ohr hält, beendet sein Gespräch, als er mich sieht.

»Look. The cleaning man!«

»Was ist los?«, frage ich, »ist Taxi verschwunden?«

»Ha preguntado si . . .«, beginnt Keks die Übersetzung meiner Frage.

»No!«, antwortet Pedro.

Erst jetzt erahne ich, in was für eine Situation ich die beiden gebracht habe. Mein Seppelpeter's-Rucksack liegt leer auf dem Küchenboden, auf dem Tisch erkenne ich einige meiner persönlichen Sachen: die orangenen Vokabelkarten, mein geknicktes Flugticket und zwei meiner Nutellagläser.

»Oh!«, sage ich.

»Also erst haben wir uns gefragt, WO du bist«, beginnt Keks ruhig, »und als wir dich nicht erreichen konnten und du auch in der zweiten Nacht nicht nach Hause gekommen bist, haben wir deine Sachen durchsucht. Jetzt aber, wo du wieder da bist . . .«, Keks reicht mir meinen Reisepass, »fragen wir uns, WER du bist!«

Schweigend nehme ich meinen Pass entgegen.

»Ich . . .«, sage ich ruhig und es fällt mir nicht mal schwer, »ich bin der Bidschi aus Bamberg!«

Keks schüttelt den Kopf und ich sehe, wie Pedro angespannt den Umschlag mit der Einwegkamera in die Höhe hält.

»And this? Why you have address of my abuela? Is bad woman!«

Ich schlucke und überlege, was ich sagen soll. Schließlich entscheide ich mich für die Wahrheit und gestehe Pedro, dass ich Abuela für einen Mädchennamen gehalten und mich stattdessen mit seiner Oma getroffen habe.

»Your abuela is really sorry because of your mother!«, erkläre ich zum Schluss.

»Yes«, seufzt Pedro und legt den Umschlag weg. »Perhaps it's time to have a coffee with abuela!«

Keks streicht sich eine Locke aus der Stirn und zündet sich eine Zigarette an. Sie ist ein ganzes Stück weniger amüsiert als Pedro, der inzwischen aufgestanden ist und sich ein Bier aus dem Kühlschrank nimmt.

»Und warum sagste dann, dass du aus Berlin bist? Dass du a Ex hast? Und dann doch widder keine?«

»Vielleicht«, antworte ich betrübt und beginne damit, meine Sachen in den Seppelpeter's-Rucksack zu räumen, »vielleicht weil ich so wahnsinnig gerne jemand anders gewesen wäre. Nur dazu braucht man nicht wegzufahren. I'm leaving, Pedro.«

Pedro klopft mir auf die Schulter.

»Goodbye cleaning man, have nice trip! And . . . thank you!«

»Thank you«, sage ich »and all the best for you!«

Dann verschwindet Pedro im Wohnzimmer.

Es herrscht eine seltsame Stimmung in der Küche, während ich meine wenigen Habseligkeiten in den Rucksack packe. Keks sitzt einfach nur da, beobachtet mich und raucht. Aus dem Wohnzimmer klingt inzwischen die Titelmelodie von *Ice Age 2*.

»Sagst du Pedro noch danke, dass er seinen Onkel wegen einem Job gefragt hat?«

»Sag ich ihm!«

Behutsam ziehe ich den Reißverschluss meiner Winterjacke zu und setze den Rucksack auf.

»Und die Nutella . . . die ist für euch. Alle Gläser!!!«

»Warum?«

»Ich dachte . . . na ja, dass das hier was Besonderes ist!«

»Nutella? Kriegste eigentlich in jedem Supermarkt!«

»Echt?«

»Ja! Aber . . . trotzdem danke!«

»Dann . . . verschwinde ich jetzt mal!«

»Du fliegst nach Hause, oder?«

»Ja! Zu meiner Freundin Biene.«

»Okay! Also doch!«

»Ja!«

Schüchtern gehe ich einen Schritt auf Keks zu, unsicher, ob ich sie umarmen soll, ein *beso* geben oder nur Hände schütteln.

»Du brauchst dich nicht zu verabschieden«, sagt sie leise.

»Warum?«

»Weil du nie hier warst.«

Ich schlucke.

Hastig steht Keks auf und schiebt ihren Stuhl unter den Tisch. Dann geht auch sie und lässt mich alleine zurück in der blauen Neonküche. Der Kühlschrank summt zufrieden. Aus dem Hausflur höre ich ein Lachen. Nur ich fühle mich reichlich seltsam.

Als ich die Schlüssel auf den Tisch lege, höre ich ein leises Miau vom Balkon.

»Taxi!«, rufe ich erfreut.

Ich drehe mich um und blicke in die neugierig funkelnden Augen von Pedros Kater, der gerade aus dem Miniwintergarten tapst und mich skeptisch beäugt.

»Ich muss los«, sage ich und beuge mich runter zu ihm. Nur widerwillig lässt er sich streicheln.

»Ich muss los, weil . . . zu Hause jemand wartet, den ich nicht mehr enttäuschen will.«

Fast beleidigt schleicht Taxi zurück in seinen Korb.

»¡Dale! ¡Nos vemos!«, sage ich und erhebe mich aus meiner

Katzenhocke. Dann schalte ich das Licht aus und ziehe die Tür hinter mir zu. Ich bin mir sicher: Wenigstens Taxi hat verstanden.

Es sind noch knapp zweieinhalb Stunden, bis die letzte Maschine des Tages Buenos Aires Richtung Europa verlässt und so winke ich mir das erstbeste Taxi, das an mir vorbeirauscht. »Al aeropuerto, por favor!«, sage ich und lasse mich atemlos auf die Rückbank fallen, »¡rápido, por favor!«

»Muy bien«, sagt der Fahrer, ein junger Kerl mit Beckham-Frisur und komischem Ohrring. Als er beim Beschleunigen so viel Gas gibt, dass die Reifen durchdrehen, bin ich beruhigt. Weil es eine Bus- und Taxispur gibt, brausen wir trotz der ersten Rushhour-Knubbel schnell in Richtung Flughafen. Meine Nervosität steigt trotzdem. Was ist, wenn ich es nicht schaffe? Wenn Biene einen vollen Briefkasten und eine muffige Wohnung vorfindet, in der alles an exakt derselben Stelle steht wie vor einer Woche? Bis auf den Bambus vielleicht, den Arne festgebunden hat? Ich kann nichts machen. Ich kann nur sitzen und hoffen, dass wir rechtzeitig zum Flughafen kommen. Und so versuche ich mich zu beruhigen, während Beckham und ich durch das nächtliche Buenos Aires fahren, und lasse meine Gedanken um die Dinge kreisen, die ich vor einer Woche verlassen habe.

Wir sind schon gut zwanzig Minuten unterwegs, da bemerke ich, dass wir noch immer nicht auf der Autobahn sind. Verwundert schaue ich nach draußen. Wir sind in einem ziemlich verlassenen Viertel, ohne Geschäfte oder Kneipen. Heruntergekommene Häuser werfen in einem fahlen Licht gruselige Schatten. Als die Gegend noch dunkler und mir noch mulmiger wird, lehne ich mich nach vorne und frage Beckham, wo er hinfährt.

»Perdone, ¿pero a dónde vamos?«

»Un momentito. Voy a explicarte«, nuschelt dieser, nimmt den Fuß vom Gas und greift zu einem großen Stadtplan auf dem Beifahrersitz. Doch statt des Plans bekomme ich ein seltsam riechendes Tuch vor die Nase und dann verschwimmt der Stadtplan und ich kann gar nicht mehr sehen, was mir der der Typ mit dem komischen Ohrring erklären will und dann drehen wir uns. Oder ich mich . . .

Das beste Bier der Welt

ZUNÄCHST VERMUTE ICH, dass Luna der Grund dafür ist, dass ich mich nicht mehr bewegen kann. Doch als ich zum ersten Mal meine verklebten Augen öffne, liege ich mit dem Gesicht nicht etwa auf einem Samtkissen, sondern auf einem muffigen Holzdielenboden. Ich öffne das andere Auge und schiele aus der Froschperspektive in einen unmöblierten, kahlen Raum, der sein einziges Licht von einer schwachen Deckenlampe erhält. Vor mir liegt mein ausgeräumter Rucksack, an der Wand stapeln sich Kartons, offensichtlich mit Computern und DVD-Spielern drin. Ich fühle mich unendlich erschöpft und durstig. Und die Heizung, an die ich mit einem groben Seil gebunden bin, läuft auf vollen Touren. Aus allen Poren kommt der Schweiß, meine geprellte Rippe tut höllisch weh. Mühevoll drehe ich meinen Körper. Das Fenster, das es irgendwann einmal hinter mir gegeben haben muss, besteht nun aus Stein: Bis auf einen kleinen Spalt ist es provisorisch zugemauert.

»Mhhhh«, stöhne ich laut und blinzle mit den Augen.

Ich will auf meine Uhr schauen, doch ich habe keine mehr.

Ich taste nach meinem Portemonnaie. Es ist weg.

Mit dem Mund öffne ich den Reißverschluss des Rucksacks.

Der Reisepass ist auch weg.

Als nach und nach all die lose in meinem Kopf umherschwim-

menden Erinnerungsbruchstücke ineinander greifen, lautet mein
ernüchterndes Ergebnis, dass ich entführt worden bin.

Aber warum?

Ich bin weder wichtig noch reich!

Kurz habe ich Angst, Opfer der brasilianischen Organmafia geworden zu sein, doch bis auf die beiden Blutflecken auf meinem
Hemdkragen gibt es keine Anzeichen dafür. Ich muss lachen: Das
wär ja noch schöner, ein Biermanager ohne Leber!

»Hallo?«, rufe ich und lausche, ob sich irgendetwas rührt.

Nichts. Ich rufe noch einige Male lauter, doch es geschieht wieder nichts. Ich ziehe an meinen Fesseln, die sich aber deswegen nur
fester zu schnüren scheinen.

Und dann höre ich dieses Geräusch, das sich ganz leise steigert
von einem kaum hörbaren, entfernten Zischen bis hin zu einem
mächtigen sonoren Brummen. Schließlich donnert etwas über
mich hinweg. Ganz ohne Zweifel sitze ich keinen Kilometer von
einem Flughafen entfernt!

Flughafen!

Flughafen?

Mit einem Ruck bin ich hellwach. Ich strample und ziehe wie verrückt an der Heizung.

»Was soll die Scheiße, ihr Arschlöcher! Macht mich los!«, brülle
ich. »Habt ihr gehört? Ihr sollt mich losmachen!«

Ich trete und winde mich, ich boxe um mich und schreie mir die
Lunge aus dem Leib mit dem einzigen Resultat, dass ich nach ein
paar Minuten erschöpft mit dem Gesicht auf den Dielenboden krache, zurück in meine Ausgangsposition.

Eine weitere Maschine röhrt über das Zimmer.

Dann nimmt die Stille überhand.

Ob es meine Maschine war?

Ich weiß es nicht.

»Bienchen summ? Immer schön herum?«, flüstere ich in das Schweigen hinein. Was gäbe ich jetzt nicht für einen schon am Vorabend gedeckten Frühstückstisch??! Für ein kühles Bier auf der *Sandkerwa*?! Für eine Umarmung mit Biene.

»Bienchen summ . . .«, nuschle ich schwach und mit den Tränen kommt ein eisenschwerer Schlaf.

Es ist der Durst, der mich irgendwann aufwachen lässt. Wie lange ich geschlafen habe – keine Ahnung. Die Heizung pumpt noch immer mit voller Kraft, mein Gaumen fühlt sich an wie verklebtes Sandpapier. Unter Schmerzen richte ich mich auf, öffne und schließe ein paar Mal die Augen und strecke mich, so gut es geht.

Und dann entdecke ich das schier Unfassbare. Eine gute Minute starre ich auf die andere Seite des Raumes, während mein Hirn versucht, Dinge, die nicht zusammenpassen, zu verbinden.

»Des gibt's doch net!«, sage ich laut.

Dort, in einem schmutzigen Stahlregal, zwischen einem alten Bügeleisen und einigen gebrauchten Farbdosen, steht eine volle Flasche Seppelpeter's Spezial's.

Die Rache der Ente?

Eine von Seppelpeter persönlich entsandte Truppe Schnitzelnazi's?

Oder etwa Biene?

Nichts von alledem macht Sinn. Statt mit einem weiteren, nutzlosen Wutanfall wichtige Energie zu vergeuden, überlege ich mir, wie ich mich befreien könnte. An scharfe Gegenstände komme ich nicht heran und bevor ich das Seil durchgerieben habe, bin ich wahrscheinlich verdurstet. Ich denke nach und denke nach und schließlich habe ich eine Idee.

Wenn ich das Seil nicht von der Heizung kriege, muss ich die Heizung eben von der Wand kriegen! Marode genug sieht sie aus und da ich nicht an den Rillen gefesselt bin, sondern am Zuleitungsrohr, könnte ich ja vielleicht versuchen, es aus dem Boden zu stemmen.

Ich zähle bis drei und mit aller Kraft drücke ich mich und das Rohr nach oben. Es bewegt sich keinen Millimeter. Ich versuche es ein weiteres Mal mit noch mehr Kraft. Nichts. Ich reiße das Rohr nach links und nach rechts. Gar nichts.

Kurz vor dem Ende meiner Kräfte sehe ich, dass das Rohr mit einer Art Schraubring am Boden befestigt ist, in dem eine einzige, locker sitzende Kreuzschlitzschraube steckt. Langsam lasse ich mich nach unten gleiten und drehe die Schraube heraus. Und tatsächlich: Der Eisenring ist zwar ziemlich heiß, lässt sich aber problemlos bewegen. Als ich ihn ganz nach oben gedreht habe, hebe ich vorsichtig das Zuleitungsrohr an und . . . schreie laut auf vor Schmerz. Eine mächtige Fontäne brühend heißen Wassers schießt nur Zentimeter an mir vorbei bis an die Decke und ergießt sich im Raum.

»Heiß, heiß, heiß!«, schreie ich, als würde mein Geschrei das Wasser abkühlen. Ich kneife die Augen zu und mit einer einzigen Bewegung gelingt es mir, meine Fesseln vom Rohr des Heizkörpers abzustreifen. Hastig robbe ich an das andere Ende des Raumes, der sich inzwischen in eine finnische Sauna kurz nach einem Aufguss verwandelt hat, und ziehe mich an einem Regal nach oben. Alles dampft und brodelt, als ich mir die Flasche Seppelpeter's Spezial's aus dem Regal nehme und genussvoll öffne.

Ich leere sie mit geschlossenen Augen und ohne ein einziges Mal abzusetzen. Kein einziges Bier der Welt hat mir jemals besser geschmeckt als in dieser Sekunde dieses lauwarme Seppelpeter's Spezial's.

»Ahhhhhhhhhhhh!«

Als ich die leere Flasche zurück ins Regal stelle, bemerke ich zwei junge Männer, die in der Tür stehen. Und während sich Beckham auf die Wasser spuckende Heizung stürzt, starrt mich der andere regungslos an. Ich erschrecke nicht, denn trotz des Wasserdampfes kann ich erkennen, wer es ist: Alex, mein Kreuzschlitzschrauben-Sitznachbar vom Hinflug.

+ 1 Tag

DIE ROTE TACHONADEL zittert sich über die 100, als Alex und ich während eines wunderschönen Sonnenuntergangs Richtung Flughafen *Ezeiza* rasen. Es ist später Dienstagnachmittag, was bedeutet, dass ich fast einen ganzen Tag verloren habe in meinem deutsch-argentinischen Heizungszimmer. Es schießen immer wieder die gleichen Bilder durch meinen Kopf: Wie Biene den Brief liest. Wie ich Biene ein letztes Mal umarme. Wie ich ausziehen muss aus Bienes Wohnung und wieder ganz von vorne anfange. Doch noch ist Dienstag. Noch habe ich eine kleine Chance, die Sachen zu richten.

»Äh . . . tschuldigung, gilt natürlich nicht!«, reißt mich Alex aus meinen Gedanken und schaltet die Taxiuhr aus.

»Danke. Sehr nett!«

Ich sitze im gleichen Taxi, in dem ich am Vorabend entführt worden bin, nur, dass Alex dieses Mal der Fahrer ist und nicht sein Komplize Beckham. Die geraubten Sachen habe ich zurückbekommen, auch die Uhr und den Pass. Die viertausend Dollar von meiner Kreditkarte, die Beckham bereits in DVD-Spieler und Handys investiert hat, halte ich in bar in meinen Händen. So peinlich ist Alex die Entführung, dass er seit einer halben Stunde unentwegt drauflos plappert.

»Das tut mir echt Leid, ich meine, das war wirklich ein Scheiß-Zufall! Mann, ausgerechnet dich sammelt der Idiot auf!«

»Ich nehme mal an, dass ihr eure Opfer sonst nicht zum Flughafen fahrt, oder?«

»Spinnst du?«, lacht Alex. »Wir fahren sie raus nach La Plata!«

»Find ich eigentlich ziemlich scheiße!«

»Na, wir hören ja auch auf mit dem Scheiß!«

»Schlechtes Gewissen?«

»Nee, ich . . . werde Vater und . . . ich zieh bald mit meiner Freundin zusammen. Dann, äh . . . geht das alles nicht mehr.«

»Verstehe!«

Über eine schlecht betonierte Auffahrt rattern wir auf die Flughafenautobahn. Meine Ohren haben mich nicht getäuscht, ich war die ganze Zeit ziemlich nahe am Flughafen: Am Horizont kann man bereits die Heckflossen der großen Maschinen und den Tower sehen. Alex, der immer noch nicht so recht weiß, was er reden soll, dreht das Radio an. Ausgerechnet Madonnas »Don't cry for me, Argentina« kommt aus den Boxen.

> ». . . so I chose freedom
> Running around, trying everything new
> But nothing impressed me at all . . .«

»Wie war's denn überhaupt in Mar del Plata?«, unterbricht Alex unvermittelt.

»Ich war nicht in Mar del Plata. Ich war in Buenos Aires, die ganze Zeit. Ich . . . wollte ein neues Leben anfangen.«

Erstaunt schaut Alex zu mir rüber.

»Ein neues Leben? In einer Woche? Und? Haste's geschafft?«

Durch das schmutzige Seitenfenster blicke ich hinaus auf die trostlosen Wohnghettos am Rande der Flughafenautobahn. Dann drehe ich meinen Kopf zu Alex.

»Ja!«

Madonna singt weiter »Don't cry for me Argentina«, während sich unser Taxi schweigend dem Flughafen nähert. Als erste Schilder die Spuren der Autobahn in DEPARTURE und ARRIVAL aufteilen, räuspert sich Alex.

»Welche Airline?«, fragt er routiniert.

Ich muss dreimal tief durchatmen, bevor ich ihm eine einigermaßen ruhige Antwort geben kann.

»Als ihr mich ausgeraubt habt, habt ihr da ein Flugticket gesehen mit dem Namen von einer Airline drauf und einer Abflugzeit?«

»Nee! Hat uns auch gewundert eigentlich.«

»Dann sieht es wohl fast so aus . . .«, sage ich, zunächst noch ruhig und beherrscht, bevor ich schreie, »ALS HÄTTE ICH NOCH KEINS!«

»Stimmt. Tschuldigung!«

Mit quietschenden Reifen parken wir quer vor dem Internationalen Terminal.

Zusammen stürzen wir aus dem Wagen und rennen auf die rotgelben Iberia-Counter zu. Meine Rippe schmerzt beim Rennen, weil der Seppelpeter's-Rucksack immer wieder dagegen schlägt.

»Frag du, ob es noch Platz gibt«, keuche ich.

»Okay! Und das Ticket geht natürlich auf mich. Schmerzensgeld, sozusagen!«

Hundert Meter weiter sitzt eine junge Frau hinter einem weißen Tresen. Sie trägt viel Make-up, wahrscheinlich Einstellungsvoraussetzung bei Iberia. Ihr von belangloser Flughafenmusik begleitetes Lächeln wirkt leicht arrogant.

»¡Hola, hay todavía sitio en el avión para Madrid?«, japst Alex für mich.

»Cuántas personas?«, fragt die Frau mit dem Make-up.

»Solo una!«

Ich halte vor Aufregung die Luft an, während die überschminkte Angestellte irgendwelche Sachen in ihr System tippt. Sie tippt und tippt, schaut skeptisch auf den Bildschirm und ruft schließlich sogar eine Kollegin an. Das Rattern der Tastatur, der Anruf, die Blicke, all dies kommt mir vor wie eine halbe Ewigkeit. Und ich atme erst wieder aus, als mich die Frau mit dem Make-up anlächelt und sagt:

»Si!«

Eine unglaubliche Last fällt von mir ab, als ich eine Stunde später in meinen Sitz der Maschine nach Madrid falle. In der Innentasche meiner Winterjacke entdecke ich das Notizbuch mit meiner To-Do-Liste. Zuerst muss ich schmunzeln über die Dinge, die ich mir vorgenommen habe. Die argentinischen Nachtische zum Beispiel verstehe ich immer noch nicht. Ich frage eine Stewardess nach einem Stift, streiche die alten Punkte durch und beginne eine neue Seite:

Der echte Pitschi

TO DO

1. Mit Biene einen Schritt weitergehen

Als wir abheben, schlage ich das Notizbuch zu und falle in einen 3786 km langen Schlaf.

Die Kabinenbeleuchtung ist abgeschaltet, als ich irgendwann in der Nacht aufwache und auf Socken den Gang entlang nach vorne gehe, um mir einen Becher Wasser zu holen. Auf den ausgeklappten Monitoren läuft der mir inzwischen bekannte Abspann von *Ice Age 2*. Als die letzten Namen durchgelaufen sind, schaltet das System um auf den blauen Bildschirm mit den Landkarten und der aktuellen Position des Flugzeuges. Wir sind direkt über dem Atlantik. Was mich allerdings stutzig macht, ist die Uhrzeit, die Sekunden danach neben UHRZEIT AM ANKUNFTSORT erscheint: 11:20 Uhr steht dort. Es ist eine sehr böse Vorahnung, die da ganz still und leise in mein Gehirn krabbelt: Denn wenn ich insgesamt zwölf Stunden fliege, um 22 Uhr 30 abgeflogen bin, aber um 14 Uhr noch was in Madrid lande, dann . . . Hastig laufe ich zurück zu meinem Sitzplatz und suche nach meinem Ticket. Als ich die Daten lese, bricht mir der kalte Schweiß aus.

DÍA + 1 steht da neben meiner Ankunftszeit und das bedeutet nichts anderes, als dass ich nicht am Dienstag, sondern am Mittwoch in Nürnberg ankomme und dass ich natürlich keinen Tag mehr habe, um das Nötigste zu richten. 21 Uhr 10 steht auf meinem Ausdruck als geplante Ankunftszeit in Nürnberg. Auf die Minute genau zur gleichen Zeit wie Biene!

Jetzt und schnell

DIE RESTLICHEN STUNDEN in der Maschine nach Madrid, das endlose Warten beim Umsteigen nach Zürich und Nürnberg, es war die reinste Hölle! Noch über dem Atlantik habe ich Checko von einem Satellitentelefon auf die Mailbox gefleht, er möge beim Heimfahren von Flughafen nach Bamberg irgendeine Panne vortäuschen mit seinem Chrysler. In Madrid, ich konnte kaum noch stehen vor Erschöpfung, habe ich mich bei *Sixt* und *Hertz* darüber aufklären lassen, dass sie nach Interkontinentalflügen keine Leihwagen herausrücken, schon gar nicht an stinkende Typen in blutigen Hemden. In Zürich wollten sie mich dann fast nicht durch die Kontrolle lassen, weil ein Drogenhund auf mein Hemd ansprang. Nur mit Glück konnte ich intensiveren und womöglich schmerzhaften Untersuchungen entgehen.

Und schließlich ist es kurz nach 18 Uhr, als ich meine wunden Füße wieder auf fränkischen Boden setze. Die deutsche Passkontrolle läuft glatt und zum ersten Mal sehe ich Licht am Ende des Tunnels. Mit meiner errechneten viertel Stunde Vorsprung könnte ich zumindest den Brief aus dem Briefkasten nehmen, die Fenster aufreißen und das Bett durcheinander bringen. Keine hundert Meter mehr bin ich vom Taxistand entfernt und fast will sich schon ein Lächeln in mein übermüdetes Gesicht schleichen, als ich mit einem erschrockenen »Uaaaaaahhhhhh« eine scharfe Rechtskurve in Richtung Toilette einlege. Es ist genau die gleiche Toilette, in der ich vor einer Woche meinen Überfall vorgetäuscht habe. Am zweiten Gepäckband, direkt vor dem Ausgang, steht Biene mit Checko und Co. und wartet auf ihre Koffer.

Ich drücke mich gegen die Wand und wähle hektisch Checkos Handy an. Leider geht noch immer nur die Mailbox dran.

»Checko, du Schnarchnase! Geh an dein Scheiß-Handy!«, fluche ich. Vorsichtig schiebe ich meinen Kopf aus der Tür. Statt sein Handy einzuschalten, greift Checko seinen riesigen Koffer und wuchtet ihn in den Wagen neben sich. Ich weiche einen Schritt zurück und lehne mich wieder an die Wand.

Ich muss irgendwas machen.

Das kann doch alles nicht so schwer sein.

Was wäre, wenn ich Jason oder Miriam anriefe?

Den langen Erich?

Es würde sicher Stunden dauern, die Situation auch nur ansatzweise zu erklären, alles würde auffliegen! Natürlich könnte ich mir auch meine argentinische Winterjacke über den Kopf ziehen und einfach vorbeirennen. Doch gäbe es ein jämmerlicheres Ende meiner geheimen Flucht, als über den Rollkoffer eines Mallorca-Rentners zu stolpern, um dann der entsetzten Biene mit meinem blutigen Polohemd japsend vor die Füße zu krachen?

Vorsichtig schaue ich ein weiteres Mal um die Ecke und zu meiner großen Freude hält Checko sich endlich sein Handy ans Ohr. Hektisch wähle ich seine Nummer.

Besetzt!

Das heißt, er hört seine Mailbox ab.

Das heißt, er bekommt die Nachricht!

Checko wird sich irgendwas einfallen lassen, warum sein Auto nicht fährt, ich werde Zeit gewinnen und kann den Brief aus dem Kasten nehmen. Es muss an meiner Freude liegen, dass ich für einen winzigen Augenblick meine Deckung vernachlässige. Aber es ist nicht schlimm. Es ist nur Checko, der mich sieht. Und nach einigen Sekunden des ungläubigen Anstarrens hebt er unauffällig den Daumen, grinst und tut so, als sei gar nichts gewesen. Dann sagt er irgendetwas zu Biene, woraufhin diese ungläubig den Kopf schüttelt. Den Rest sehe ich nicht mehr.

Ich ziehe meinen Kopf zurück und lasse mich an der Toilettenwand nach unten gleiten. Ich könnte Checko umarmen vor Glück. Meinen pummeligen, langweiligen Leberkäs-Checko. Meinen immer alles als Letzter kapierenden, schlechte Sachen tragenden, Autos aufschreibenden, dicken Lieblingsfreund!

Ausgerechnet er hat meinen Arsch gerettet!

»Haha«, lache ich unter den verwunderten Blicken eines geschniegelten Geschäftsmannes, der mit seinem Aktenkoffer über mich drübersteigen muss.

Alles wird so, wie es vorher war!

Nur anders! Weil ich weiß, was ich will.

Ich stehe auf, wasche meine Hände und ziehe mir ein frisches Hemd an. Als die Luft rein ist, durchquere ich die Gepäckhalle und den Zoll und trete hinaus in einen herrlich warmen, fränkischen Sommerabend.

Dann sehe ich Biene und die anderen in zwei Taxen steigen und wegfahren. Ich gehe sofort in Deckung.

»Maaaaannn, Checko! Was soll denn jetzt die Scheiße!?«

Wie Jason zu seinen GI-Zeiten robbe ich mich an das schnellste Taxi in der Reihe heran, einen 7er BMW. Ich würde echt zu gerne wissen, was Checko da für eine Panne inszeniert hat. An seinem Chrysler kann er jedenfalls in der kurzen Zeit nicht gewesen sein! Noch im Liegen öffne ich die Türe und schlängle mich ins Taxi.

»Des geht fei net«, raunzt mich ein schlecht gelaunter Taxifahrer an. Ich setze mich trotzdem auch auf die Rückbank. »Das ist mir egal, ob des geht oder net, ich muss nach Bamberg und zwar so schnell wie möglich!«

»Sie müssen drotzdem des erschde Daxi in der Reihe nehma! Und überhaupts: Wie sehen Sie denn aus?«

Da ich weiß, wie ich aussehe, halte ich lieber meinen Kopf aus dem Fenster, um mir das erste Taxi in der Reihe anzuschauen. Es ist ein Kleinbus mit einer ausgeklappten Spezialtreppe für Behinderte.

»Hören Sie«, sage ich laut und bestimmt, »das da vorne, das ist kein Taxi, sondern ein Treppenlift. Ich hab jetzt keine Zeit, das zu erklären, aber: Sie machen zwei Menschen sehr glücklich, wenn Sie mich mit diesem Auto nach Bamberg fahren, vielleicht sogar drei. Also drehen Sie Ihren Scheiß-Schlüssel um und geben Gas, es sei denn, Sie haben eine bessere Begründung als dass DES net geht, weil mer DES net machen kann!«

Aus dem Rückspiegel blicken mich zwei überforderte, fränkische Augen an. Fünf Minuten später rasen wir mit 180 über die Autobahn.

Zu spät

ICH SEHE ES an den heraufgezogenen Rollläden und am Licht, das aus dem geöffneten Badfenster im dritten Stock scheint. Biene ist zu Hause!

Um sicherzugehen, zähle ich die Stockwerke noch einmal.

Es sind drei.

Wie immer.

Ich bin zu spät.

Mit pochendem Herzen und zugeschnürter Kehle öffne ich schließlich die Eingangstür unseres Mietshauses. So sehr zittere ich, dass ich erst nach einigen Anläufen den Briefkastenschlüssel ins Schlüsselloch kriege. Mit geschlossenen Augen drehe ich ihn herum und bitte den lieben Gott, dass mein Abschiedsbrief drin liegt.

Ich öffne die Augen.

Meine allerletzte Hoffnung löst sich in Luft auf.

Der Briefkasten ist leer.

Das war's.

Womöglich sitzt Biene jetzt schon oben auf der Couch und wundert sich, warum ich in einer Woche kein einziges Mal in den Briefkasten geschaut habe. Oder schlimmer noch: Sie liest meinen Brief!

Soll ich überhaupt noch nach oben gehen?

Ich gehe los und denke nach.

Man reißt nach einer Woche Urlaub nicht gleich die gesamte Post auf. Man nimmt erst mal einen Schluck Wasser, setzt sich, lüftet.

Langsam, sehr langsam schließe ich unsere Wohnungstür auf.

Wie immer kommt Biene mir freudestrahlend entgegen und umarmt mich.

Ich würde mich wahnsinnig gerne auch freuen, doch die Angst ist größer.

»Mausbär! Müde siehste aus!«

So fest umarme ich Biene, als wäre jede Sekunde unserer Berührung die letzte unserer Beziehung. Ich kann keinen klaren Gedanken fassen, ich hab keine Lügen mehr parat, ich bin einfach nur dankbar für diese wenigen Augenblicke der Nähe. Was auch immer nun passiert, es ist einfach so.

»Ich hab dich so vermisst, Mausbär! Und ganz blöde Gedanken hatte ich!« Unfähig zu sprechen halte ich Biene fest umarmt und drücke ihr unzählige Küsse in den Nacken. Lachend wuselt sie mir durch die Haare.

»Dabei hast du alles so schön vorbereitet, du Verrückter! Wie hast du denn den Heizpilz hier hoch bekommen?«

Und noch während ich mir verzweifelt überlege, wie ich den Heizpilz hier hoch bekommen haben soll, zieht Biene mich ins Wohnzimmer, vorbei an einem großen Blumenstrauß auf die Dachterrasse, wo ein großer, weißer Heizpilz steht mit einer roten Schleife drum.

Ich verstehe gar nichts mehr.

»Wie . . . war der Flug?«, frage ich Biene, einfach nur um irgendetwas zu sagen, während sich das Gewitter in meinem Kopf legt.

»Okay. Sardinenbüchse halt, wenn man Economy fliegt!«

Ich schiele ins Wohnzimmer und entdecke einen großen, braunen Umschlag.

»Ach . . . der ist für dich, Mausbär. Coca-Cola steht drauf.«

Während Biene den Bambus auf der Terrasse kontrolliert, reiße ich den braunen Umschlag auf. Drinnen steckt die gesamte Post der Woche, mein Abschiedsbrief an Biene und einer von Arne an mich.

»War stark, der Sturm?«, fragt mich Biene von draußen.

»Ach. Kannste vergessen«, antworte ich abwesend, lasse meinen Abschiedsbrief verschwinden und lege Bienes Post in das oberste Küchenregal.

»Stell' dir vor«, ruft sie herein, »Checko hat seine Autoschlüssel auf Mallorca liegen lassen und wir mussten uns zwei Taxen nehmen! Fast hundert Euro zusammen!«

»So ein Schussel!«, rufe ich zurück und lasse mich mit Arnes Brief langsam in unsere Couch gleiten.

»Und du musst mir gleich ganz viel erzählen über deine Woche, Mausbär!«

»Ja . . .«

»Hab ich gar keine Post bekommen?«
»Auf dem Küchenschrank!«
Aufgeregt öffne ich Arnes Brief.

BAMBERG, 27. 7., 5 UHR 34 (!)

Pitschi, mein Gutster!

Ja, ich habe den AB noch abgehört. Nein, Biggy ist nicht besonders gut auf dich zu sprechen.

Willkommen zurück! Wie unspektakulär so eine Flucht doch ist, oder? Da träumst du dein ganzes Leben lang von Freiheit, dann kommt der Tag, der die Freiheit bringen soll, trippeltrappel, er kommt einfach so wie jeder andere Tag auch und dann ist er wieder weg, als hätte es ihn nie gegeben. Und wie schnell alles geht: Abschiedsbrief schreiben, abhauen, ein bisschen auf die Kacke hauen, zurückfliegen . . .

Das war's? Davon hast du dein Leben lang geträumt? Ich glaube nicht. Und das ist auch gut so. Freu mich nämlich, mit dir auf der Terrasse zu sitzen und Seppelpeter's zu schlürfen. Wäre ganz schön einsam gewesen ohne dich. Und wenn du das nächste Mal abhaust, dann organisier es bitte selber, war jede Menge Arbeit hier alles geheim zu halten. Deinen Malle-Koffer, den die LTU gebracht hat, hab ich ausgepackt und in den Keller gestellt, die Klamotten sind im Schrank, Heizpilz hast du ja bestimmt gesehen. Das Geld dafür kannst du mir nach den Flitterwochen geben.

Dein Freund Arne

PS: Ich hab über unser Gespräch nachgedacht und, wie soll ich sagen: wir bleiben erst mal in der Stadt wohnen. Knick Quak!

Gerührt stecke ich den Brief in meine Hosentasche.
»Und? Was Interessantes dabei?«, ruft Biene aus der Küche.
»Nee«, antworte ich und streiche mir das Feuchte aus den Augen.

Biene sitzt am Küchentisch und geht ebenfalls ihre Post durch. Zutiefst erleichtert gebe ich ihr einen Kuss in den Nacken. Ein paar Sachen würde ich noch ausbügeln müssen und wahrscheinlich würde ich sogar zu Pater Fadiga Bouba gehen, um die eine oder andere delikate Sache zu beichten. Aber das ist mir egal. Ich hab es geschafft. Biene hat nichts bemerkt.

Ich nehme mir ein Seppelpeter's Spezial's aus dem Kühlschrank und setze mich zu ihr.

»Mausbär, du hattest Recht. Mallorca ist es nicht mehr. Immer das Gleiche und dann noch ohne dich und Arne. Miri und ich haben ein Pärchen kennen gelernt, die haben so 'ne Tour gemacht durch Südamerika. Chile, Argentinien. Die hatten sogar Fotos mit, das muss der Wahnsinn sein!«

»Ja, soll schön dort sein.«

»Oh, schau mal. Hab ich aus Versehen aufgemacht, der ist für dich. Von der Iberia. Komisch . . .«

Mir bleibt fast das Herz stehen, als Biene mir den geöffneten Brief reicht.

»Oh! Danke!«

Es ist ein Schreiben der Iberia, das mich darüber informiert, was ich mit meinen 280 Extrapunkten für den Buenos-Aires-Flug alles anstellen kann.

Das war knapp. Sehr knapp.

»In Argentinien waren die?«, frage ich und falte den Brief wieder zusammen. Biene zuckt mit den Schultern.

»Unter anderem. Wär das nicht mal was für uns, Mausbär? Argentinien?«

»Des wär mir zu weit!«

»Zu weit von wo?«

»Na von hier!«

ENDE

Inhalt

Ich danke . . .

. . . meiner Freundin NINA für all die kreativen Rotweinabende, an denen wir Pitschis Reise planten.

. . . meinem Lektor VOLKER für das geduldige Lesen und Korrigieren von mindestens 378 verschiedenen Fassungen und für das stille Ertragen meiner »ß«- und »ss«-Fehler.

. . . allen, die mir und dem Buch sprachlich auf die Sprünge geholfen haben:

Oliver Lechlmeyer (Sprachschule Tandem, Köln), Lorena G. (argentinisches Spanisch), Coty Villareal (Grundwissen Spanisch), Markus Barth (Fränkisch), Matze Belschner (Schwäbisch) und natürlich Volker Jarck (Deutsch).

. . . allen, die mich in Buenos Aires unterstützt haben:

Lea Marie Kalung, Nancy Landi, Lic. Nicolás Bayá Lafitte (. . . si hablara español), Nicolas, Henry Boy (Deutsche Botschaft, Buenos Aires), Stefan Kuhn und Nicola Roeb (*Argentinisches Tageblatt*, Buenos Aires), dem Goethe-Institut Buenos Aires, Gustavo Englert (Cerveceria Untertürkheim), Gabriel y Paula.

. . . Heiko für die explizite und fast schon glaubwürdige Erklärung, warum man heiratet, und natürlich Corinnsche für den wertvollen Hinweis, dass man Leberkäs NIE mit Ketchup isst.

Personen, Tiere und Handlung sind frei erfunden. Ähnlichkeiten wären ein ganz wahnwitziger Zufall und völlig unbeabsichtigt!

Oliver Uschmann
Hartmut und ich
Roman

Band 16615

Muss man Always immer tragen, nur weil sie so heißen?
Darf man Fahrradfahrer auf offener Straße bewusstlos
schlagen? Kann man schwer erziehbaren Katzen durch
antiautoritäre Methoden zu einem besseren Leben verhel-
fen? Hartmut will es wissen! Der unglaubliche Roman einer
unglaublichen Männer-WG.

»Saugut geschrieben und sehr witzig. Jetzt weiß ich,
dass ich einen neuen Lieblingsautor habe und dringend
eine Playstation brauche!«
Tommy Jaud

Fischer Taschenbuch Verlag

fi 16615 / 2

Tommy Jaud
Vollidiot
Der Roman

Band 16360

Nicht alle Männer sind Idioten. Einige sind Vollidioten.

Irgendwas läuft schief bei Simon, aber gründlich. Die richtige Frau steht zum falschen Zeitpunkt vor der Saunatür. In den eigenen vier Wänden drohen kroatische Übersprungshandlungen, im Fitnessstudio lauert Killerschwuchtel Popeye, in der persischen Cocktailbar sitzen Pulp-Fiction-Luftfahrthasen und im Spanischkurs zwei Hackfressen mit Betonpullovern. Aus einem Tag am Meer werden zwei Minuten im Separee der horizontalen Verkeilung. Da helfen weder Paula-Tipps noch Schlemmerfilets. Und wenn man sich am Ende auch noch so richtig ›versimst‹, dann steht plötzlich ein kleiner Mann mit einem großen Bierkasten vor der Tür . . .

»Krallen Sie sich am Sofa fest,
Sie hüpfen sonst vor Lachen.«
Denglers Buchkritik, BILD am SONNTAG

»Skurril, trendy, amüsant. Tommy Jauds absurde Komik
ist perfekt für Singles, die ihr Dasein
nicht zum Lachen finden – hier können sie es!«
Freundin

Fischer Taschenbuch Verlag

fi 16360 / 1